지리산
소년병

아름다운 청소년 ❽

지리산 소년병

초판 1쇄 발행 2012년 11월 21일 | 초판 2쇄 발행 2013년 10월 4일
지은이 김하늘 | **펴낸이** 방일권 | **펴낸곳** 별숲
출판등록 2010년 6월 17일 제398−251002010000017호
주소 경기도 구리시 교문1동 757−5호 1층 상가 중간
전화 031−563−7980 | **팩스** 02−6209−7980 | **전자우편** everlys@naver.com

© 김하늘 2012

ISBN 978−89−97798−07−0 44810
ISBN 978−89−965755−0−4 (세트)

이 도서의 국립중앙도서관 출판시도서목록(CIP)은 e−CIP홈페이지(http://www.nl.go.kr/ecip)와
국가자료공동목록시스템(http://www.nl.go.kr/kolisnet)에서 이용하실 수 있습니다.(CIP제어번호 : CIP 2012005087)

지리산
소년병

김하늘 장편소설

별숲

| 차례 |

이 글은 내 손으로 썼지만 내가 쓴 게 아니다.
지리산에서 사라져 간 빨치산들, 토벌대들, 양민들……
그들 모두가 내 손을 빌린 것이다.
나를 지리산으로 부른 것도 그들이고,
쓰라고 한 것도 그들이다.
쓴 것도 그들이다.

이 책이 그들에게 작은 위로라도 될 수 있다면,
한풀이에 조금이라도 밑돌이 될 수만 있다면
감사하고 감사할 따름이다.

형 따라 지리산에

낙동강 전선에서 다친 인민군들 실은 들것을 노량 쪽 옆 마을인 모란골 사람들이 매화골까지 들어다 주면 매화골 사람들이 하동 쪽 옆 마을인 달래말까지 들어다 주었다. 달래말 사람들은 또 옆 마을인 수동마을까지 들어다 준단다. 그렇게 구례까지 마을 마을 이어서 들고 가면 기차에 태워서 삼팔선 북쪽으로 후송한단다.

팔월까지는 모란골 사람 네 명이 들것 하나를 들고 오더니 구월 되면서는 환자가 늘어나 두 명이 하나를 들고 왔다. 인민군 전황이 불리해지는 증거란다. 싸움에 지니까 다치는 사람이 많은 거란다. 미국이 참전했기 때문이란다.

인민군이 들어오고 나서부터 간간이 나타나던 미군 비행기가 얼마 전부터는 하루에도 몇 번씩 나타나기도 했다. 쌔액 소리를 내며 나는 비행기라고 '쌕쌕이'라고 불렀다. 농사일을 하러 들에 나가서도 쌕쌕이 소리가 나면 도랑이나 논으로 기어 들어가 벼 포기 사이에 숨어야 했다. 쌕쌕이가 낮게 날면서 사람만 보면 기관총을 쏘아 댔다. 사람 수가 많을 때는 폭탄도 떨어뜨린단다. 보이는 사람은 모두 인민군 취급을 한단다. 적군이 차지한 곳에 있는 사람은 모두 적이라고 생각한단다.

"아이고, 쌕쌕이가 사람 잡네."

낮에는 마음 놓고 집 밖으로 나가지도 못했다. 전투는 낙동강 전선에서 벌어지는데 쌕쌕이 때문에 온 나라가 전쟁터나 마찬가지였다.

그런데 어제저녁부터 안 다친 인민군들이 하동 쪽으로 우르르 지나갔다. 미군이 인천으로 상륙해서 서울로 진격한단다. 대구, 부산, 마산만 빼고 삼팔선 이남은 모두 인민군이 차지했어도 미군이 서울을 차지하고 동쪽으로 진격해서 나라 한가운데를 가로질러 버리면 전쟁터가 반으로 잘리게 된단다. 남쪽에 있는 인민군은 섬에 갇힌 것처럼 고립되어 버린단다. 하루라도 빨리 미군이 가로막은 서울을 지나서 북쪽으로 가야 한단다. 허둥거리며 아무 집에나 들어가 밥을 달라고 했다.

칠월에 밀고 내려올 때 등등했던 기세는 온데간데없었다. 인민에게 폐 안 끼치는 해방군이라고 떵떵거렸던 인민군이었다. 인민에게는 아무것도 얻어먹지 않는다고 큰소리쳤다. 인민군들은 모두 전대처럼 어깨에 띠자루를 걸쳐 메고 있었다. 그 띠자루에 담긴 미숫가루를 먹으며 씩씩하게 행군해 갔다. 하지만 패잔병이 되어 쫓겨 가는 모습은 거지 떼가 따로 없었다. 구례나 임실에서 기차를 타고 북으로 갈 거란다.

점심을 먹으러 달래고개를 넘어 안골댁으로 가는 발걸음이 무거웠다. 도망치는 인민군을 보면서 미리 짐작을 했으면서도 아침에 형이 나가면서,

"다시 인민군이 밀리나 보다."

그 말을 듣고부터 자꾸만 초조하고 겁이 났다.

'이번에도 형이 가 버리면 또 혼자 남겨질 텐데.'

발길에 걸리는 애먼 돌멩이를 툭 걷어찼다. 돌멩이가 대여섯 걸음 거리만큼 굴렀다. 그 돌멩이를 집어 들었다. 주먹만 해서 손아귀에 딱 맞았다.

열댓 걸음쯤 떨어진 기철이네 목화 밭둑 찔레나무 밑에 올 봄부터 땅벌집이 생겼다. 멀찍이서 보아도 벌들이 날아 드나드는 모습이 보였다. 팔을 몇 번 휘휘 돌리고는 심호흡을 크게 한 다음, 찔레나무 밑동을 향해 힘껏 던졌다. 벌들이 어지럽게 날아올랐다. 벌집 입구에 맞은 게 분명했다. 호수에 돌을 던지면 푸웅덩! 소리를 내며 물보라가 일어나듯 벌들이 놀라서 날뛰었다.

스무 걸음 안팎 거리에 있는 머리만 한 표적 정도라면 돌멩이 다섯 개를 던져서 서너 개 정도는 명중시킬 수 있다. 하나라도 맞히면 다

행인 아이가 대부분이지만, 지난번에는 느티나무 가지에 앉아 있는 새도 맞혀서 떨어뜨린 적도 있고, 알밤도 돌팔매로 곧잘 맞혀서 따 먹곤 했다. 겨냥한 대로 벌집에 맞으니 기분이 한결 좋아졌다.

발을 통통 구르고 뛰면서 안골댁에 들어서는데 못 보던 인민군 다섯 명이 마루 앞 댓돌에 걸터앉아 있었다. 밥 얻어먹으러 들어온 인민군들인가 보다. 어제저녁부터 많이 보았던 인민군들인데도 가슴이 철렁 내려앉았다.

가까이 다가가니 한 명 어깨에 소좌 계급장이 붙어 있었다. 두 명은 팔에 붕대를 감았는데 그 가운데 한 명은 열다섯 살이 겨우 넘었을 것 같았다. 옆에 벗어 놓은 신발은 먼지 범벅이었다. 시큼한 땀 냄새가 코를 찔렀다.

안골댁은 면사무소 앞에서 막걸리 파는 집이었는데 경찰들이 도망치고 인민군 세상이 된 뒤부터 면민위원회에서 일하는 사람들에게 밥을 해 주는 곳이 되었다. 나도 형을 따라가서 하루 세 끼 모두 배부르게 먹었다.

마루에 걸터앉는데, 밥을 하던 안골댁이 훌쩍이며 소매로 눈가를 훔쳤다.

"잠깐 지리산에 들어가는 겁니다. 석 달 안에 다시 돌아올 겁니다."

형이 안골댁을 달랬다. 종근이 형도 모두를 향해서,

"미군이 삼팔선을 넘어가진 못할 거예요."

아무리 미군이 일본이랑 독일을 물리치고 2차대전에서 승리한 힘센 군대이고, 일본으로부터 우리나라를 해방시켜 준 군대지만 삼팔선을 넘어서 북으로 진격하면 침략군이 되는 거란다. 남쪽을 구해 주러 온 해방군이 침략군이라는 부끄러운 짓을 하지는 못할 거란다. 삼팔선에서 미군이 멈추면 인민군이 다시 전열을 정비해서 밀고 내려올 거란다.

그때 마당으로 또 인민군 두 명이 들어섰다. 마루에 앉아 있는 소좌에게 거수경례를 했다. 소좌도 벌떡 일어나서는 마주 보고 힘차게 거수경례를 했다.

"노량에서 미군 탱크 수십 대가 줄줄이 옵니다."

다급해서인지 목소리가 무척 컸다. 그 말투와 소리 크기만으로도 겁이 덜컥 났다.

소좌가 다시 앉으며,

"하동 쪽으로만 갈 테니 걱정 마시오."

안심시켰다. 샛길인 이곳으로는 오지 않을 거라는 말이다. 말은 그렇게 했지만 왼쪽 뺨을 실룩거리며 신발을 주워 신었다. 자꾸만 뺨을 실룩거리니 마음이 더 불안해졌다. 다른 인민군들도 허둥거리며 신발을 신고는 끈을 질끈 맸다. 한 인민군이 안골댁을 보고 실과 바늘을 달라고 하더니 찢어진 신발을 꿰매려고 했다.

"그럴 시간이 없을 것 같소."

소좌가 실 바늘을 잘 챙겨서 얼른 떠나자고 했다.

"우리 집에 온 손님인데 밥 안 먹여 보내는 법은 없습니다."

안골댁이 얼른 차릴 테니 기다리란다.

"미군 애들은 왜 우리 민족 싸움에 끼어들어서 조국 해방 길을 가로막는 거야?"

소좌가 투덜거리며 평상에 다시 걸터앉았다.

종근이 형이,

"저놈들이 언제 들이닥칠지 모르니 서둘러야겠어요."

안골댁을 보고 밥상 차리지 말고 주먹밥을 만들어 달란다. 안골댁이 나를 보고 대문 밖 텃밭에서 토란 잎 아홉 개만 따 오란다. 너무 큰 거 따지 말고 얼굴 정도 크기로만 따 오란다. 반듯한 것 골라서 따 오라고 했지만 마음이 급해서 아무거나 막 땄다.

안골댁이 뭉쳐 주는 주먹밥을 형이랑 종근이 형이 토란 잎 하나에 두 개씩 쌌다. 풀어지지 말라고 지푸라기 두 가닥씩을 십자 모양으로 가로질러 묶었다. 그렇게 만든 토란 주먹밥 한 덩어리씩을 인민군들에게 나누어 주었다. 형이랑 종근이 형도 한 덩어리씩 바랑에 챙겨 넣었다. 남은 밥을 사람 수만큼 작게 뭉쳐서 손에 쥐어 주었다.

토란 잎이 세 개나 남았다.

"기주, 셈법 공부 더해야겠네."

안골댁이 핀잔을 주었다.

이파리를 따 버리면 토란은 더 이상 자라지 못하고 썩어 버린다. 더 키우지 못하고 잘라 먹어야 한다.

형이 바랑을 매고 일어서며,

"얼른 밥 먹고 고모 집에 가 있어라."

딱 그 말뿐이었다. 얼음장같이 차갑게 굳어진 형 얼굴을 보니 고모 집에 못 가겠다는 말을 입 밖으로 꺼낼 엄두조차 나지 않았다.

"석 달만 있으면 돌아온다니까 나랑 여기서 살자."

안골댁이 밥상을 마루에 놓으며 구슬렸다.

아무 대답도 못하고 잘 다녀오라는 인사도 못한 채 마루에 한쪽 무릎을 올리고 걸터앉았다. 묵직한 바윗돌을 가슴에 얹어 놓은 것 같았다. 눈앞이 어릿해지며 목도 꽉 메었다. 석 달이면 금방이라고 아무리 생각해도 다시 고모 집에 가기는 죽기보다 싫었다.

형들과 인민군이 나간 지 5분도 채 안 되었는데 말티고개 모퉁이에서 쾨르릉거리는 차 소리가 났다. 벌떡 일어나 담을 넘겨다보았다. 큰길로 트럭 한 대가 지나갔다. 국군 여남은 명이 타고 있었다.

안골댁이 한숨을 내쉬며,

"기어이 오고야 말았구나."

그 한숨은 울고 싶은데 뺨 때리는 것 같았다.

"따라갈래요."

대청마루에 남은 토란 잎 하나에 밥공기를 엎었다. 안골댁이 맨밥은 목 막혀서 못 먹는다며 간장을 뿌리고 김치 몇 가닥을 얹어 주었다. 지푸라기로 묶어 주겠다고 해도 그냥 주섬주섬 토란 잎 네 귀퉁

15

이를 말아 들고는 형들을 뒤쫓아 달려갔다.

　여수순천사건 때 형이 지리산으로 들어가 버리자 그날부터 굶어야 했다. 물어물어 찾아간 고모 집 민기 녀석이 거지라고 집에 가라고 구박을 했다. 아직 열 살밖에 안 됐으니 어려서 그런 말 하는 거라고 여기며 참았어야 했는데,

　"이 빨갱이!"

그 말에는 참지 못하고 주먹을 날리고 말았다.

　형이 지리산으로 도망치던 날 기억이 불쑥 올라와 가슴에서 불덩이가 확 솟았다. 온몸이 후끈 달아오르고 눈앞이 어찔해지면서 부르르 온몸이 떨렸다. 나중에 그 얘기를 들은 형은 그냥 거기서라도 멈췄어야 했다고 나무랐지만, 정말 거기서 멈췄으면 야단이나 좀 맞고 말았을 텐데, 주먹에 얼굴 맞고 쓰러진 민기 녀석이,

　"빨갱이 동생이니까 너도 빨갱이야!"

그 말만 안 했어도 거기서 그만 끝났을지도 모르는데,

　"빨갱이는 나빠. 빨갱이 동생도 나빠."

더는 참지 못하고 땅바닥에 뒹구는 민기 녀석 얼굴을 겨냥해서 축구공 멀리 차듯이 발길질을 해 버렸다. 하필 그 발길질에 콧등이 맞아 버렸다. 코가 퉁퉁 부어오르고 쑥으로 콧구멍을 아무리 막아도 코피가 멈추지 않았다. 민기 녀석 울음도 그치지 않았다. 결국 하동읍에 있는 병원으로 가야 했다. 코뼈가 깨져서 내려앉아 버렸단다. 평

16

생 납작코로 살아야 한단다.

　고모부가 지게 작대기로 뼈마디들이 모두 녹신해지도록 두들겨 팼다. 고모가 나랑 고모부 사이에 끼어들면서 민기를 보고는,

　"그러니까 왜 형보고 빨갱이라고 했니?"

했다가 친정 식구만 감싼다고 같이 두들겨 맞았다. 아무리 상대가 잘못해도 못마땅해도 주먹질하고 싸움질하는 것은 절대 용서 못한단다. 남북으로 나뉘고 좌우로 갈려서 으르렁거리는 나라 꼴도 진저리가 쳐진단다. 고모랑 한 덩어리가 되어 콩 타작 당하듯 파김치 절여지듯 온몸이 늘어지게 두들겨 맞았다.

　"고모부 미워하지 마라. 나가라고 하지 않는 게 어디니?"

　굶어 죽지 않은 걸 다행으로 알라고 고모가 눈물 콧물로 범벅 된 얼굴을 닦아 주었다. 고모 손에서 아버지 냄새도 나고 어머니 냄새도 났다.

　그날부터 고모부가 밥 얻어먹을 자격 없다며 아침에 반 공기만 주고 점심이랑 저녁은 주지 말라고 했다. 그래도 죽지는 않는단다. 고모가 고모부 몰래 식은 밥 덩어리를 손에 쥐여 주기도 했지만 늘 배가 고팠다. 창자가 꼬이는 것 같은 아픔과 배고픈 두려움에 떨어야 했다. 그때마다 우물가로 달려가 물을 잔뜩 들이켰다. 그때 잠시뿐이었다. 물로는 배고픔이 달래지지 않았다.

　민기 녀석은 먹을 걸 눈앞에 들이밀면서,

　"거지 새끼! 너희 집에 가 버리란 말야."

놀려 댔다. 그때마다 주먹이 부르르 떨렸다. 그래도 매타작이 무서워 참았다. 고모까지 맞을까 봐 꾹꾹 참았다.

인민군이 내려오고 집으로 돌아올 때 고모부가 내 손을 꼭 잡고 당부했다.

"이제 다시는 우리 집 오지 말거라."

말은 섭섭하게 해도 때린 것 미안해서 그러는 거라고 옆에서 고모가 등을 토닥여 주었다. 때린 거 미안하다고 민기한테 사과하라고도 했다. 혀를 쏙 내미는 민기 녀석 꼴이 보기 싫어서 끝내 하지 않았다. 그런 고모 집에 절대로 또 갈 수는 없다.

안골댁이랑 산다는 것도 말이 안 된다. 면민위원회 사람들한테 안골댁이 친절한 것이나 인민공화국 세상 되니까 살기 좋아졌다고 형 칭찬을 달고 살았던 까닭은 면민위원회 사람들이 쌀을 가져다주기 때문이었다. 고기도 가져다주고 돈도 주기 때문이었다. 그것도 모르는 바보는 아무도 없을 거다.

안골댁은 술 먹고 나서 돈이 없다고 하면 기어이 그 사람 집까지 따라갔다. 그 집에 있는 염소나 개나 소나 손에 잡히는 대로 짐승을 끌고 왔다. 짐승이 없으면 아이를 데리고 와서는 술값을 갚을 때까지 막일을 시켰다. 아무리 자주 오는 단골손님이라고 해도 돈이 없으면 매몰차게 내쫓기로 소문이 자자했다. 그렇게 지독하게 장사를 하니까 남편도 없고 자식도 없는 혈혈단신인데도 그럭저럭 먹고사는 거라고 어른들이 늘 수군거렸다. 외상술 먹는 사람이 나쁘지 안

골댁이 나쁘다는 사람은 별로 없었다. 그런 안골댁이니 인민군 물러
간 세상에서 쌀 한 톨이라도 그냥은 줄 리가 없다.

형들이랑 인민군들이 저만치 달래고개를 향해서 올라가고 있었다.
맨 앞에 형이, 그리고 인민군들, 맨 뒤에 종근이 형이 따라가고 있었
다. 언덕길을 내처 달려 올라갔다. 두 손으로 받쳐 들었던 토란 주
먹밥은 한쪽 끝을 놓쳐서 떨어뜨리고 말았다. 숨이 턱에 차고서도
더 달려서 종근이 형 꽁무니에 따라붙었다.

종근이 형이 놀라서 형을 불렀다. 형이 멈추자 행렬이 멈췄다. 어깨
에 따발총을 걸쳐 멘 형이 멀뚱히 내려다보았다.

기어이 따라가리라 각오를 굳게 하고는,

"군인들이 들어왔어."

모두에게 들으라는 듯이 소리를 질렀다.

인민군 소좌가,

"기어이 오고야 말았구만."

탄식을 했다.

"그 소식 전해 주려고 숨넘어가도록 달려왔니, 우리가 공격당할까
봐?"

종근이 형이 대견하다고 칭찬을 했다. 소좌가,

"큰길에는 들어와도 이 골짜기로는 안 들어올 것이오."

안심하란다.

그게 아니라고 따라가겠다고 말하고 싶었는데 말은 입 밖으로 나오지가 않았다. 행렬이 다시 출발했다. 형이 기철이네 목화 밭머리에서 오른쪽으로 꺾어 돌았다. 달래고개로 올라가는 가까운 길이지만,

"그리 가면 땅벌집 있다. 이리 가야 된다."

왼쪽 길을 가리켰다. 아까 돌에 맞은 성난 벌들이 아직 날뛸지도 모른다.

형이 멈춰 섰다. 맨 뒤에 섰던 종근이 형이 이번에는 앞장을 섰다. 돌아선 순서대로 따라가니 행렬이 거꾸로 되었다. 그 자리에 서 있다가 맨 뒤에 돌아오는 형 옷자락 붙잡았다.

"나도 지리산 갈래."

심호흡을 두 번이나 하고 나서 말을 내뱉었는데도 입에서 나온 말은 모기 소리 같았다. 형이 혼내면 어떡하나 겁부터 덜컥 났다.

"안 된다. 내일 아침에 바로 고모 집에 가거라."

맥이 탁 풀려 버리는 형 대답이다.

어머니는 내가 아홉 살 때 세상을 떴다. 늦둥이로 나를 낳다가 얻은 병으로 몇 년 동안 골골 누워만 지냈다. 아버지가 벌목장에 일하러 간다며 나가서 소식이 끊어진 열한 살 무렵부터 아버지를 대신해 보살펴 준 형이었다.

형이 당밑골 기와집에 머슴살이를 해서 먹고살았다. 한 번도 형 말에다 토 달거나 대든 적이 없다. 시키는 일을 안 한 적도 없다. 이번에도 형 따라가기는 애당초 틀린 게 분명했다. 하지만 형이 가고 나

면 밥 얻어먹을 곳이 고모 집 말고는 아무 데도 없다. 굶어 죽지 않으려면 형을 따라가야 한다.

형 뒤를 무작정 따라갔다. 몇 걸음 따라가자 형이 걸음을 우뚝 멈추고 뒤돌아섰다. 나도 걸음을 멈추었다. 형은 나한테 화가 나면 날수록 말을 안 했다. 날카로운 눈으로 바라볼 뿐이었다. 얼음장 같은 형 눈길에 가슴이 철렁 내려앉았다. 돌아서서 가는 걸 보고 돌아서려는 듯 꼼짝 않고 서 있었다. 여기서 돌아서면 고모 집으로 가야 한다. 형을 향해 서서 고개를 숙이고는 꼼짝하지 않았다. 눈길이 마주치면 오금이 저려서 차마 거역을 못한다는 것을 알기 때문이었다.

한참을 그리고 서 있더니 형이 아무 말도 하지 않고 돌아섰다. 달려가서 형 팔을 붙잡았다. 그래도 형은 아무 말 하지 않았다. 뿌리치면서 가라고 안 했으니 집으로 돌아가라고 한 것은 아니다. 고모 집에 가라는 말도 아니다. 지리산에 같이 가도 된다는 뜻이다. 불안해 답답하던 가슴이 탁 트였다. 형을 따라가기만 한다면 지옥도 안 무섭고, 물속도 안 두렵다. 굶지도 않을 거다.

재작년에 삼팔선 가로질러 반으로 갈라서 남북으로 나라 세우는 선거 할 때, 반쪽짜리 나라 세우지 말라고 제주도 사람들이 들고일어났다. 반란이라며 전라도에 있던 군대보고 막으러 가라고 했다. 그런데 명령받은 군인들이 동족에게 총칼질 못 한다며 여수와 순천에서 들고일어났다. 사람들도 따라 일어났다.

경찰이 쫓겨 가자 세상이 뒤집어졌다. 떵떵거리던 부자들이 설설 기었다. 천하다고 무시하던 사람들에게 '이보게!' '저보게!' 높임말을 했다. 머슴들에게 일 년 동안 일한 품삯으로 받는 세경을 두 배로 주겠다는 약속도 했다. 창고를 열고는 동네 사람들에게 쌀도 한 가마씩 나누어 주었다. 인민 해방 세상이 참 좋았다.

하지만 며칠 만에 들고일어난 사람들이 지리산으로 도망치고 경찰들이 다시 돌아왔다. 군인들도 새로 들어왔다. 들고일어난 사람들을 조금이라도 도운 사람은 무조건 잡아다가 죽였다. 총을 들이대며 시키니까 어쩔 수 없이 했다고 사정해도 전혀 용서가 없었다. 남자고 여자고 어리고 나이 들고를 따지지도 않았다. 들고일어난 사람들에게 죽고, 경찰이랑 군인들에게 죽고, 며칠 사이에 몰아친 거센 피바람은 사람들을 두려움에 떨게 만들었다.

부자들도 언제 그랬냐는 듯 다시 목에 핏대를 세웠다. 빨갱이 등쌀에 어쩔 수 없이 나눠 준 것이니 공짜로 가져간 쌀을 도로 가져오라고 했다. 며칠 동안 먹어서 축낸 만큼 쌀값 내놓으라고 으름장을 놓았다. 경찰과 군인들이 동네마다 다니며 쌀 도로 안 가져오면 빨갱이로 몰아서 잡아간다고 겁을 주었다. 모두들 울며 겨자 먹기로 쌀가마니를 도로 갖다 주었다. 쌀가마니에서 덜어 먹은 만큼 일을 하거나 다른 곡식으로 갚거나 돈으로 물어 주어야 했다.

형은,

"난 공짜로 받은 거 아니다."

22

두 배로 받은 세경을 돌려주지 않았다.

다음 날, 기와집 주인 남자가 들이닥쳤다. 머슴이면서 왜 일하러 안 오냐고 했다. 형은 이제 머슴살이 안 할 거라고 했다. 세경 두 배로 더 받은 거 도로 내놓으라고 했다. 그동안에 다른 집 머슴보다 절반밖에 못 받았으니 그만큼은 받아야 한다고 했다.

기와집 주인 남자는 안 돌려주면 도둑놈이고 도둑놈은 빨갱이라고 했다. 사기꾼도 빨갱이고 미친놈도 빨갱이라고 했다. 주인 말 안 듣는 머슴도 빨갱이라고 했다. 형이 몸을 부르르 떨며 아무 데나 빨갱이 갖다 붙이지 말라고 했다. 숨이 거칠어지고 목소리가 몹시 떨렸다. 눈빛도 얼음장처럼 차가워졌다. 화가 많이 났다는 뜻이다.

기와집 주인 남자 입에서,

"그럼 동생까지 밥 먹여 준 값 내놔라."

그 말이 나오자 형은 더 이상 참지 못하고,

"너 같은 놈들 때문에 멀쩡한 사람도 빨갱이 되고 마는 거다."

기와집 주인 남자를 땅바닥에 메다꽂아 버렸다.

"공산당이 좋아서 빨갱이 되려는 게 아니라 너 같은 놈들 몰아내려고 되는 거다."

하필이면 기와집 주인 남자가 땅에 박힌 돌에 머리를 부딪쳐서 기절을 하고 말았다. 머리에서 피가 흘렀다.

기웃기웃 구경하던 동네 사람들이 달려들어 기와집 주인 남자를 들쳐 업고 갔다. 옆집 할머니가 형보고 도망치라 했다. 부자들, 경찰들 말 안 들으면 무조건 빨갱이라며 잡아가는 세상이니 잡혀가지 말고 도망치라 했다. 이번에 잡혀가면 살아서 돌아오지 못할 거라 했다.

"종근이 형 있는 지리산으로 간다. 고모 집에 가 있거라."

형은 옷가지 몇 개만을 보따리에 싸서는 지리산으로 가 버렸다. 고모 집까지 갈 엄두가 안 나서 이틀을 쫄쫄 굶으며 머뭇거리고만 있었다.

새벽부터 밤중까지 다른 집 머슴보다 두 배로 부리면서 새경은 다른 집 절반밖에 안 준 기와집 주인 남자를 다들 욕했다. 머슴이 먹고는 살 수 있게 새경을 주어야 하는 거 아니냐고 혀를 찼다. 형이 잘했다고도 했다. 그때까지는 용감한 형이 자랑스러웠다.

다음 날 저녁에 찾아온 순경이 형 어디 숨겼냐고 으름장을 놓았다. 키는 나보다 기껏해야 한 뼘밖에 안 컸지만, 쭉 찢어진 눈으로 노려보니 머리칼이 쭈뼛 섰다. 온몸에 소름이 쫙 돋았다. 바른대로 말 안 하면 잡아간다며 겁을 주었다. 경찰서에 잡혀가면 몽둥이찜질은 기본이고, 발목에 줄을 묶어서 거꾸로 매달고는 콧구멍에다 고춧가루 탄 물을 주전자로 들이붓는다고 했다. 손가락에 전깃줄을 감고는 전기를 통하게 해서 고문을 한다고도 했다. 그 서슬에 오금이 저리면서 바지에 오줌을 싸 버렸다. 밤새도록 벌벌 떨다가 날이 채 새기도 전에 고모 집으로 한달음에 달렸다.

달래고개 넘어서 지리산을 향해 가다 산 능선에 올라서니 섬진강이랑 하동읍이 한눈에 다 보였다. 어슴푸레 어두워지는 길을 따라서 수십 대가 넘는 탱크랑 트럭들이 꼬리를 물고 줄줄이 가고 있었다.

"하동읍 지나고 구례 지나서 임실로 남원으로 전주로 서울로 치고 올라가겠지."

종근이 형이 길게 내쉬는 한숨에 쇳소리가 났다.

물 졸졸 흐르는 골짜기 옆 그늘에 자리 잡고 쉬는데 종근이 형이,

"어차피 기주도 인민소년단 했으니 군인들 다시 들어오면 가만 안 둘 거야. 산에 들어가서 석 달만 지내다 오자."

빙그레 웃으며 주먹밥 한 덩어리를 건네주었다.

"여수순천사건 나고 지리산 들어갔을 땐 이 년도 넘게 잘 견디고 있었는데 뭘."

종근이 형이 형을 보고 말했지만 형은 아무 말이 없다. 지금이라도 돌아가라고 할까 봐 다시 불안해졌다. 종근이 형이 준 밥덩이를 다 먹고 나자 형이 또 한 덩어리를 주었다. 그러면서도 가라는 말을 안 했다. 마음이 완전히 놓였다.

고개를 내려가서 큰길을 가로지르려고 풀숲에 숨어서 동정을 살피는데 저만치 누가 걸어왔다. 절룩거리며 걸어왔다. 나뭇가지를 헤치고 살펴보던 종근이 형이,

"건출이 놈이다."

총을 겨누며 길로 썩 나섰다. 다가오던 사람이 땅바닥에 풀썩 주저

앉았다. 모두 길로 내려가서 가까이 다가갔다.

머리는 산발이고 몇 달을 안 씻었는지 얼굴에 땟자국이 새카맸다. 발톱 사이에서 나는 냄새 같기도 하고 퇴비 더미에서 나는 냄새 같기도 한 악취가 코를 찔렀다. 형이 지리산 들어간 날 찾아와서 겁을 주던 그 눈 찢어진 순경이라는 것을 한눈에 알아보았다. 살려만 달라면서 꿇어앉아 사정하는 그 순경 장딴지에 감겨 있는 붕대가 불룩하게 부풀어 올랐다. 다리 다친 것이 덧나서 부어 오른 모양이다. 진물이 흐르는 붕대에 구더기가 기어 다녔다.

"이 친일 민족 반역자 반동! 당과 인민을 대신해서 너를 처단하겠다."

호통을 친 종근이 형이 총구를 건출이에게 겨누었다.

"살려 주세요. 식구들 먹여 살리려고 어쩔 수 없이 순사질 한 거예요."

손을 싹싹 비벼 대면서도 장딴지가 아픈지 끄응 하고 신음 소리를 내뱉었다. 종근이 형이,

"친일한 놈들은 하나같이 다 그렇게 말을 하지. 마지막으로 할 말 있으면 해라."

심호흡을 크게 했다.

철커덕 하고 형 총에서도 장전하는 소리가 났다. 등골이 오싹했다. 총 맞은 사람 몸에서 피가 튀기던 인민재판 때가 생각났다.

"참으시오. 이 전쟁은 개인 원한 갚으려고 일으킨 게 아니라오."

소좌가 나서서 형과 종근이 형을 말렸다.

"이놈은 일제강점기에 순사질 하던 악질 가운데서도 지독한 악질입니다. 살려 두면 다시 우리를 향해 총을 겨눌 놈입니다."

종근이 형이 건출이 머리에 총구를 바짝 댔다. 방아쇠를 당기려고 또 심호흡을 길게 했다.

소좌가 종근이 형과 형이 겨눈 총구를 밀어내며,

"이 사람은 중상 입은 환자요. 환자한테 총질하는 건 인민 해방군 교전 수칙에 어긋나오."

형들과 건출이 사이를 막아섰다. 아무리 전쟁통이라도 교전 중이 아니면 죽여서는 안 된단다. 해방이 되고 나면 모두 새 조국 건설에 나서야 할 역군들이니 함부로 죽이지 말란다. 꼭 처단을 해야 한다면 인민재판을 거치고 나서 처단하란다. 전쟁이 급하게 되었어도 정해진 규칙에는 따라야 한단다. 그렇지만 지금 사람들을 모아서 인민재판을 열 수는 없다.

소좌가,

"돌아가거든 다시는 순경 안 한다고 맹세하시오."

그 말이 떨어지자, 건출이가,

"이제 다리를 다쳐서 순사질 하고 싶어도 할 수가 없습니다요."

땅이라도 파고 들어갈 듯이 바닥에 납작 더 엎드렸다. 이마를 땅에 대고 머리 위로 두 손 올려서는 손바닥을 마주 비비며 빌고 또 빌었다. 결국 죽이지 못하고 풀어 주었다. 얼른 가라고 하자,

"예, 예, 앞으로 마음 고쳐먹고 바르게 살겠습니다요."

저승사자한테서 풀려났다는 듯이 허리를 굽실거렸다. 돌아서서 가려는 건출이를 향해 형이 신발을 벗으라고 했다. 먼지투성이이긴 해도 멀쩡한 군화였다.

"네 고무신 벗어 주어라."

건출이가 벗은 군화를 나보고 신으라고 했다. 걸어오면서 자꾸만 벗겨지는 신발을 본 모양이다. 건출이는 고무신이 작은지 발 앞코만 끼우고는 어기적거리며 도망쳤다.

종근이 형이 눈살을 잔뜩 찡그리며,

"죽일 놈, 안 죽일 놈, 구분해서 죽일 놈은 꼭 처단을 해 버려야 하는데."

전세가 이미 불리해졌는데 해방 뒤에 할 일까지 계산할 때가 아니라고 중얼거렸다. 저런 놈은 해방에 걸림돌만 된다면서 하나라도 없어져야 다시 전세를 뒤집기가 쉬울 거라며 아쉬워했다.

군화를 신으려는데 맨발에 신으면 발등이 까진다며 다친 인민군이 바랑에서 양말을 한 켤레 꺼내 주었다. 빨지 않은 양말이라도 안 신는 것보단 나을 거란다. 남이 신던 양말이라 께름칙해서 망설이는데 종근이 형이 더럽고 깨끗하고를 따질 때가 아니란다. 맨발에 신으면 발바닥이고 발등이고 다 물집이 생기고 까질 거란다.

뾰족한 돌이라도 밟을라치면 칼로 발바닥을 찌르는 것 같았는데 군화를 신으니 무엇을 밟아도 아프지 않았다. 키 작은 건출이라 발도 작은지 내 발에 별로 크지 않았다. 군화 끈을 꽉 잡아매니 헐렁거리지도 않았다. 무겁기는 해도 훨씬 좋았다.

종근이 형이,

"길이 들 때까지는 발이 좀 아플 거다."

그래도 참으라고 했다.

산길로 다시 접어드는데 고구마밭이 있었다. 인민군들이 우르르 밭으로 달려들었다.

"우리가 가고 나면 반동들 차지가 될 거야."

식량 보급을 언제나 받게 될지 모른다면서 확보할 수 있을 때 충분히 해 두어야 한단다. 서리 올 무렵은 되어야 고구마 알이 주먹 두 개 합친 만큼 굵어지는데 아직 추석 전이라서 그런지 알이 잘았다. 손가락 두 개 모은 크기밖에 안 되는 게 대부분이었다. 굵은 것을 더 찾는다면서 닥치는 대로 고구마 넝쿨을 걷어 내 버렸다.

"아직은 캘 게 별로 없을 텐데."

형이 고구마밭을 헤집지 말라고 한 말인데도 인민군들은 들은 척도 하지 않았다.

"큰 놈도 있을 테니 다 뒤져 봐."

소좌도 나서서 넝쿨을 걷어 내고 총검으로 이랑을 헤집었다. 넝쿨을 걷어 내 버리면 뿌리만 남은 고구마는 더 자라지 못한다. 넝쿨 없이 비라도 맞으면 썩어 버린다. 고구마 농사를 다 망쳐 버리는 것이다. 아무리 자기들 밭이 아니라고 해도 그렇지, 몇 뿌리 파 보고 덜 여물었으면 건드리지 말아야 하는데 인민군들이 주먹만 한 고구마를 바랑에 채우느라 마당 한 개 넓이만큼이나 고구마밭을 망쳐 버렸다. 한집 식구가 겨울 내내 먹을 고구마가 알맹이도 여물어 보지 못하고 사라져 버렸다.

종근이 형도 말리지는 못하고 물끄러미 보고만 있다가,

"어차피 이렇게 된 거 썩어서 버리느니 누구라도 배 채우자."

인민군들이 헤집은 고랑에서 먹을 수 있을 만큼 자란 고구마들을 골라 바랑에 담았다. 소좌와 인민군들도 캐낸 고구마를 밭 언저리 풀에다 쓱쓱 문질러서 흙을 닦아 내곤 바랑에 넣었다.

인민군이 물러가도 여기 살던 사람들은 여기서 먹고 살아야 하는데, 자기 밭 아니라고 함부로 파헤치는 모습은 인민소년단에서 배울 때 그려 보던 인민 해방군이랑 완전히 달랐다. 인민군은 오직 인민을 위해 목숨 바쳐 적과 싸우고 인민에게는 언제나 정다운 벗이라고 했다. 이런 인민군일 리가 없다.

일 년 농사 망쳐 버렸으니 나중에 밭 주인이 와서 보면 무척 화날 것 같다고 했더니, 소좌가 공산혁명을 위해서는 어쩔 수 없는 일이니 밭 주인이 참아야 한단다.

앞서서 간 사람들이 많은지 우거진 산인데도 나무 사이로 또렷하게 길이 나 있었다. 약초꾼들이 다니는 길이고 전쟁 나기 전에 유격대가 다녔던 길이라고 했다. 뛰듯이 걷고 또 걸어서 큰 산굽이, 작은 산굽이를 수없이 돌고 돌았다. 크고 작은 고개도 여러 개 넘었다.

"이 길, 다시는 쫓기면서 걷지 않게 될 거라고 믿었는데."

맨 앞에서 걸어가던 종근이 형이 중얼대고는 끄응 탄식을 했다.

지리산에 가까워지자 고개를 넘으면 넘을수록 점점 산이 험하고 높아졌다. 매화골에서 보던 산은 산 축에 끼지도 못할 것 같았다. 높은 산이 어깨를 짚고 위에서 누르는 것만 같아서 기가 질렸다.

'저렇게 높고 골이 깊으니까 숨어서 살 수가 있는 거구나.'

발목도 아프고 무릎도 아팠다. 숨도 찼다. 그래도 힘들다는 말은 한마디도 입 밖으로 못 내뱉었다. 오라고 한 것도 아닌데 따라와 놓고는 힘들다고 투덜거리느냐는 핀잔을 듣기 싫었다. 어린애처럼 칭얼댄다는 소리는 더더욱 듣기 싫었다.

신발에 맞물려 스치는 엄지발가락이 까졌는지 걸을 때마다 따끔거리고 아팠다. 그래도 쉬었다 가자는 말은 한 번도 안 했다. 발뒤꿈치를 땅에 탕탕 두들겨 가며 이를 악물고 걸었다. 그렇게 발을 신발 뒤쪽으로 몰리게 하면 앞으로 쏠린 발가락이 군화와 맞닿아 아픈 게 몇 걸음 동안이라도 덜했다. 한쪽 발이 아프면 절뚝거리기라도 할 텐데 양쪽이 다 아프니 그럴 수도 없었다. 내리막이나 발이 앞으로 쏠리는 곳을 밟을 때마다 찌릿찌릿 가시로 콕콕 쑤시는 것 같았다. 발가락이 앞으로 쏠리지 않게 발 앞쪽을 들고는 뒤꿈치만 땅에 닿게 하고 걸었더니 금세 다리가 묵직해지고 허리가 끊어질 듯 아팠다. 다친 인민군이 힘들다고 한 덕분에 조금씩 쉴 수 있어서 다행이었다.

어둠이 완전히 내리자 마을 쪽으로 내려왔다. 추석이 얼마 안 남아서인지 해가 짧았다. 산골이라 밤이 더 빨리 온단다. 그래도 추석 앞두고 차오르는 달빛이 제법 밝았다. 큰길이 아니면 국군이나 미군이 없을 거란다. 마을과 마을 사이로 이어진 길을 종근이 형은 잘도 찾아 걸었다. 전쟁 나기 전까지 지리산에 있을 때 알게 된 길이란다.

마을이 끝나는 곳에서 큰 능선을 넘어 골짜기를 한참이나 내려가니 말로만 듣던 쌍계사가 있었다. 지붕이 여러 개 보이는 것을 보니 듣던 대로 큰 절인 것 같았다. 드디어 그만 걸어도 된다고 생각하니 휴우 한숨이 나왔다.

먼저 온 사람들이 마당에 솥을 걸고 밥을 하고 있었다. 멍석도 군데군데 깔아 놓았다. 밥 냄새에 침이 꼴딱 넘어갔다. 절에서는 고기를 안 먹는다고 들었는데 고깃국 끓는 냄새도 절 마당에 가득했다. 인민군 내려오고 나서 안골댁이 사흘에 한 번 정도는 돼지고기나 닭고기를 상에 올렸다. 면민위원회에서 반찬 하라고 구해다 주는 거라고 했다.

그 고기를 먹으면서 이렇게 날마다 잘 먹어도 되냐고 물었더니 다 같이 잘살게 된 세상이라서 모든 사람들이 사흘에 한 번씩은 고기를 먹을 수 있게 되었다고 했다. 누구나 사흘에 한 번은 고기를 먹을 수 있는 것이 정상이라고 했다. 누구 집 잔치가 아니면 일 년에 한 번도 먹기 힘든 고기를 사흘에 한 번씩이나 먹는다니 다 같이 잘사는 게 맞기는 맞나 보다고 생각했다.

스님들 밥 먹는 나무바리에 밥을 듬뿍 담아서 두 손으로 받치듯 들고는 국솥 앞에 다가서니 얼굴에 웃음을 가득 머금은 아주머니가,

"많이 먹고 힘차게 싸웁시다."

바리에 가득히 국을 부어 주었다. 대웅전 처마 밑에 앉자마자 신발부터 벗었다. 양쪽 엄지발가락 등이 모두 까졌다.

"많이 아팠겠다."

벗은 발을 본 소좌가 혀를 찼다. 그래도 뒤처지지 않고 잘 따라왔다고 칭찬해 주었다.

형이 준 놋쇠 숟가락으로 푹푹 찔러 국이랑 밥이랑 뒤섞어서는 총각김치 두 뿌리를 반찬으로 고팠던 배를 든든히 채웠다. 배가 부르니 힘이 절로 솟아났다. 양말을 주었던 인민군이 발가락에 붕대를 감아 주었다. 붕대 위에 양말을 신었더니 신발을 다시 신어도 훨씬 덜 아팠다.

'먹었으니 이제 일해야지.'

형은 늘 공짜로 먹는 것은 거지나 하는 짓이라고 했다. 거지가 아니라면 백성들 피를 빼는 악질 지주, 자본가나 탐관오리들이 하는 짓이라고 했다. 그런 사람 아니라면 아무리 적더라도 얻어먹었으면 먹은 만큼 일하라고 했다. 그 말을 들은 뒤로는 물을 길어다 주거나 땔나무를 해다 주거나 그도 아니면 마당을 쓸어 주더라도 공짜 밥

먹는 짓은 한 번도 안 해 봤다.

밥 먹는 동안에도 사람들이 줄줄이 쌍계사로 들어왔다. 인민군과 민간인이 섞여 있기도 하고, 팔다리를 다쳐서 붕대 감은 인민군도 있었다. 오자마자 지쳐서 쓰러지는 사람들도 많았다. 다치지 않아도 지치고 굶주려서인지 오자마자 모두들 땅에 털썩 앉거나 드러누웠다. 국솥 옆에 자리를 잡고 서서 조롱박 바가지로 다가오는 사람들 바리에다 국 부어 주는 일을 맡았다.

"많이 잡수세요."

처음엔 말이 잘 안 나왔다. 몇 번을 억지로 하다 보니 밥을 받아 가는 사람들이 고맙다며 웃어 주는 기운을 되받아서 더 크고 더 힘차게 격려를 해 주었다.

"아이코, 남자가 부엌일하면 고추 떨어져요."

웃음 띤 아주머니가 말렸다.

"어른도 되기 전에 고추 떨어지면 어쩌누."

그 옆에 아주머니가 놀렸지만,

"인민 해방은 여성과 남성을 차별 않고 대하는 것부터 시작해야 하오."

인민소년단 선생님 말을 들은 뒤부터는 부엌일보다 더한 일을 해도 하나도 안 창피했다. 국을 받으면서 웃는 사람들한테서 힘 받은 덕분에 기운이 더 나니까 하나도 안 힘들고 가슴이 벅차올랐다. 날마다 이렇게 산다면야 산 밑이 아니라도 즐겁게만 살 수 있을 것 같고 해방이 아니라도 충분히 행복하게 살 수 있을 것 같다.

일어선 소좌가,

"기주는 훌륭한 혁명 역군 될 열정이 철철 넘치는구나."

칭찬해 주었다. 같이 온 인민군들과 모여든 인민군들을 보고 한 시간을 여기서 편히 쉬면 하룻길이 멀어진다고 일어나 출발하잔다.

"밤을 낮 삼아, 낮을 밤 삼아 덕유산 설악산 지나가면 미군들 국군들 포위 뚫고 금강산까지 한달음에 갈 수 있을 것이오."

산길을 타고 가야 하니 멀고도 험하다며 힘들 길 가는 인민군들에게 남은 사람들이 해방가를 소리 높여 불러 주면서 힘차게 배웅했다.

"미국 군대는 차를 타고 큰길로 가지만, 우리 인민군은 산으로만 가도 잠 안 자고 쉬지 않으니 저들보다 몇 배는 빨리 갈 것입니다."

잠이야 죽으면 원 없이 잘 것이니 지금 안 자도 된단다. 힘내고 용기 내서 떠나가는 인민군들도 사람들이 외쳐 주는 만세 소리와 박수 소리에 기운이 넘쳐서 웃으며 떠나갔다.

"석 달 뒤에 봅시다."

다시 만날 약속도 했다.

달이 서쪽 봉우리로 지는 걸 보니 밤이 깊어 가나 보다 하는데 절 마당에 말발굽 소리가 들리고 인민군 수백 명이 들이닥쳤다. 대장이 말을 타고 왔단다. 공산혁명 대열에 앞장선 위대한 해방군이 앉아야 한다면서 멍석에 앉은 사람들을 모두 일어나란다.

대웅전 옆방에 누워 있던 환자들도 모두 다른 방으로 나가라고 내쫓았다. 다쳐서 못 움직인다고 해도 막무가내로 나가란다. 대장이 혼자 방을 써야 하기 때문이란다. 쫓겨난 환자들이 다른 방을 기웃거렸다. 다른 방도 이미 환자들로 가득 차서 들어갈 곳이 없었다. 이슬이라도 피할 수 있는 처마 밑에도 자리가 없었다. 맨바닥에 엉거주춤 나앉는 수밖에 없었다.

밥 나르고 국 나르는 것도 자기들이 한다면서 물러나란다. 서슬이 퍼렇게 소리치는 분위기에 눌려서 아무도 항의조차 못하고 시키는 대로만 했다. 종근이 형이 어디론가 갔다 오더니 걸을 수 있는 사람들은 짐 챙겨서 이동하란다. 형이랑 나를 보고는 먼저 가잔다. 또 걸어야 한다니 기운이 쭉 빠졌다.

웃음 띤 아주머니가,

"기주야 잘 가라. 난 신촌댁이야. 또 만나자."

조롱박을 건네받으면서 손을 흔들어 주었다.

골짜기 아래로 끝까지 내려가서는 산 쪽으로 길을 잡았다. 어두운 계곡을 두 번이나 건너서 한참을 걸었다. 앞서 가던 종근이 형이,

"허, 참나!"

푸념인지 탄식인지 모를 소리를 한번 냈을 뿐 모두들 아무 말도 하지 않았다. 쳐들어오듯이 쌍계사를 차지한 인민군들이 무서웠다. 굴속을 지나가듯 양쪽으로 높디높은 산들 사이 골짜기를 굽이굽이 돌아서 자꾸만 걸었다.

붕대를 감아서 덜 아프던 발이 다시 아프기 시작했다. 돌을 디디

거나 해서 발이 앞으로 쏠리기라도 하면 찌릿하고 등골까지 아픔이 울렸다. 발뒤꿈치를 땅에 탁탁 치면서 걸으니 종근이 형이 발 많이 아프냔다. 약해 빠졌다는 소리 듣기 싫어서 괜찮다고 했다. 하지만 쌍계사에 오기 전보다 더 아픈 것 같았다. 앞으로 이 지리산을 이렇게 걸어다녀야 한다고 생각하니 막막하기만 했다. 그래도 따라오지 않았으면 이런 고생 하지 않았을 거라는 생각은 안 했다. 따라오는 길 말고는 다른 길이 없었으니까.

골짜기를 따라가다가 다시 가파른 산을 올라갔다. 누군가가 아직 멀었냐고 푸념을 하자 종근이 형이 이 산을 넘어야 한단다. 눈을 아무리 위로 들어도 능선이나 꼭대기가 보이기는커녕 장벽처럼 버티고 선 시커먼 산 그림자뿐이다. 달빛이 있긴 해도 나무 그늘 아래는 칠흑 같은 어둠이다. 앞사람이 디뎠을 발자국을 짐작하고 한 걸음 한 걸음 내디딜 뿐이었다.

산을 오르는 밤길은 낮에 걸을 때보다 몇 배는 더 힘들었다. 다들 힘들어하니 30분쯤 가다가 쉬고 또 30분쯤 가다가 쉬고를 세 번이나 하고서야 능선을 넘을 수 있었다. 능선 아래로 달빛에 어슴푸레 기와지붕이 보였다. 드디어 일곱 왕자가 부처로 성불했다는 칠불암이란다.

먼저 온 사람들이 커다란 방에 군불을 지펴 놓았다. 따뜻한 기운이 가득한 방에 앉아 있으니 스산한 가을 산에서 밤공기 맞은 몸이 데워지며 꿈꾸듯 정신없이 하루를 보낸 긴장이 노곤하게 풀어졌다.

신발을 벗으니 발가락에 감은 붕대가 뒤로 밀려나 있었다. 벗겨졌던 발가락 등에 피가 맺혔다. 붕대를 풀어서 쭈글쭈글 말려든 곳을 옆으로 잡아당겨 펴서는 다시 발가락에 감았다.

등을 방바닥에 대니 스르르 눈이 감겼다. 설핏 잠이 들었는데 쌍계사에서 온 환자들이 도착했다. 환자들이 많아서 몸 성한 사람들은 천막으로 밀려났다. 광목천으로 만든 천막은 바람만 안 들어올 뿐이지 밖이나 별반 다를 바 없었다. 아무리 옷깃을 여며 봐도 얇은 옷을 파고드는 밤공기가 차갑기만 했다.

"유격대원 신발과 총은 고장 나거나 사람이 죽지 않는 한 몸에서 떨어뜨려서는 안 되는 것이오."

신발 벗고 총은 멀찍이 세워 놓은 채 잠을 자려던 어떤 아저씨가 핀잔을 듣고서는,

"그렇지. 여긴 산이지."

다시 신발을 신고 총을 품에 꼭 안았다.

"기주는 총 없으니 신발 잘 신고 자도록 하시오."

일러 준 규칙대로 평생에 처음 신발을 신은 채 입은 옷도 벗지 않고 눈 감고 잠을 청했다. 몸뚱이는 천근만근이고 눈꺼풀은 바윗덩이처럼 무거운데 머릿속이 심란해서인지 잠은 오지 않고 정신만 말똥말똥했다. 억지로 눈을 감고 잠을 청했다. 누군가 다가와서 어깨를 덮어 주었다. 형이었다.

"산이라 춥다. 잘 덮고 자거라."

솜을 넣어 두툼하게 누빈 적삼이었다. 고모 집에 가라는 말 하고
나서부터 처음으로 말을 거는 형이었다. 목소리가 착 가라앉았다.

"석 달만 있다가 내려가는 거 맞지, 형?"

무슨 말이라도 해야 할 것 같아서 내뱉었는데 대답하지 않고,

"내일은 빗점골로 들어가니 푹 자거라."

잡은 손에 힘을 꽉 주었다가는 놓고 돌아서는 형 어깨가 더 축 늘어
졌다.

보급 투쟁

미군이랑 국군들은 탱크나 트럭을 타고 인민군을 앞질러 치고 올라갔다. 중간에 따라잡힌 인민군들은 포로가 되거나 산으로 도망쳤다. 미군들도 국군들도 떨거지처럼 뒤에 남은 인민군은 신경도 안 쓴단다. 인민군들도 대열이 무너지자 싸울 엄두조차 못 내고 도망치기에만 바쁘단다.

미군이 인천에서 서울까지 가로질러 나라를 반으로 잘라 버렸더라도 남쪽에 남은 인민군과 북쪽에 있는 인민군이 양쪽으로 미군을 포위하면 충분히 이길 수 있지 않느냐고 했더니, 남쪽으로 보급이 안 돼서 전쟁을 못 한단다. 그리고 한번 전세가 기울어지면 다시 전열을 정비하기가 참 어렵단다. 다시 기운을 차리고 싸움에 나서기가 힘들단다.

종근이 형이 삼팔선을 넘어가지 못할 거라고 했던 예상은 빗나가
고 말았다.

"미군이 이렇게 야만적일 줄은 몰랐구나."

미군은 물론이고 미군이랑 같이 온 유엔군도 평양을 향해 쳐들어
가고 있단다.

"각하께서 명령만 내리시면 한달음에 북으로 밀고 올라가서 점심
은 평양에서, 저녁은 신의주에서 드시게 해 드리겠습니다."

전쟁 전부터도 남한 군대 사령관이 그 말을 입에 달고 살았단다.

인민군이 밀고 내려오자 꽁무니만 빼던 사람들이 이번에는 미군을
등에 업고 북진 통일을 한다며 호들갑을 떤단다.

빗점골로 들어온 인민군들도 사람들이 차려 주는 밥을 든든히 먹
고는 첫날밤에 소좌가 간다고 했던 덕유산, 소백산, 설악산을 거쳐
서 금강산을 지나 북으로 간단다. 후퇴하는 인민군 부대를 찾아간
단다.

국군이 돌아오면 인민군을 도왔다는 죄로 여수순천사건 때처럼
죽을 거라며 들어온 민간인들이랑 부상당한 인민군들은 지리산에
남았다. 군인이 아니거나 다친 군인은 북으로 간다고 해도 전쟁에
도움이 되지 않을 것이므로 인민군이 다시 내려올 때까지 터를 잡고
숨어서 기다린단다.

군인이 지나가고 경찰들이 돌아왔다고 해도 당장 산속으로 쳐들

어오지는 않았다. 경찰들 수가 적어서 산으로까지 쳐들어올 엄두를 못 내는 거란다. 넓고 넓은 지리산이 유격대 세상이 되었다. 인민유격대가 해방시킨 곳이라고 해서 해방구라고 불렀다. 미군이랑 국군이 들어오기 전처럼 인민위원회도 생겼다.

나무를 베어다가 사령부 건물도 짓고 유격대가 생활하는 막사도 지었다. 남은 사람들끼리 만드는 지리산 인민공화국이었다. 인민위원회는 인민공화국 관청이고, 산으로 들어온 사람들은 모두가 평등한 인민이었다. 인민유격대는 지리산 인민공화국을 지키고 해방 투쟁을 벌이는 용감한 군인이 되었다.

병원도 만들어서 부상당한 인민군을 치료했다. 부상이 나으면 곧바로 전선으로 간단다. 석 달 뒤에 다시 내려올 인민군이 더 강한 군대가 되려면 부상당한 사람들이 얼른 나아서 힘을 보태야 한단다.

국군이 다시 들어오기 전에 다녔던 인민소년단도 소년학교로 이름이 바뀌었다. 종근이 형이 선생님이었다. 선생님 되는 사범학교를 나온 종근이 형은 여수순천사건 날 때까지 순천에서 중학교 선생님을 했단다. 인민소년단에서는 글자를 안 배우고 혁명가 해방가 같은 노래만 배웠는데 소년학교에서는 글자를 배웠다.

처음에는,

"한글은 'ㄱ'부터 'ㅎ'까지 아들소리라는 자음 열네 개와 'ㅏ'부터 'ㅡ'까지 엄마소리라는 모음 열 개만 있으면 모든 말을 글로 쓸 수 있어요."

한자처럼 글자를 모두 외우지 않아도 된다는 말이 얼른 이해가 안 되었다. 글자를 쓰는 것도 막막했다. 종근이 형도 처음에 글자 배울 때 막막했단다. 그래서 온종일 '가나다라마바사아자차카타파하'를 노래처럼 외우고 다녔단다. 학생들도 온종일 '가'에서 '하'까지 노래 부르듯이 외웠다. 순서를 다 외운 다음에 글자로 썼다. 며칠을 연습 하니까 아들소리 열네 개를 다 쓸 수 있게 되었다. 그다음에 'ㄱ'에 다가 엄마소리를 붙여서 '가갸거겨고교구규그기'라고 외웠다. 엄마 소리는 아들소리보다 간단해서 배우기가 쉬웠다. 'ㄴ'부터 'ㅎ'까지 아들소리마다 엄마소리를 붙여서 써 보았다. 아들소리 엄마소리만 알면 글자를 쉽게 쓴다고 했던 종근이 형 말이 그때서야 이해가 되었 다. 그다음에는 받침을 붙이는 것을 배웠다. 종근이 형이,

"세종대왕님은 백성들이 모두 똑똑해져야 한다고 생각해서 쉬운 글자를 만들었어요."

알려 주었다.

"읽고 쓸 줄 알아야 사람 구실 한다."

며 열심히 배우라는 당부를 들은 뒤부터는 더욱 힘을 내서 한 글자 한 글자를 읽으며 쓰고, 쓰면서 또 읽었다. 처음엔 막막했는데 알고 나니 하나도 어렵지 않았다.

"어떤 일이든지 모를 때나 어렵지, 알고 나면 별것 아니다."

종근이 형이 늘 하던 말도 무슨 뜻인지 알 것 같았다.

'김' 자를 써 본 것도 처음이고, '기' 자를 써 본 것도 처음이고, '주'

자를 써 본 것도 처음이었다. 다 써 놓고는 '김기주' '김기주'라고 열 번도 더 읽었다. 처음으로 이름을 썼다는 기쁨에 얼굴이 발갛게 달아오르고 가슴이 쿵쾅 뛰었다.

"사람을 짐승이라 하지 않는 것은 글자를 알기 때문이에요. 기주는 오늘부터 짐승이 아니라 사람으로 다시 태어난 거에요."

종근이 형이 머리를 쓰다듬으며 칭찬하자,

"그럼 기주가 다시 태어난 날이니까 오늘이 생일이네요?"

누군가가 한 말에 교실이 웃음바다가 되었다.

"글자를 알게 된 아이들마다 생일이면 하루에 도대체 몇 명이 생일인 거야?"

또 누군가 한 말에 더 크게 웃음보가 터졌다.

열네 살이 되도록 한 번도 글자를 써 본 적이 없었다. 학교 가야하는 여덟 살에는 형이랑 동네 사람들이 일본 놈 글자 배우는 학교에 비싼 월사금 내며 뭣하러 가냐 해서 안 갔고, 해방되고 나서도 가난해서 못 갔다.

한 번도 써 본 적 없는 글자이니 읽으려고 해 본 적도 없었다. 벽에 써 붙인 격문도 누군가 읽어 주면 그런가 보다 했을 뿐이었다.

"저는 딸이라고 부모님이 이름 안 지어 주어서 시집가기 전에 살았던 친척 집 동네 이름을 따서 신촌댁이라고 불렸는데 그냥 신촌댁이라고 쓸까요?"

학생들이 까르르 웃음을 터트리자, 종근이 형이 손가락 끝을 입술에 대고는 조용히 하란다.

"신촌댁은 내가 이름 지어 줄게요. 우리는 모두 혁명 동지니까 혁명 동지에서 두 번째 글자와 끝 글자를 따서 명지라고 해요."

학생들이 멋있다며 모두 손뼉을 쳐 주었다.

"산에 안 들어왔으면 죽을 때까지 이름도 없을 뻔했어요."

제주도에서 여수로 시집왔는데 제주도 4·3사건 때 친정 식구가 다 죽고 여수순천사건 때 시댁 식구가 모두 다 죽어서 졸지에 혈혈단신이 되었단다.

이제 겨우 스물한 살인데 세상에 기댈 사람이 아무도 없다고 두 눈에 눈물을 찔끔 찍으며 한숨 쉬었던 명지 누나다. 성이 지씨라서 앞으로 읽어도 '지명지' 뒤에서 읽어도 '지명지' 라고 이름 쓰기도 쉽겠다고 배시시 웃었다.

형은 전투부대 3중대에서 소대장이 되었단다. 쌍계사 앞 골짜기에 진을 치고 경찰이 쳐들어오지 못하도록 돌아가며 막는단다. 형이 이틀에 한 번씩 부대를 교대하고 사령부로 올라오면 그동안 배운 것을 실컷 자랑했다. 하지만 김용주라고 형 이름을 막대기로 땅바닥에 써도,

"잘 썼네."

그 말뿐이었다. 종근이 형이 옆에서,

"글을 알면 책을 알고, 책을 알면 똑똑한 사람 되는 거다."

칭찬하며 머리를 쓰다듬어 주어도,

"열네 살에 겨우 글자 배우기 시작했지만 하나도 안 늦었다."

용기를 주어도 형은 물끄러미 보고만 있었다.

김기주를 배우고 나니 형 이름인 김용주도 쉽게 쓰게 되었던 것처럼 명지 누나 이름인 지명지도 쉽게 눈에 들어왔다. 다른 글자도 점점 익혀서 힘들이지 않고 읽고 쓸 수 있게 되었다. 글자를 알게 되니 종근이 형이 말한 대로 책도 읽을 수 있게 되었다. 떠듬떠듬 한 글자 한 글자 읽다 보니 무슨 말인지 무슨 내용인지도 알 수 있게 되었다.

"무엇이든 알아야 깨우치고, 깨우쳐야 무시당하지 않는다."

종근이 형이 하는 말뜻을 얼른 다 알아듣지는 못해도 칭찬인 줄은 알 것 같았다. 공부를 열심히 해서 상급반에도 오르고 당원도 되는 희망을 날마다 키웠다.

"열심히 하면 나중에 강동정치학원에 들어가게 해 줄게."

종근이 형이 늘 용기를 북돋아 주었다. 강동정치학원을 졸업하면 당 간부가 되는 것이고 당 간부가 되면 힘이 세지는 것이니까 가난해서 굶주리고, 가난해서 못 배우고, 가난해서 불쌍하게 사는 사람이 없는 세상을 만드는 일에 늘 앞장을 설 수 있게 된단다.

종근이 형은 또,

"훌륭하게 성공한 사람은 자기 혼자 노력으로 된 게 아니에요."

사람이 성공하려면 자기만 잘나서는 결코 될 수 없단다. 자기가 잘나기도 해야 하지만, 부모님을 비롯해서 세상 사람들 모두가 그 사람을 도와주어야 성공할 수 있단다. 그러니까 자기가 그 자리에 올라올 때까지 도와준 사람을 잊지 말아야 하고, 성공을 하고 나면 세상을 위해서 자기를 희생해야 진짜로 성공한 사람이란다. 소년학교 학생들도 가슴에 새겨 두란다. 그런 말을 들을 때마다 성공이 바로 앞에 온 것처럼 가슴이 설레었다.

그날은 아침부터 산 아래에서 울린 총성이 온 산에 쏴르륵쏴르륵 메아리쳤다. 교대를 해서 쉬고 있던 유격대도 모두 쌍계사 쪽으로 내려갔다. 이번에 쳐들어온 부대는 수가 엄청나단다. 사령부에 있는 사람들도 멀리 가지 말고 싸울 준비를 하고 대기하란다.

"그래 봤자 검정개들이 우리 유격대에 상대나 되나 뭐."

검은 옷을 입었기 때문에 경찰을 검정개라고 불렀다. 그동안 쳐들어와도 쌍계사 앞에서 총 몇 발 쏘다가 다시 돌아가곤 했던 경찰들이었다.

그런데 총소리가 와라락 났다가 좀 수그러들었다 다시 와라락 거세지면서 그칠 기미가 안 보였다. 부상당한 대원들이 연달아 치료를 받으러 올라왔다.

"오늘은 노랑개들도 몰려왔어요."

일본군이 노란 군복을 입은 것을 보고 노랑개라 부르던 것을 녹색 제복을 입는 지금도 그대로 불렀다. 유격대가 경찰과 군인들한테 밀리지는 않는다는데 자꾸만 다치는 사람이 생겼다. 막아 내기가 힘들어서 그러는 거라고 명지 누나가 걱정을 했다.

다쳐서 올라온 대원들이,

"쌍계사 인민군들이 도와주면 확 밀어내 버릴 텐데."

쌍계사에 있는 인민군들은 자기들 자리만 지키고 있을 뿐, 유격대를 도우러 나오지는 않는단다. 유격대랑 같이 대열을 만들면 경찰이나 군인들을 쉽게 밀어낼 수 있겠지만, 인민유격대가 인민군한테 이래라저래라 할 수는 없으니까 인민군 쪽에서 먼저 도와주러 오지 않으면 어쩔 수가 없단다.

점심때가 다 되어 가는데 쌍계사에서 본 장군이 인민군 20여 명에게 둘러싸여 말을 타고 사령부로 올라왔다. 쌍계사에서는 어두워서 자세히 못 봤는데 수염을 길게 길렀고, 나이도 환갑은 됐을 것 같았다. 백마를 타고 흰 수염 휘날리며 만주 벌판을 달리는 독립군 장군이 있었다는 얘기를 어른들이 한 적이 있는데, 말 탄 인민군 장군이 그 독립군 장군일 것 같았다.

인민 위원장이 달려 나왔다. 장군은,

"쌍계사는 널찍하고 좋은데 검정개랑 노랑개들이 어찌나 귀찮게 하는지."

말에서 훌쩍 뛰어내려 사령부 건물로 들어갔다. 한참 뒤에 인민 위원장이 얼굴을 잔뜩 찡그리고는 길게 한숨을 내쉬더니 간부들을 불러 모았다.

사령부 막사를 장군이 쓴단다. 사령부 막사를 새로 짓는 동안 학

교 건물을 사령부로 쓰고 다른 막사도 하나를 비워서 장군을 따라
온 인민군들이 쓰게 한단다. 공부하던 학생들도, 막사를 비워 주어
야 하는 대원들도 졸지에 밖으로 쫓겨나고 말았다.

사람들은,

"눈앞에서 전투가 벌어져서 유격대원들이 다치고 날린데 혼자서
한가하게 산으로 들어와 버린담. 무책임하게."

장군을 원망해도 해방시켜 주러 온 인민군이니 유격대 누구도 감히
인민군에게 대들지 못했다.

그날은 해거름이 다 되도록 전투가 이어졌다. 두 명이 죽고 열 명
이 넘게 다쳤다. 그 전에도 전투가 벌어지면 다치는 사람이 생겼지만
이번에는 너무 많은 사람이 다치고 목숨까지 잃었다.

전투가 끝나고 돌아온 사람들이,

"검정개 노랑개가 한꺼번에 몰려와도 우리가 이겼다."

만세를 부르고 함성을 지르며 해방가를 소리 높여 불렀다.

"그래도 죽은 사람은 안 돌아온다."

형이 한숨을 길게 내쉬었다.

다친 사람들도 만세를 같이 불렀지만 고통으로 일그러진 얼굴을
감출 수는 없었다. 어떤 사람은 두 다리 모두 무릎 아래가 날아가
버렸다. 인민 해방이 되어도 그 사람은 평생 앉은뱅이로 살아야 할
것이라 생각하니 가슴이 콱 막혔다.

"전투는 죽이고 죽는 일이니 어쩔 수 없는 일이오."

장군은 강 건너 불구경하듯이 말했다. 모두가 장군이 하는 말에 답답해했으나, 그나마 쌍계사에 있는 인민군이 모두 다 사령부로 오지 않은 게 어디냐고 다행이란다. 2백 명이 넘는 인민군이 쌍계사에서 먹고 놀기만 했는데 사령관이 여기 있으니까 얘기를 잘해서 같이 힘을 합쳐 싸울 수 있을 거란다. 인민군은 쫙 밀고 가서 남쪽을 다 차지하는 전쟁을 하는 군대이니 몇 명 되지도 않는 노랑개 검정개를 물리치는 데까지 힘을 빌릴 것까지야 없지 않느냐는 사람도 있었다. 그래도 해 질 녘에는 쌍계사 인민군들이 좀 도와주기도 했다니 앞으로는 힘을 합칠 수 있을 거란다.

교실이 없어져서 볕이 잘 드는 풀밭에서 공부를 했다. 글자를 쓰고 책을 읽는 사이사이에,

"우리들은 요하강 주름잡던 단군 할아버지 자손이고 만주 땅 호령하던 고구려 후손이에요."

종근이 형이 들려주는 역사 이야기도 신 났다.

"우리 민족은 언제나 꿋꿋하게 외세에 맞서서 나라를 지켜 냈어요. 나라를 빼앗겨도 끈질기게 싸워서 끝내 되찾았어요."

종근이 형은 우리가 얼마나 훌륭한 민족인지 늘 기억하고 자부심을 가지란다.

"지금 우리는 미 제국주의자들이 몰고 온 탱크와 비행기에 잠시 밀려났어요."

하지만 다시 대오를 갖추고 힘찬 투쟁으로 이 땅에서 미 제국주의자들을 몰아내고 자주독립과 민중 해방을 꼭 이루고 말 거란다. 지금은 미국이 여러 나라를 이끌고 와서 우리나라 전쟁에 끼어들었기 때문에 고생을 좀 하고 있을 뿐이란다. 다른 나라에 지배당하더라도 끝내 독립을 이루어 낸 민족이니 이 고생은 기어이 이겨 낼 것이고 앞으로는 절대로 지배당하지 않을 거란다. 소년학교 학생들도 어서어서 혁명 투사로 자라서 투쟁 대열에 앞장서는 역군이 되란다.

그런 말을 들을 때마다 학생들은 와아 함성을 질렀다. 종근이 형은 늘 그렇게 학생들에게 힘찬 기운을 불어넣어 주었다. 아무리 세찬 바람이 불어도 종근이 형과 함께 있으면 하나도 안 춥고 하나도 안 무서울 것 같았다.

"기주는 그리도 쉽게 배우는데 난 아무리 들어도 꿩 구워 먹은 자리다. 어쩌면 좋아."

보름이 넘었는데 이름을 못 익히는 열아홉 살 용석이 형이었다. 전투부대에 들어간다고 우겼는데 총도 모자라니까 글자부터 배우라고 했단다.

배워도 자꾸만 잊어버려서 이름조차 쓰지 못하니 읽는 것도 제대로 될 리가 없었다. 한 글자 한 글자 따라서 쓰라고 하면 그때는 잘 따라 쓰는데 다음 날 혼자서 쓰라고 하면 생각이 안 난단다.

자기 머리를 주먹으로 콩콩 쥐어박으면서 정신을 차리자고 몇 번을 다잡고는 자기 이름이라도 읽고 쓰겠다고 무척 애를 썼다. 그런 용석이 형 앞에 마주 앉아서 온종일 가르쳐 주고 나면 알았다고 해 놓고는 다음 날 일어나면 또다시 모르겠단다.

날마다 땅바닥에 쪼그려 앉아서는 땅바닥을 종이 삼아 막대기로 붓을 삼아 써 보고 또 써 봐도 세 글자밖에 안 되는 이름 쓰기를 기어이 깨치지 못했다. 곽씨인 성을 쓰는 것부터, 아들소리인 'ㄱ' 다음에 엄마소리인 'ㅗ'와 'ㅏ'가 오고 다시 아들소리인 'ㄱ'으로 받침을 붙이는 원리를 좀처럼 깨치지 못했다. '곽' 자가 복잡해서 쉽게 배우지 못한다며 그런 성을 물려준 조상 탓이나 하라고 놀림 반, 안타까움 반으로 누군가가 위로했다. 이름을 읽고 쓰고 깨치는 데까지만 보름이 넘게 걸렸다. 이름만 깨친다고 글을 술술 읽을 수는 없으니 용석이 형은 읽기 시간에도 쓰기 시간에도 진땀을 흘리며 어쩔 줄 몰라 했다. 가르쳐 주는 말을 귀 콩알로 안 듣고 귓등으로 듣느냐는 핀잔을 들어도 좀처럼 글자를 깨치지 못했다.

"사람이 노력해서 이룰 수 있는 일이 있고 해도 안 되는 일이 있다. 아무리 해도 안 되는 것은 안 되는 것이다."

기어이 글자 쓰던 막대기를 집어던져 버렸다.

"공부로 출세할 놈 따로 있고, 돈 벌어 출세할 놈 따로 있고, 주먹패, 광대패로 출세할 놈 따로 있다더라."

글자로 배우는 공부는 그만두고 노래나 부른단다.

쓸 때나 공부할 때나 시도 때도 없이 불러 대는 유행가 때문인지

노래 부르느라 정신이 팔려서 글자가 머리 안에 박히지 않는 것이라고 명지 누나가 핀잔을 주어도,

"난 노래를 하루도 안 부르면 속이 터져 못 살아요."

용석이 형이 구슬픈 곡조로 '목포의 눈물'을 부르면 듣는 사람들이 가슴을 쥐어짜는 것 같단다. 윤심덕이 노래한 '사의 찬미'는 사람 심장을 저미는 것도 같고 후벼서 파내는 것도 같고 애간장을 녹여 내는 것 같기도 하단다. 모두가 집 떠난 사람들이니 조금만 애가 타도 눈물짓기 십상인데 용석이 형이 부르는 노래를 듣고 울지 않고는 배길 수가 없단다. 모두들 쓸쓸해져서 집 생각이 절로 나고 가족 생각이 절로 난단다. 나는 그저 그런 노래로 들린다고 했더니 아직 어려서 몰라서 그렇단다.

종근이 형이 지나가다가,

"용석이, 이제부터 전투력 떨어지는 천박하고 무식한 자본주의 노래 부르지 말고 유식하고 품위 있는 인민 해방가나 진군가 같은 노래를 부르도록 해라."

그 말을 듣고서도 종근이 형이 멀찍이 멀어지자,

"유식한 놈 가운데 사람다운 놈 못 봤다."

혀를 끌끌 찼다. 용석이 형은 유식해지기도 싫고 출세도 필요 없고 천박해도 좋으니 좋아하는 노래나 실컷 부르면서 살고 싶단다. 하늘같이 우러러보는 종근이 형을 무시해 버리는 용석이 형 말에 가슴이 철렁 내려앉았다.

"나는 그냥 보투나 나가게 해 주면 좋겠는데."

용석이 형은 보투를 다녀오는 사람들을 늘 부러워했다.

"산에만 갇혀 있으니 답답해 못살겠다."

푸념을 늘어놓았다.

"며칠 안에 우리도 후방대로 보투 나갈 테니 너무 부러워하지 마."

등 뒤에 명지 누나가 팔짱을 끼고 서 있었다.

"용석이는 이제 무식쟁이 맡아 놨네."

놀리듯이 말했지만 용석이 형은 실실 웃기만 했다.

"용석이도 다른 사람보다 잘하는 게 있을 거야. 그것만 잘하면
돼."

명지 누나가 용석이 형을 위로해 주었다.

'인민은 물이고 인민유격대는 물고기다.'

유격대는 정식 군대가 아니니 나라에서 보급을 받으면서 싸울 수
가 없단다. 총이 필요하면 적에게서 총을 빼앗고, 옷이 필요하면 적
에게서 옷을 빼앗아 입고, 배가 고프면 적에게서 밥을 빼앗아 먹으며
인민을 위해서 싸우는 군대란다. 적에게서 빼앗기 어려울 때는 부득
이 인민에게 빌려서 쓰고 나중에 해방이 되면 갚는 것이란다.

인민유격대가 싸우는 데 필요한 것을 구하러 나가는 것을 보급 투
쟁이라고 하는데 줄여서 '보투'라고 불렀다. 보투가 잘되어야 인민
유격대도 잘 싸울 수 있다면서, 군인과 경찰들을 쏘아 죽이고 인민

해방을 이루려면 보투를 열심히 용감하게 벌여 나가야 한단다.

드디어 소년학교 학생들 가운데서도 몇 명 뽑아서 보투를 나간단다. 한동안은 유격대도 보투를 나가지 않고 밤에만 지서나 면사무소 같은 관공서를 공격하고 날이 새면 얼른 돌아왔다. 군인들은 대부분 전선에서 싸우느라 남아 있는 후방에는 군인과 경찰들 수가 얼마 안 되니까 이번에 보투를 겸해서 밀고 나간단다. 지금보다 해방구를 더 넓힌단다. 노랑개 검정개와 싸우는 전투대와 보급 물품 챙기는 후방대를 합쳐서 천여 명이 한 번에 출동했다.

출동이 다가오자 3중대장이 중대원들을 모이라고 했다. 용석이 형 옆에 은근슬쩍 붙어 섰다. 용석이 형이 씩 웃었다.

"총 있는 전투대원들이 앞장서서 노랑개랑 검정개 몰아내고 해방구 만들면 총 없는 후방 대원들은 집집마다 찾아 들어가 쌀이든 보리든 먹을 것이 보이는 대로 짊어질 수 있을 만큼 들고 나와서 산으로 옮겨 오면 됩니다."

벼락처럼 달려들고 번개처럼 물러나란다. 대신에 집 주인들한테 무례하게 굴지 말란다. 아무리 우리를 지지한다고 해도 물건 빼앗기는 걸 좋아할 사람은 없단다. 처음으로 보투 나가는 사람 많으니 다치지 않게 조심하라고 또 한 번 강조했다.

명지 누나가 나랑 용석이 형 옷깃을 잡아끌며,

"내 옆에 바짝 붙어서 나만 따라다니면 돼."

보투 가면 어떻게 하는지 많이 들어서 잘 안다며 자기만 따라오란다. 자기도 처음이면서 잘난 체한다고 입을 삐죽 내미는 용석이 형을 보고 막막한 것보다야 낫지 않느냐고, 나는 좋기만 하다며 도리어 핀잔을 주었다.

모두들 한자리에 모여 진군가를 소리 높여 힘차게 부르고는 떨리는 기분 설레는 걸음으로 산 아래로 보투를 나섰다. 서리가 하얗게 내려앉은 산길을 따라가며 전투가 벌어지면 어떡하나 가슴을 졸였나. 그래도 줄지어 앞서가는 전투대원들을 따라 심호흡해 가면서 잰 걸음으로 쫓아갔다.

한 시간쯤 걸어가자 후방대는 그 자리에 멈추란다. 숲 사이로 희뿌옇게 해를 맞이하는 마을이 보였다. 요란한 총소리가 멀리서 들려오고 전투대원들이 함성을 지르자, 후방대에도 돌격 명령이 떨어졌다. 후방대는 싸우러 가는 것 아니니까 기선을 제압하려는 함성은 지를 필요가 없다. 그냥 달려가기만 하면 된다.

앞장선 명지 누나, 그 뒤를 따르는 용석이 형, 그 뒤를 쫓아서 마을로 들어갔다. 앞에 간 대원들이 들어간 집들은 지나쳐서 아무도 안 들어간 집으로 무작정 뛰어들었다. 명지 누나가 용석이 형보고 사립문에서 망을 보라고 하고서는 방으로 달려들었다.

"실례 좀 할게요."

방문을 열고는 신발도 신은 채로 한 발을 들이밀자 주인들이 놀라서 벌벌 떨었다. 방 안으로 들어가자 주인들이 구석으로 밀려났다. 명지 누나가 벌려 주는 자루에 쌀독을 기울여 주둥이를 자루에 대고는 손으로 쓸어 담았다. 그러고는 횃대에 걸려 있는 겨울옷들을 돌돌 말아서 바랑에 쑤셔 담았다. 명지 누나가 옷장을 열고는 옷들을 헤집더니,

"이거면 되겠다. 용석이 주자."

두툼하게 솜을 누빈 적삼을 바랑에 담았다. 겨울바람 아무리 차게 불어도 거뜬히 막아 줄 것 같은 무명 적삼이었다. 그 적삼 하나만 입으면 한겨울에도 하나도 안 추울 것 같았다. 솜씨 좋은 바느질로 잘 만든 옷이었다. 용석이 형도 두 겹으로 만든 옷을 입기는 했지만 점점 추워지니 밤이 되면 몹시 떨었다.

밖으로 나가려던 명지 누나가 안주인 뒤에 감춘 자루를 발견했다. 고구마 자루였다. 자기 밭 고구마 캐지도 못하고 그냥 둔 채 쫓겨 왔다면서 방바닥에 반을 쏟았다. 반 남은 자루 주둥이를 돌려 묶어서 가슴께에 덥석 안고는 가자고 재촉했다.

문턱을 넘으면서 돌아보니 겁먹고 말을 못해도 나가는 뒤통수를 흘겨보는 주인과 눈이 딱 마주쳤다. 가슴이 철렁 내려앉았다.

'이 도둑놈들아!'

소리치며 한꺼번에 달려들면 어떻게 하나 겁도 덜컥 났다. 덮어놓고 쌀이랑 옷이랑 고구마를 가져가니 도적이라고 해도 할 말이 없겠다. 먹을 것 입을 것 주어서 고맙다고 말을 해야 하나 강제로 빼앗아 가서 미안하다고 말을 해야 하나 잠깐 망설이는데 명지 누나가 뭘 그리 꾸물거리느냐며 옷자락을 잡아끌었다.

동구 밖으로 후방 대원들이 모두 모여드니까 중대장이,

"적들이 골짜기 밖으로 도망쳐 버렸다오."

토벌대가 꽁지 빠진 강아지들마냥 뒤도 안 돌아보고 줄행랑을 쳐 버렸단다. 한나절 동안 마을에서 편히 쉬었다 가잔다. 총소리가 몇 번 나기만 하면 파리 떼 흩어지듯 도망쳐 버리는 토벌대들이 도망간 방향을 향해서,

"왜 싸워야 하는지 알지도 못하고 강제로 나온 놈들이라 저렇소."

중대장이 혀를 끌끌 찼다. 까닭 없는 싸움이 있을 리 없지만 개처럼 강제로 끌려나온 의무병들이니 조금만 위급하면 싸울 생각을 않고 도망치는 거란다.

대원들이 다시 흩어져서 보투 했던 집으로 들어갔다. 주인 내외가 아이들을 품으로 끌어당겨 꼭꼭 껴안고는 벌벌 떨었다. 멈칫하던 명지 누나가 한숨을 내쉬고는,

"해치려고 다시 온 거 아닙니다."

처음부터 총도 안 들고 있지 않았냐니까, 그제서야 긴가민가하며 긴장을 풀었다. 명지 누나가 공짜로 밥 먹지 말고 무슨 일이라도 해 주고 가잔다. 마당에 패다 만 장작더미가 있었다. 집에서 쓰던 도끼보다 훨씬 무거웠다. 장작 패는 건 위험하고 힘든 일이라며 늘 형이 말렸다. 그래도 몇 번은 해 본 적 있으니까 못할 것도 없을 것 같았다. 손바닥에 침을 탁 뱉고는 도끼를 힘차게 내려찍었다. 묵직한 도 끼날이 나무토막에 탁 박혔다. 나무는 쪼개질 기미조차 보이지 않

왔다.

"아서라, 아서."

용석이 형이 어깨를 들이밀며 비켜나란다.

"어린것이 장작을 어떻게 패니."

도끼자루를 아래로 위로 흔들어서 나무토막에 박힌 도끼날을 빼냈다. 도리깨로 콩 타작하듯 팔을 쭉 뻗어서는 도끼를 머리 뒤로 높이 치켜들었다가 힘차게 내려쳤다. 허벅지만큼 굵은 소나무 토막이 단번에 반으로 쫙 쪼개졌다.

명지 누나는 부엌에 밥을 지으러 들어갔다. 안방을 비워 주고는 주인 식구들 모두 작은방에 들어가서는 꼼짝도 하지 않았다. 얼굴 마주치면 더 어색할 것도 같고 나중에 군인들이 다시 들어오면 유격대를 돕지 않았다고 할 수도 있을 테니 차라리 잘됐다 싶었다. 할 일이 없을까 하고 이리저리 살피다가 짚가리에서 짚단을 몇 단 뽑았다. 담 옆 큰 돌에다 두들겨 추려서는 마루에 걸터앉아 새끼를 꼬았다. 밥이 다 차려질 때까지 마루에서 대문까지 두 번 오고 갈 만큼 꼬았다.

가져가는 물건값에는 턱없이 모자라도 일을 해 주었으니 거지는 안 됐다. 아주 몹쓸 도적까지는 아니라는 정도라도 여겨 주기를 바랐다.

모이라는 소리를 듣고 동구 밖으로 다시 나가 보니 못 보던 남자

59

가 한 명 서 있었다. 산까지 짐 져다 주고 품삯을 받는단다. 유격대에 짐꾼으로 품 팔러 나온 것이다. 명지 누나가 가슴에 안고 있던 고구마 자루를 건네주니까 일 시켜 주어서 고맙다며 굽실굽실 허리를 숙였다. 다른 대원들을 향해서도 일일이 허리를 굽실거렸다. 나를 보고 누군가가 굽실거리는 것은 태어나서 처음이다. 논도 없고, 밭도 없고, 전쟁 통에 일도 없어서 식구들 굶주리니까 무슨 일이든지 닥치는 대로 해야 된단다.

명지 누나가,

"그럼 유격대가 되어서 모두가 잘 먹고 잘 사는 세상이 얼른 오도록 싸워야죠?"

가만히 있어서는 아무것도 안 변하고 아무것도 안 이루어진다고 했더니, 자기가 유격대 되고 나면 자기는 안 굶어도 부인과 어린 자식들은 굶어 죽는단다. 그러니 지리산에 들어갈 처지도 못 된다며 한숨을 내쉬었다. 사령부에도 어린아이들을 데리고 가족 모두가 입산한 사람들이 있었는데 토벌이 심해지면 위험하다고 얼마 전에 다들 내려보냈다.

대열을 앞질러서 옆으로 다가오던 중대장이,

"가난해도 너무 가난하면 스스로 앞장서서 싸우는 일에도 나설 수가 없다."

그것이 진짜 가난이고 그것이 진짜 설움이란다. 유격대처럼 행동으로 싸우지 않는다고 비겁하다 여기면 안 된단다. 유격대조차도 될 수 없는 사람들까지 우리가 앞장서서 모두 다 해방시키잔다. 힘없고 가난한 사람 모두가 평등하게 잘 사는 세상을 만들어야 한다고 노래 부르듯이 말하고 한숨을 쉬어 가며 또 되풀이해서 말했다.

새 적삼을 걸쳐 입고 참 따뜻하다면서 용석이 형이 펄쩍펄쩍 뛰었다. 무거운 짐은 자기가 다 진다면서 쌀자루 들쳐 메고는 콧노래 섞어서 불러 대는 노래에 신명이 듬뿍 담겼다. 힘든 고갯길도 노래 신명을 타고 잘도 갔다. 그 노래 흥얼흥얼 따라 부르면서 가파르고 험한 길 힘 하나 안 들고 힘차게 올라갔다.

어느새 앞질러 온 중대장이 용석이 형을 보고,

"누가 행군 중에 자본주의 노랠 지껄이시오?"

화를 내며 야단쳤다.

"아무리 안 부르려고 해도……."

입에서 자동으로 나오는 노래라서 아무리 안 하려고 해도 자기도 모르게 그냥 나오고 만단다.

사령부 천막 앞에 모두 모여서,

"모두들 고생 많았소. 보급 물품은 하나도 남김없이 내려놓으시오."

중대장 앞에 자루들이 수북하게 쌓였다. 모아 놓고 보니 양이 제법 많았다. 모두가 뿌듯해져서 이구동성으로 보투 나가는 날이 얼른 다시 왔으면 좋겠단다.

중대장이 아무도 안 다치고 무사히 잘해 냈다면서 모두들 고생 많았다고 칭찬을 하고는 곧바로 얼굴이 싸늘하게 굳어지며,

"오늘 행군 중에 반혁명적 자본주의 노래를 지껄인 대원이 있었소."

그 대원은 앞으로 나오라고 했다. 이름을 부르지는 않아도 눈으로 용석이 형을 가리켰다.

스스로 자기 행동에서 잘못을 따지고 스스로 고치겠다고 맹세하는 자아비판을 하라는 거다.

용석이 형이 앞으로 쭈뼛쭈뼛 나가서는 울먹울먹하며,

"제가 혁명 정신이 부족해서 자본주의 노래를 지껄였습니다."

하기 싫은 말을 억지로 하는 목소리가 분명했지만,

"앞으로는 자본주의 노래 절대로 부르지 않고 혁명가만 부르겠습니다."

떨면서도 무사히 해냈다. 나도 앞으로 나갔다. 나도 따라 불렀으니 나오라고 할지도 모르니까 나오라고 한 다음에 나가는 것보다 말하기 전에 먼저 나가서 고백하는 편이 덜 혼날 것 같았다.

"저도 비판받아 마땅합니다."

자본주의 노래 부르는 것 들으면서 흥얼흥얼 따라 부르며 좋아했으니 혁명을 가로막고 사람들 기운 빼게 했다고 스스로 비판했다.

중대장이,

"우리는 혁명을 위해 이 산으로 들어왔소. 놀러 온 것이 아니란 말

이오."

혁명 정신 떨어뜨리는 노래를 한 번도 아니고 여러 번 지적을 당했는데도 뉘우치지 못했으니 자아비판 정도가 아니라 즉결 처분 감이라며 겁을 주었다. 다만 첫 보투에서 좋은 성과를 거둔 공도 있고 내가 미리 나가서 자아비판 한 것도 있으니 앞으로 보름 동안 땔나무 투쟁과 진지 공사 투쟁에 참여하는 것으로 속죄 기회를 준다고 했다. 공부를 못 하게 되어 몹시 아쉬웠지만, 그 정도로 끝났으니 다행이라며 명지 누나가 위로해 주었다.

다음 날 아침부터 용석이 형이랑 낫과 톱을 들고 산속으로 들어갔다. 말라 죽은 나무에 붙은 가지를 잘라서 가지런히 놓고는 칡넝쿨로 묶었다. 양팔을 끼우고 짊어질 멜빵도 두 줄 나란히 만들었다.

징용 간 아버지 대신해서 집안 살림 도맡아 했다는 용석이 형이라 나무를 자르는 요령이 좋았다. 나뭇가지 끝을 아래로 잡아끌어서 활처럼 휜 다음에 낫을 쥔 손에 침을 탁 뱉었다.

"이래야 손에서 낫자루가 안 미끄러진다."

씨익 웃고는 휘어진 등 부분을 낫으로 탁 내려쳤다. 손목 굵기 정도 되는 가지들은 낫 맞은 자리에서 툭 하고 부러졌다. 용석이 형을 뒤따라 다니면서 꺾어 준 가지에서 곁가지를 쳐 내고 가지런히 정리했다. 낫자루가 손에서 미끄러져 빠지려고 하면 용석이 형처럼 손바닥에 침을 탁 뱉었다. 물기 덕분에 낫자루를 힘 덜 들이고도 잘 움켜잡을 수 있었다. 집에 있을 땐 형이 낫질을 못 하게 했다. 동네 사람들이 동생을 너무 오냐오냐 키운다고 핀잔을 주어도 다친다며 낫을 만지지도 못하게 했다. 용석이 형을 따라해 보니 별로 어렵지 않았다. 위험할 것도 없을 것 같았다.

"머슴살이 가기 전에는 이렇게 나무해서 장에 내다 팔기도 했는데."

나무 자르기도, 나뭇단 만들기도 척척 해냈다. 땔감 장만하는 일쯤이야 십 년이나 해 왔으니 누워서 떡 먹기고, 이 없이도 홍시 먹기란다. 힘 하나도 안 든단다.

"그래도 우리 식구 입에 풀칠하기도 힘겨웠지. 우리 어머니 저놈들 손에 무슨 일 당하신 건 아닌지."

눈물을 찔끔 훔쳤다. 형제봉 바로 아래 악양골 건너편에 있는 미서골이 집이라며,

"미안하다. 어머니 아버지 있지도 않은 네 앞에서 청승 떨어서."
배시시 웃었다.

"높이 들어라 붉은 깃발을."

혁명가를 시작하더니,

"노래는 뭐니 뭐니 해도 '목포의 눈물'이 최고다."
입맛을 쩍 다시고는,

"어떡하니, 나 때문에 너 공부 못 해서."
도리어 걱정이다. 괜찮다고 웃으면서 듣는 사람 없으니까 '목포의 눈물' 불러 보랬더니,

"그럴까?"

금세 얼굴이 확 펴졌다.

"까짓거 나무나 듣고 새들이나 들을 테니."

양손에 침을 번갈아 뱉고 두 손을 짝 마주치고는,

"사아공의 배앳노오래."

힘차게 시작하더니 뚝 멈추고는 입맛을 쩍 다셨다. '후욱' 하고 짧은 한숨을 내뱉었다. 이제는 혁명가만 부른단다. 용석이 형이 말라 죽은 나뭇가지를 잡아당겨서는 낫으로 탁 내려치며,

"모두가 평등한 세상이라고 하지 않았니?"

고개를 갸웃거렸다.

평등한 세상을 만들려고 전쟁 일으켰다 했는데 간부들만 좋은 옷 입고 음식도 대원들보다 좋은 것 먹는 게 어떻게 평등이냐다.

"숙소도 개인별로 쓰고."

그 말을 들으니 대원들은 누추한 옷차림에 음식도 형편없고 수십 명이 한 막사에서 지내는데 간부들은 자기 숙소를 따로 쓰고 밥도 각자 해 먹기도 하는 게 평등하지 않은 것 같다.

"유격대 안에서도 차별하는데?"

평등한 세상 만들려고 싸우는 사람끼리도 차별하면서 평등한 세상을 만든다는 것은 말이 안 된단다. 모두가 같이 배부르고 모두가 같이 따뜻하게 사는 것이 평등이라고 늘 들어 왔던 말이 앞뒤가 안 맞는 것 같았다. 용석이 형은 고개만 몇 번 갸웃거리고 더 이상 말을

하지 않았다. 하지만 땔나무 하는 기간 내내 그 생각이 머리에서 떠나질 않았다.

점심을 먹고 나서는 토벌대 막으려고 참호 파는 일과 돌을 담처럼 쌓아서 적을 저지하는 진지 만드는 일을 하러 나갔다.

돌벽 쌓을 때는 중간중간에 수류탄을 하나씩 끼워 넣고는 안전핀 고리에 줄을 맸다. 그 줄을 길게 이어서 잡아당기면 한꺼번에 터진단다. 수류탄이 터지면 파편도 튀지만 돌벽도 무너진다. 그냥 돌벽인가 보다 하고 올라오던 토벌대가 돌에 맞기도 하고 치이기도 하도록 만드는 것이다.

위험하니 수류탄 설치할 땐 멀찍이 물러나라고 했지만, 머뭇머뭇 뒷걸음치면서도 똑똑히 보아 두었다.

"뭐든지 배워 두면 언젠가는 써먹을 날이 있다."

종근이 형이 늘 하던 말이었다. 한번 배운 것은 꼭 나중에 써먹게 된단다.

전투가 벌어지면 유격대도 안 다치고 안 죽을 수 없다. 그러나 이렇게 장치를 해 두면 직접 싸우지 않아도 된다. 수류탄 줄을 잡아당기기만 하면 한 번에 많은 토벌대를 막아 낼 수 있는 장치이기 때문이다. 나중에 당원 되고 간부 되면 이런 것들을 많이 알아두어야 부하들 잘 이끄는 지휘관이 될 것 같았다. 내 부하는 안 죽고 적은 많이 죽게 해야 좋은 지휘관이 될 테니까.

지서를 깨 먹으러

"땔나무하고 진지 공사하느라 고생한 두 사람에게 우리 모두 박
수 보냅시다."

종근이 형이 격려해 주고 학생들이 수고했다면서 박수로 맞아 주
니 힘들었던 몸과 마음이 봄눈 녹듯 풀어졌다.

그사이에 노동신문이 나왔단다. 종근이 형이 신문을 나한테 건네
주며 일어나서 큰 소리로 읽으란다. 등사기로 밀어서 만든 한 장짜
리 노동신문에는 용감한 인민군이 미군 비행기 수십 대를 격추했다
고 쓰여 있었다. 미군 탱크도 수백 대 깨부수고 미군도 국군도 수천
명 쳐부수었다는 소식이 가득했다. 힘이 불끈 솟아나는 소식들만
들어 있었다.

"노동신문보다 더 기쁜 소식이 있어요. 중국 인민 해방군이 압록

강을 건너서 우리를 도우러 온다고 해요."

조금만 고생하면 다시 우리 군대가 밀고 내려올 것이고 그때는 산을 내려가게 될 거란다. 여수순천사건 나고 형이 지리산 들어갔다가 다시 내려온 것처럼 이번에도 그렇게 될 것 같아 가슴이 벅차올랐다. 모두들 함성을 지르며 마음은 벌써부터 해방되는 꿈을 꾸었다.

모두들 기분 좋은 틈을 타서 종근이 형한테 궁금했던 것을 물어보았다. 화내면 이찌나 쓸데없는 것 물어본다고 자아비판 걸리면 어떡하나 마음을 졸이며 질문했는데 의외로,

"맞아요. 그게 이상하다고 느낀 사람들이 많았을 것 같아요." 나무라지 않았다.

"우리는 모두 혁명 길에 하나로 나선 사람들이니 나이가 많든 적든 모두가 평등하게 동무라고 불러요."

절에 가면 사람들끼리 나이가 많든 적든, 부자든 가난뱅이든, 계급이 높든 낮든, 보살님이나 처사님이라고 부르고 교회에 가면 형제님이나 자매님이라고 부르는 것이랑 같은 거란다. 그런데 당원은 동무라고 부르지 않고 동지라고 불러야 하는 것이랑 군인도 계급이 높고 낮은 것으로 정한 것이 이상하지 않냐고 되물었다. 학생들이 그렇다고 대답했다.

"간부는 앞에서 이끄는 사람이에요. 군대를 이끌고 사람들을 이끌죠."

종근이 형은 이끄는 것은 결코 쉬운 일이 아니란다. 어떤 일이 생겼

을 때 결정을 내려야 하고 책임을 져야 한단다.

그런데 이끄는 사람이 결정을 제대로 내리지 못하면 모두가 고생하게 된단다. 전쟁에서 잘못된 결정은 모두를 죽게 만들 수도 있단다. 학생들이 모두 숨을 죽이고 들었다.

"간부는 아주 중요해요."

종근이 형은 또 싸움을 하다가 군인 절반이 죽었어도 간부가 살아 있으면 나머지 사람들을 살려 내는 길을 찾아낼 수 있단다. 그래서 간부는 오랫동안 강동정치학원이나 군사학교에서 잘 학습시키고 훈련시켜서 훌륭하게 키워 내야 한단다. 키워 낸 간부는 아주 소중하게 지켜야 한단다. 보통 사람보다 중요한 사람이니 중요한 대우를 받는 것이지 대원들보다 더 좋은 대우를 받는 것이 아니란다.

무슨 말인 줄도 어렴풋이 알겠고 맞는 말인 것 같기는 한데 그래도 가슴은 답답했다. 어쨌든 더 좋은 대우를 받는 건 사실이니까. 듣고 배운다고 모든 것을 쉽게 알 수 있게 되는 것은 아닌 것 같다.

"기주도 열심히 공부해서 인민을 위한 중요한 자리로 올라가거라."

명지 누나가 어깨를 두드리며 강동정치학원 가서 당원도 되고 지도자도 되라고 했다.

"간부를 높이 대하는 것은 간부를 위해서가 아니라 인민을 위해서라는 거네."

누군가가 하는 말도 귀로는 알겠는데 가슴은 시원해지지 않았다. 종근이 형이,

"지금은 내 말이 이해 안 되는 사람도 있을 거예요."

하지만 학습을 더 하고 교양을 쌓으면 자연스럽게 이해할 수 있을 거란다. 괜히 물어보았다가 더 복잡해지고 막막해지기만 했다. 더 궁금한 게 있었는데 어떻게 물어봐야 할지 생각이 정리되지 않았다.

밤바람이 차가워지면서 산등성이 쪽에서부터 나무들에 단풍이 들고 낙엽이 떨어졌다. 울긋불긋 불이 든 나무들을 보고 명지 누나가,

"눈이 부시다."

탄성을 질렀다.

매화골 둘레 산들은 소나무 숲이라서 단풍이 안 들었는데 온 산이 물든 것은 처음 보았다.

"마을 앞 느티나무도 저렇게 물들었겠지?"

용석이 형은 무엇을 보더라도 집 생각이 나는 모양이다. 가을이 되면 마을 앞 느티나무가 붉게 물든단다.

구름도 한 점 없고 눈부시게 푸른 하늘은 가을이 깊어 간다는 증거였다. 하늘을 올려다보던 명지 누나가,

"밤에 춥지만 않다면 일 년 내내 단풍 구경하면 좋겠다."

그 말에 용석이 형이, 혁명 정신 어디 두고 단풍 타령이냐고 놀렸다. 자기는 가을 되니 추워져서 밤마다 잠만 설친다고 투덜거렸다.

그래도 명지 누나는,

"이렇게 멋진데 멋지다고 말도 못해?"

되받아서 톡 쏘아붙였다. 용석이 형 얼굴이 빨개지며 아무 말을 못 하자 명지 누나가 농담이라며 피식 웃었다.

단풍이 들어가는 만큼 밤공기가 점점 차가워지면서 숙소 바닥에 냉기도 점점 거세졌다. 마른풀을 베어 오고 낙엽을 긁어모아서 바닥에 두껍게 깔았다. 넉넉하게만 깔면 바닥으로는 냉기가 올라오지 않았다. 그래도 숙소 막사가 광목 천막으로 되어 있어서 가을밤 찬 기운을 막아 내기에는 역부족이었다. 잠잘 때는 이불을 머리끝까지 뒤집어써야 했다. 그래도 추워서 대원들 모두모두 서로를 꼭꼭 껴안았다. 상대방 몸에서 나오는 온기를 받고 자기 체온도 다른 사람에게 나누어 주었다. 따뜻하게 불 지핀 아랫목이 그리워도 구들장이 깔린 집은 먼 나라 이야기였다. 추위에 덜덜 떨면서 마루 밑 강아지 꼴로 자는 둥 마는 둥 밤을 보냈다.

"잠을 자는 게 아니라 하룻밤을 때우는 거다."

투덜거리는 사람이 있어도 해방을 위해서 이 정도 희생이야 달게 참아 내자고, 인민군 다시 내려오면 우리가 얼마나 고생했는지 자랑하자고 서로를 위로하며 서로를 꼭 껴안고 점점 길어지는 밤을 이겨 냈다. 보초라도 서는 시간이면 발을 종종거리고 두 손을 모아 입김으로 호호 불며 시간을 견뎌야 했다.

부상자가 많아지고 토벌이 점점 거세진다며 열다섯 살 넘은 사람은 총 없어도 전투대로 편입이 되었다. 총 쏠 수 있는 사람은 모두 전투대에 들어가란다.

"기주는 아직 열네 살이라 안 된다."

형이 내년부터 하라고 했다. 하지만 중대장이 며칠만 지나면 새해가 되고 나이 한 살 더 먹으면 열다섯 살 되는데 무슨 상관이냐며 그냥 들어가란다. 키도 크니까 열다섯 살이나 마찬가지란다. 보통 아이들보다 크지 않은 편인데도 중대장은 키가 크다고 생각하나 보다. 형이 더 말을 하려고 하자 명령이라며 나를 노려보았다.

명령을 거역할 수는 없으니 전투대에 들어갔다. 답답한 후방대보다는 전투대가 나을 것 같기도 했다. 대열 앞에 멍하게 서 있는데 형이 3소대로 끌어당겼다. 내가 용석이 형도 끌어당겼다. 용석이 형도 형이 소대장이라서 좋단다. 그렇게 3중대 3소대 전투대원이 되었다. 전투대원 되었으니 어른이나 마찬가지란다. 어린애 취급 안 하니 우쭐해졌다.

보투 나갈 때는 총이 없으니 후방대에 편입되어도 사령부에서 훈련하고 작업할 때는 어엿한 전투대원이었다. 몽둥이로 총을 삼아서 대열을 갖추고 공격하는 전술을 익혔다.

"유격대는 정규군이 아니니 우르르 나가서 적과 직접 맞붙어 싸울 수는 없어요."

중대장 설명을 들으며 매복도 연습했다. 골짜기 양옆으로 몸을 숨기고 기다렸다가 아무도 없는 줄 아는 적들이 안심하고 골짜기로 들어오면 통발에 가두듯이 깊숙이 끌어들인 다음에 갑자기 총을 쏘아 몰아서 잡는 연습도 했다. 낙엽 속으로 파고들어서 온몸을 덮고 숨어서는 신호가 올 때까지 가만히 있다가 일제히 일어나서 적을 향해 돌격하는 연습도 했다. 돌격을 하다가도 신호가 떨어지면 재빨리 돌아서서 산 위로 도망치기도 했다.

갑자기 나타나서 갑자기 공격하고 갑자기 사라지는 것을 게릴라 전술이라고 한단다. 적이 안심하고 있거나 싸울 준비가 되지 않았을 때 갑자기 나타나서 공격하고, 적이 싸우려고 대열을 갖추면 갑자기 사라져서 적들이 볼 때에는 귀신이 나타난 것처럼 정신을 빼놓는 전술이란다.

총 있는 대원이 전투하다가 다치거나 죽으면 나이순으로 총을 물려받았다. 토벌대에게 빼앗아 오는 총도 차례대로 받았다. 하지만 총 없는 대원들이 워낙 많으니 총을 물려받을 수 있는 차례가 감감했다. 형이 중대장보고 차라리 총 구하는 보투를 나가자고 했다.

"대낮에 나가야 하니 몇 배로 위험해."

중대장이 손을 내저었다. 형이 3소대에는 총 없는 대원이 절반이나 된다고 끝까지 우겼다. 중대장도 겨우 설득했는데 사령부에 허락을 받는 데도 사흘이나 걸렸다. 위험한 일이라고 쉽게 결정을 못 내린 거란다.

악양골 옆을 따라 산길을 타고 걸어서 산이 섬진강에서 끊어지는 곳까지 갔다. 강가에 산을 깎아 노량과 하동을 잇는 신작로를 만들어서 길 아래로는 경사가 급한 절벽이고 그 아래는 강이었다.

차가 절벽 길로 들어선다면 마주 오는 차를 비켜 가지도 못할 정도로 좁은 길이었다. 구불구불한 길이어서 사람도 스무 걸음만 앞에 가면 앞사람이 산모퉁이를 돌아가 버려서 뒷사람에게는 보이지 않을 것 같았다.

"차가 석 대 이상 오더라도 앞에 가는 차는 다 보내 버리고 뒤에 오는 두 대만 공격하자."

1소대와 3소대는 각각 차를 한 대씩 맡아서 공격하고, 2소대는 앞서 가던 차에서 뒤에 오는 차를 구하러 오면 막는 일을 맡기로 했다. 3소대는 맨 뒤에 오는 차를 맡아서 공격하고 1소대는 그 바로 앞차를 맡기로 했다.

절벽 위에 머리 두 개보다 더 큰 바윗돌 몇 개를 언덕에 굴러 내리기 편하도록 걸쳐 놓고는 차가 오기를 기다렸다. 언제 올지도 모르는 적을 기다리는 시간은 길고 지루했다. 매복은 원래 지루함과 싸우는 전술이라는 말을 여러 번 들었지만 아무 소리도 내지 않고 마냥 기다리니 좀이 쑤셨다. 용석이 형이 노래를 부르려다가 형한테 혼이 났다.

바람이라도 불라치면 한낮인데도 얼굴이 얼얼해지도록 차가워졌다. 강에 부는 바람이라서 더 차다고 했다. 저 강을 따라 바다 쪽으로 내려가면 매화골 앞 강변이 나올 것이다. 동네 아이들이랑 고기 잡고 멱 감던 일들이 아련하게 떠올랐다. 다시 인민군이 내려와 산을 내려가면 원 없이 멱도 감고 물고기도 잡을 작정을 했다.

두 시간은 족히 지난 것 같은 시간이 지나서야 노량 쪽에서 붕붕거리는 트럭 소리가 났다. 길 아래서 망을 보던 대원이 차가 석 대라고 알려 주었다.

"너희들은 돌만 굴리고 여기 꼼짝 말고 숨어 있어라. 머리 내밀지 말고."

형이 총 없는 대원들은 나서지 말라고 했다.

군인이 타고 있는 트럭 세 대가 점점 다가왔다.

"뒤에 오는 차를 공격하면 앞차는 도망쳐 버릴 거야."

형이 나직하게 속삭였다.

차 두 대가 지나가자 바윗돌들을 굴려 내렸다. 총 든 대원들이 차를 향해 일제히 사격을 했다. 총이 없는 용석이 형과 나는 그대로 바위 뒤에 웅크리고 있었다. 머리를 내밀지 말라고 했지만 궁금해서 참을 수가 없었다. 바위 옆으로 머리를 빼꼼 내밀었다. 트럭이 굴러 내린 돌을 타고 넘어 가려다가 바퀴가 걸리면서 휘청거렸다. 뒤에 탔던 군인 하나가 떨어져 길에 나동그라지고 트럭은 절벽으로 굴렀다. 한 바퀴 굴러서 나무 턱에 트럭 가운데가 걸쳐졌다. 뒤에 탄 군인 대여섯 명이 굴러떨어졌다. 앞에 탄 군인 두 명은 총을 맞아 피를 흘렸다.

돌격 명령이 떨어지자 총 든 대원들이 길을 가로질러 차를 향해 달려 내려갔다. 그런데 길에 널브러졌던 군인이 정신이 들었는지 일어나더니 너댓 발자국만큼 떨어진 총 쪽으로 기어가려고 했다. 돌격한 대원들은 차에만 정신이 팔려서 길 쪽은 신경도 안 썼다. 앞뒤 가릴 것도 없이 길로 뛰어 내려갔다. 일어나려는 군인 얼굴을 걷어찼다. 고모 집 민기 녀석 걷어찰 때보다 더 힘껏 걷어찼다.

민기 녀석은 맨발로 걷어찼어도 코뼈가 내려앉았는데 군화를 신었으니 걷어차인 군인이 충격을 훨씬 더 받았을 것이다. 일어나려던 군인이 다시 길바닥에 완전히 뻗어 버렸다. 코와 입에서 피가 줄줄 흘렀다. 고모 집 민기 녀석보다 코뼈가 더 많이 내려앉은 모양이었다. 용석이 형이 총을 주워 들고는 쓰러진 군인을 향해 방아쇠를 당겼다. 총에 실탄이 없는지 격발이 되었는데도 발사가 되지 않았다.

차 쪽으로 달려 내려가 항복한다며 손을 머리 위로 든 군인들을 걷어찼다. 뒤따라 내려온 용석이 형은 경사진 언덕에 엉거주춤 앉아 있는 군인들을 개머리판으로 내리쳤다. 차가 구를 때 이미 얼이 빠져 버린 군인들이라 반항은커녕 살려 달라고 빌기만 했다.

"항복한 사람은 때리지 마라."

형이 명령했다.

트럭에는 총이 열 자루씩 담긴 상자가 두 개나 있었다. 실탄도 열 상자나 있었다. 1소대가 공격한 차에는 사람만 열 명이 타고 있었단다. 트럭 뒤에 탔던 군인들 모두 이등병 계급장을 달고 있었다. 자루에 끈을 달아서 둘러매는 바랑도 새것이고 미국 말이 적혀 있었다. 들어 있는 물건들도 모두 새것인 걸 보니 토벌대에 보충병으로 가는 모양이란다. 군인들 바랑을 모두 통째로 챙겼다.

"무슨 물건이든지 가져가면 다 쓸 데가 있다."

용석이 형이 벼랑 밑으로 굴러떨어진 바랑들을 끌어 올렸다. 군인들이 가지고 있던 총도 빼앗고 실탄도 빼앗아서 중대원들 모두 나누어 멨다. 군인들이 입고 있는 외투도 벗겨서 걸치고 신발도 벗겨 신었다.

모두들 총 한 자루씩을 가지게 되니 어엿한 전사가 된 듯 어깨가 으쓱해지고 목에 힘도 잔뜩 들어갔다. 용석이 형이 손에 침을 탁 뱉고는 섬진강 건너를 향해서 탕탕탕탕 몇 발을 쏘아 댔다.

중대장이,

"기주랑 용석이랑 이제 진정한 혁명 역군이 되었소."

보투에서 용감하게 싸웠다고 칭찬해 주었다. 어린애인 줄로만 알았는데 다 큰 어른이라고 추켜세워 주었다. 앞으로 해방구 넓혀 가는 투쟁을 계속할 것이니 전투 때마다 선봉에 서서 힘찬 투쟁을 벌여 달라고 했다. 그 격려를 들으니 기운이 더 펄펄 났다.

하지만 형은,

"숨어 있으라고 했는데 왜 돌격했니? 다음부터 명령 어기면 자아비판 시킬 거다."

용석이 형이랑 나란히 세워 놓고 혼을 냈다. 나 아니었으면 큰일 날뻔했다고 자랑하려고 했는데 형은 혼내기만 했다.

M1 소총은 아주 무거웠다. 덩치 큰 미군들이 쓰는 총이라서 그렇단다. 양쪽으로 한 자루씩 걸쳐 멨더니 걸으면 걸을수록 멜빵이 어깨

를 파고드는 것 같았다. 짐 실은 지게를 진 것 같았다. 그래도 내 총을 가졌다는 기쁨에 무거운 것도 기꺼이 참아냈다. 사령부로 돌아가면 총 많이 생겼다고 좋아할 대원들 얼굴이 눈에 선해서 더 신이 났다.

　다른 사람 총으로 실탄은 넣지 않고 방아쇠 당기는 연습만 할 때는 재미도 없고 의욕도 안 생겼는데 내 총을 들고 하니 책임감이 더 생기고 의욕도 더 넘쳤다.

　오른손 손잡이 바로 앞에 있는 겨냥대를 가늠자라고 부르고, 총구 바로 위에 있는 겨냥대를 가늠쇠라고 불렀다. 가늠자 구멍으로 가늠쇠 끝을 본 다음에 가늠쇠 끝을 표적에 대면 조준이 되는 거란다.

　가르쳐 주는 교관은 인민군 명사수라고 했다. 다리 부상을 당해서 후퇴하는 부대랑 같이 못 가고 지리산에 남았단다. 부상이 다 나아도 절룩거렸다. 그 몸으로는 인민군 찾아 못 간다고 지리산에 남아서 유격대 사격 훈련 맡으라고 했단다. 꼿꼿하게 서서 어깨에 총을 거치하고 쏘는데도 스무 걸음 밖에 있는 주먹 크기 돌멩이를 정확하게 맞혔다. 보통 사람들은 총구가 흔들려서 열 걸음 앞에 있는 돌멩이도 맞힐 수가 없었다. 다섯 발을 쏘아서 마지막 한 발을 맞히지 못하자 자기 머리 관자놀이를 주먹으로 쥐어박으며 바보라고 창피해했다. 부상당하는 바람에 다리에 힘이 약해져서 사격 실력도 떨어진 거라고 사람들이 안타까워했다.

　사격 훈련은 땅바닥에 배를 깔고 엎드려서 왼손으로 총열을 받치고 오른손 검지로 방아쇠를 당겨서 쏘는 것이었다. 한 번에 방아쇠를 끝까지 당겨 버리면 총 끝이 흔들려서 표적을 못 맞춘다. 손가락에 힘을 빼고 방아쇠를 당기란다.

"힘을 빼면 어떻게 당겨요?"

누가 질문을 하자,

"계란을 꽉 쥐면 깨지잖아요?"

계란을 쥐는 힘만큼만 주고 가볍게 당기란다.

"손가락 끝마디를 방아쇠에 대고 두 번에 나누어서 당기세요."

검지 첫 마디를 방아쇠에 걸고 힘을 뺀 채로 천천히 당겼다. 아주 약하게 한 번 걸렸다. 그 자리를 1단이라고 한단다. 그리고 한 번 더 당기니 '딸깍' 하고 공이가 격발됐다. 실탄 꽁무니를 목처럼 뾰쪽한 쇠가 때리면 탄피에 담긴 화약이 폭발해서 총알을 날려 보내는 거란다.

"숨을 멈추고 1단까지 당긴 다음 표적을 보고 다시 겨냥한 다음에 2단으로 가볍게 발사하세요."

너무 힘을 주고 당기면 총구가 좌우로 움직이고, 숨을 쉬면서 방아쇠를 당기면 총구가 아래위로 흔들린단다.

지리산으로 들어오던 날, 종근이 형이 건출이 머리에 총 겨눴을 때처럼 심호흡을 한 다음 숨을 멈추고 천천히 방아쇠를 당겼다. 처음엔 잘 안 됐지만, 몇 번을 연습하니 1단과 2단으로 나누어서 방아쇠 당기는 것이 쉬워졌다.

빈총으로 격발 연습을 하고 나서 실탄으로 사격을 했다. 스무 걸음 떨어진 곳에 주먹 두 개 정도 되는 돌멩이를 놓고 쏘았다. 첫 발은 격발되는 소리에 놀라 움찔했더니 개머리판을 댄 어깨만 얼얼하게 아프고 돌멩이에 맞지 않았다.

"사람은 심장이 뛰니까 숨을 참아도 총구는 흔들립니다."

심장이 뛰는 한 총구가 흔들릴 수밖에 없으니까 총과 한 몸이 되어야 한단다. 사람이 총을 쏜다고 생각하지 말고 총을 몸에 붙은 손발이라고 생각하란다.

"쏘는 순간에는 표적을 보고 생각을 하면 안 돼요."

표적이 사람이든 짐승이든 지금 쏘는 돌이라고 여기란다.

"쏘는 사람 심장도 돌처럼 단단해져야 해요."

교관 말을 귓전으로 흘리며 숨을 참고 방아쇠 1단을 당기고 2단을 당기려는데 긴장해서 그런지 숨을 참기가 힘들었다. 다른 사람들은 발사를 해도 숨을 한 번 더 쉬었다. 총구가 훨씬 덜 흔들렸다. 정확하게 표적에 조준해서 방아쇠를 당겼다. 표적 돌멩이가 뒤로 튕겨 나갔다. 실탄을 아낀다면서 한 번 명중시켜 본 사람은 일어나란다. 자리를 털고 일어나려는데,

"집중하고 몇 발 더 쏘아 보시오."

여덟 발이 든 탄창을 총에 끼워 주었다. 돌 여러 개를 옆으로 죽 늘어 놓고 하나씩 쏘아 보란다.

이번에도 1단까지 당기고 숨을 쉰 다음에 2단을 당겼다. 1단까지

당긴 다음에 또 한 번 숨을 쉬고 쏘면 총구가 덜 흔들린다는 걸 어떻게 알았냔다.

"돌팔매질할 때도 숨을 멈추고 던지면 잘 맞거든요."

교관이 빙그레 웃으며 자기도 그렇게 쏜단다. 무엇이든지 집중할 때는 숨을 쉬지 않아야 한단다.

"단점도 자기 몸에 맞게 다스리면 장점이 되는 것이오."

자기도 숨을 오래 못 참아서 처음에는 사격을 다른 사람보다 잘 하지 못했는데 숨을 잘 맞춰서 쉬는 원리를 몸에 익히고 명사수가 되었단다. 심장이 강하지 않더라도 표적에만 집중하면 명사수가 될 수 있단다.

이어서 여러 발을 쏘니 점점 숨이 찼다. 숨이 차는 만큼 총구도 더 흔들렸다. 겨냥이 점점 어려웠다. 아직 어려서 남들보다 숨이 더 차는 거란다.

총구가 흔들려 표적에서 벗어나면 다시 겨냥해서 가늠쇠가 목표물로 돌아오는 속도에 맞춰서 방아쇠를 당기란다. 총을 내 마음대로 움직이려 하지 말고 총이 움직이는 대로 따라가기만 하란다. 총은 사람이 지배하는 것이 아니라 사람이 총을 도울 뿐이란다. 무엇이든지 지배하려 들면 상대가 나와 한 몸이 되어 주지 않는단다. 무슨 말인지 얼른 이해는 되지 않았지만 총을 억지로 다루지 말라는 말인 것 같았다.

그 말대로 표적에서 벗어난 총구를 표적 쪽으로 옮기면서 가늠쇠가 표적에 접어들기 시작하면 방아쇠를 당겼다. 총구가 더 많이 흔들리면 좀 더 빨리 당겼다. 쏘는 족족 명중했다.

"덩치가 커져서 총 드는 힘이 좋아지면 저격수도 될 수 있을 것 같아요."

교관 말에, 수류탄도 잘 던진다면서,

"아직 어려서 멀리는 못 던져도 표적에 맞히는 재주는 좋은 아이입니다."

용석이 형이 거들었다.

기계처럼 총이랑 한 몸이 되는 원리를 안다면서,

"사격 잘하면 전투에서 영웅이 될 거요."

교관도 격려해 주었다.

3소대에 명사수 났다면서 대원들이 모두 칭찬해 주었다. 그 칭찬에 우쭐하며 형과 눈이 마주쳤다. 하지만 형은 웃지 않았다. 눈썹을 잔뜩 찡그리고만 있었다. 가슴이 쿵 내려앉았다.

총 보투 다녀오고 나흘 뒤에 쌍계사 인민군들이 모두 사령부로 몰려왔다. 부상병도 많았다. 토벌대가 쌍계사로 밀고 들어왔단다. 인민군들이 모두 물러날 정도이니 쌍계사에서 한바탕 치열한 전투가 벌어졌을 거란다.

장군은 인민 위원장에게,

"당신들은 스스로 남조선을 해방시키지 못했소. 그래서 용맹한 인민 해방군이 전쟁으로 남조선 인민을 해방시켜 주려고 온 것이오."

그런데도 유격대가 위대한 전쟁을 수행하러 온 인민 해방군을 보호해 주지 않는다며 소리를 마구 질렀다. 쌍계사로 도우러 오지 않았다고 항의하는 것이었다. 연락도 없었지 않았냐고 해도 총소리가 그렇게 났는데 사람을 보내서 알아보지도 않았냔다. 남조선을 구해 주러 온 군대이니 비굴하게 부탁하지 않아도 남조선 유격대가 스스로 알아서 자기들을 보호해 주어야 한단다.

위원장도 더는 참지 못했다. 제대로 싸워 보지도 않고 도망쳐 오면 어떡하느냐고 마주 보고 소리를 질렀다. 용맹하고 위대한 인민 해방군이라면서 오합지졸이라고 비웃던 토벌대에 쫓겨 온 게 창피하지 않느냐고.

장군은,

"우리는 조국을 하나로 통일하러 온 것이지 산속에 숨어서 산적처럼 살려고 내려온 것이 아니란 말이오."

인민군은 전선에서 적군을 무찌르고 남쪽으로 진격하는 군대란다. 개인 원한이나 갚아 주려고 온 것이 아니란다. 유격대는 지주나 자본가에게 떼나 쓰는 사람들이지 공산주의 국가 건설에 나선 사람들이 아니란다.

"유격대를 모욕하지 마시오!"

위원장이 몹시 화를 냈다. 듣고 있던 사람들도,

"말이 너무 심하네."

수군거렸다.

위원장은 얼굴이 벌개져서 친일파나 악질 지주를 한 놈이라도 더 쏘아 죽여야 해방이 되고 통일이 가까워진단다. 친일파와 악질 지주를 그대로 두면 통일이 된다고 해도 인민은 해방되는 게 아니란다. 다시 민족을 갈라놓을 것이라며 그런 통일은 할 필요가 없단다. 무작정 통일하려는 전쟁은 땅따먹기 놀이랑 다를 게 없단다.

"그럼 인민 해방군이 땅 빼앗으러 온 침략자란 말이오?"

이번엔 장군이 인민군을 모욕하지 말라며 화를 냈다. 장군은 조국 통일이 완성되면 토벌대든 누구든 통일 조국 건설할 인재들이란다. 지금은 서로 뜻이 안 맞는 사람들이라도 통일만 되면 다 해결될 문제라며 토벌대와 싸우면 인민군이 죽고 다치니까 절대로 안 싸우겠단다. 인민군이 내려오면 통일 전쟁에 나서기 위해 대열을 갖추고 기다려야 한단다.

후퇴할 수 없는 인민군은 유격대가 되어서 싸우라고 평양에서 명령이 내려온 걸 모르냐고 하자,

"김일성, 그 애송이가 뭘 안다고 나한테 이래라저래라 한단 말인가. 난 김일성 바짓가랑이나 붙잡고 늘어지는 맹추가 아니다."

장군이 더 불같이 화를 냈다. 인민군이 다시 내려올 때까지 기다렸다가 단번에 남조선 땅 전부를 싹 쓸어 버릴 거란다. 그때까지는 사상자를 내지 않고 버틸 거란다. 유격대가 지켜 주지 않는 빗점골은 위험해서 지낼 수가 없으니 전남도당이 있는 백운산으로 간단다. 쌍

계사에서 온 인민군들도 모두 가 버렸다.

힘을 합쳐 싸워도 모자랄 판인데 무책임하게 떠났다고 사람들이 수군거렸다. 장군은 전선에서 싸우는 임무를 맡기에는 나이가 너무 많아 보였다. 김일성에게 잘못 보여서 전선으로 쫓겨 온 거라고 누군가가 수군거렸다. 그래서 싸울 생각은 않고 목숨만 부지하려고 떠돌아다니는 거란다.

"우리는 전쟁을 하자는 것이 아니라 인민 해방을 이루자는 것인데."

전쟁은 인민 해방을 이루는 방법이지 전쟁을 하기 위한 핑계로 인민 해방을 들먹여서는 안 된다고 멀어져 가는 인민군 행렬을 보며 종근이 형이 중얼거렸다. 종근이 형 말에서 이해 안 되는 말이 하나 더 늘었다.

드디어 해방구 넓혀 가는 투쟁이 시작되었다.

도당 위원장이,

"이제 우리는 적을 깨부수고 몰아내서 해방구를 점점 넓혀 나갈 것입니다."

러시아 볼셰비키 혁명처럼, 중국 공산당이 벌인 대장정처럼, 우리도 적을 몰아내고 해방구를 야금야금 넓혀 나간단다. 우리 경남도당 유격대는 경남을 다 차지하고 전라도당 유격대는 전라도를 다 차지해 버릴 거란다. 충청도도, 경기도도 모두 도당별로 유격대가 적을 몰아내고 해방구를 만들어 다 차지해 버리면 전선에서 인민군이 싸우지 않아도 자동으로 남조선이 해방되어 버릴 것이란다. 중대장도,

"해방구를 점점 넓혀 나가면 인민 해방군이나 중국군이 싸우기 쉬워집니다."

우리가 여기서 적을 괴롭히면 전선에서 미군이든 국군이든 우리를 막으러 올 것이니 전선에서 인민 해방군과 싸우는 군대가 줄어드는 것이란다. 여기서 적을 괴롭히면 괴롭힐수록 전선에 있는 인민군과 중국군이 싸우기 편해진단다. 해방구를 넓게 건설하면 할수록 남조선이 자동으로 해방되는 것은 물론이고, 전선에 있는 인민군이랑 중국군도 싸우기 쉬워지니 꿩 먹고 알 먹는 일이란다.

종근이 형도,

"적을 하나라도 더 쏘아 죽여야 조국 해방 그날이 가까워집니다."

혁명은 피로 이루는 것이며 총칼 들고 싸우는 무장투쟁만이 승리를 얻는 길이란다. '죽인다'는 말이나 '피'라는 말은 언제 들어도 섬뜩하다.

그날부터 해가 지면 산을 내려가 지서를 깨부쉈다. 토벌을 하러 오는 검정개 경찰들과 노랑개 군인들이 낮에는 떼를 지어 산으로 쳐들어와도 해가 지려고 하면 겁을 먹고 산 아래로 내려가 버렸다. 산에서 야영을 하다가 유격대에게 습격이라도 당하면 꼼짝없이 죽는다는 것을 알기 때문이란다.

어두운 밤이 되면 유격대가 싸우기 쉬워지니까 물러간 토벌대를

반대로 공격했다. 토벌대는 지서나 면사무소 앞에 토치카를 만들어 놓고는 꼭꼭 숨어서 지키려고만 했다. 몇 명씩 흩어져서 공격해 들어가는 유격대를 마주 나와서 싸우는 것이 더 불리하다는 것을 알기 때문이란다. 밤에 유격대가 공격하는 것을 '깨 먹는다'고 했다. 면사무소를 공격하면 면사무소를 깨 먹는다고 하고, 지서를 공격하면 지서를 깨 먹는다고 했다.

첫 번째 목표는 함양군 어딘가에 있는 지서를 깨 먹는 거란다. 고갯길을 꼬불꼬불 넘고 계곡을 건너고 들판도 가로질렀다. 앞사람과 세 걸음씩 간격을 벌리고 앞사람 등만 보고 걸었다. 깜깜한 밤길을 아무 말도 하지 않고 쉬지도 않고 걸었다. 마을을 지나고 다리를 건너서 유격대 대열이 길게 이어졌다.

원래는 한 시간 정도면 갈 수 있는 가까운 거리인데 토벌대가 매복을 하고 기다리는 길을 피해서 빙 돌아가는 거란다. 토벌대가 지리산 방향에서 오는 길목에 매복을 하고 지키니까 멀리멀리 돌아서 매복이 없는 길을 골라서 쳐들어가는 것이다.

다리가 뻣뻣해지고 목이 타는 듯이 마르도록 걸었다 싶었는데 목적지에 다 왔단다. 논둑을 따라 옆으로 길게 줄지어 엎드린 채 대기했다. 논둑 너머로 보니 앞 논둑에도 대원들이 한 줄로 엎드려 있었다. 형이 엎드린 대원들 뒤를 지나가면서 멀찍이 희미하게 불빛 보이는 곳이 토벌대가 모여 있는 지서라고 알려 주었다.

토벌대는 겁을 잔뜩 집어먹고,

"검정개, 노랑개들아! 오늘이 너희들 제삿날이다. 항복하면 살려 줄 테니 손들고 나오너라."

유격대가 아무리 소리를 질러대도 토치카 안에서 총을 쏘면서 나올 생각을 하지 않았다. 기관총에서 뿜어 대는 예광탄 붉은 불빛이 밤하늘을 좍좍 가르면서 머리 위로 날아갔다. 붉은빛으로 와르르 떨어지는 별똥 같았다. '슈웅슈웅' 소리를 내며 날카롭게 날아가는 붉은 불빛을 보니 무섬증이 확 솟아나서 오금이 저렸다. 겁먹은 것을 들키지 않으려고,

"야, 이놈들아. 아까운 총알을 어디다 그렇게 쏘아 대는 거냐?"

소리를 질러 대고,

"겁먹고 바지에 오줌이라도 싸는 거냐?"

지서 불빛을 향해서 마주 총을 쏘아 댔다.

한참을 사격하다 소대원들 모이라는 소리를 듣고는 형 가까이에 빙 둘러 앉았다.

"전투 처음 하는 사람들도 있으니까 여러 번 나온 사람들은 옆 사람 잘 챙기고요."

앞줄이 돌격하면 우리도 따라간단다. 돌격할 때 머리 숙이는 거 절대 잊지 말라고 했다. 머리를 숙이면 몸을 자동으로 숙이게 된다. 날아오는 총에 맞을 확률도 그만큼 적어진다. 허리를 숙이면 몸이 확 숙여져서 뛰기가 힘들어지니까 머리를 숙이라고 요령을 알려 주는 것이다. 귀에 딱지가 앉도록 들은 말이다.

나하고 용석이 형한테 차례로 눈길을 주며,

"겁난다고 뛰다가 멈추면 절대 안 된다. 그렇다고 너무 앞질러서 가지도 말고."

다시 한 번 당부했다.

이윽고,

"일 선 전원 돌격!"

명령이 떨어지고 앞 논둑에 엎드려 있던 대원들이 논둑을 넘어서 지서 쪽으로 달려갔다. 일어나 달려가려는데 옆에 있던 용석이 형이 어깨를 잡아끌었다. 그러고 보니 우리 줄은 아무도 안 일어났다.

형 쪽을 바라보니 옆에서 중대장이 손을 번쩍 들어 올리며,

"이 선 전원 돌격!"

그때서야 명령을 내렸다. "와아!" 함성을 지르면서 지서 쪽으로 달려갔다. 미처 지서까지 가지도 않았는데 기관총 소리가 멈추었다. 유격대 함성 소리도 잦아들었다. 형이,

"기관총 소리 안 나는 것 보니 도망친 모양이다."

얼른 달려가잔다. 토벌대 쪽에서 아무 소리도 나지 않으니 무섭던 마음이 모두 사라졌다.

옆에서 달려가던 용석이 형이,

"우리가 돌격만 하면 저놈들은 걸음아 나 살려라 도망쳐 버린다더니 진짜네."

지서를 지나쳐서 면사무소 문을 열고 들어가며,

"토벌대가 쓰던 총이나 실탄 같은 거 있는지 찾아보자."

책상에 있는 등잔에 불을 켜 주었다. 하지만 먼저 와서 들어간 대원들이 다 들고 나갔는지 아무리 살펴봐도 서류 뭉치들밖에는 아무것도 없었다.

"에이, 허탕이잖아. 우리도 앞줄에서 일 선 공격해야 한다니까."

용석이 형이 입을 삐죽 내밀고는 힘만 들고 상은 없다면서 푸념을 늘어놓았다. 변사무소 문을 열고 나오자 마을 앞마당으로 모두들 모이란다. 마을 앞 정자나무 앞에 주민들이 모여 있고 정자나무 앞에 어떤 남자가 꿇어앉아 있었다. 겁먹은 표정으로 굽실거리며 온몸을 벌벌 떨었다. 추워서 그런가 보다 했는데 횃불에 비쳐진 얼굴을 보니 지난번 보투에서 짐 지고 올라갔던 가난한 아저씨였다.

"우리가 어디 있는지 노랑개들에게 알려 주었다면서? 당신, 노랑개 끄나풀이지?"

연대장이 윽박지르자,

"먹고살 수가 없어서 이쪽이든 저쪽이든 일거리 있으면 무조건 했습니다."

유격대에서도 일했다고 토벌대에 말을 했을 뿐이지 토벌대 끄나풀은 절대로 아니라고 손바닥을 마주 대고 싹싹 빌었다.

"나는 이념이고 전쟁이고 그런 거 따질 형편이 못 됩니다."

아내와 자식들 먹여 살리려고 어쩔 수 없이 토벌대든 유격대든 시켜 주기만 하면 심부름한 것이라며 가난한 아저씨가 살려 달라고 애원했다.

"배신자는 처단해야 합니다."

뒤에서 누군가가 소리를 지르자,

"옳소!"

소리가 여기저기서 잇달아 들려왔다. 모여 있던 동네 사람들도 쭈뼛
쭈뼛 눈치들을 보더니 "옳소! 옳소!" 를 외쳤다. 가만히 있으면 안 될
것 같아서 우리 소대원들도 모두 "옳소!" 라고 외쳤다.

가난한 아저씨가 아무리 사정해도 인민재판으로 결정된 것이라며
당과 인민을 대신하여 반동을 처단한단다. 토벌대에게 유격대를 팔
아먹었으니 죽어 마땅하단다. 총살이 집형될 때까지도 가난한 아저
씨는 자기가 죽으면 부인과 자식들이 굶어 죽는다는 말을 쉬지 않
고 했다. 제발 죽이지만 말아 달란다. 유격대가 되라면 기꺼이 되겠
단다. 하지만 총탄은 그 아저씨 가슴을 순식간에 관통하고 말았다.
옆으로 쓰러지면서 그 아저씨가,

"미순아!"

이름을 불렀다.

"미순이가 딸인가 보다."

용석이 형이 혀를 끌끌 찼다.

"그래도 끝까지 우리를 원망하지는 않네."

안됐다며 한숨을 쉬었다.

지지리도 가난해서 유격대 편도 토벌대 편도 마음대로 정할 수 있

는 처지마저 못 되는 그 아저씨가 참 불쌍했다. 토벌대를 향해서 마음껏 소리도 질러 보고 돌격도 할 수 있는 유격대가 그 아저씨보다 몇 배는 행복한 것 같았다.

토벌대를 몰아내고 해방구가 건설되면 곧바로 이동을 해서 산 너머에 있는 또 다른 동네 지서를 깨부쉈다. 식량을 가져가는 보투가 아니라서 몸이 가벼우니 걸음도 재빠르고 이동도 번개 같았다. 낮에는 용맹한 척해도 밤만 되면 발톱 빠진 고양이 신세가 되고 마는 토벌대는 하나도 안 무서웠다. 이렇게 싸워 나가면 머잖아 모든 땅이 해방구가 될 것 같아서 가슴이 벅차올랐다. 우리 손으로 남조선 땅 모두 해방을 시키게 되면 우리 손으로 우리를 위한 나라를 세울 수 있다고 했다. 날마다 싸우기만 하면 이기니까 그리 어려운 일도 아닐 것 같았다.

"첫 전투 어땠어?"

밥을 퍼 주며 명지 누나가 어깨를 두들겨 주었다. 하나도 안 무서웠다고 큰소리쳐 댔더니, 끼어든 용석이 형이,

"기주가 가장 먼저 돌격하려고 해서 내가 말렸어요."

그 말에 명지 누나가 용감한 증거라고 더 칭찬해 주었다.

"나도 무지 용감하게 싸웠는데."

멋쩍은 용석이 형이 뒷머리를 긁적이자,

"용석이도 고생 많았고요."

배시시 웃으며 붉어지는 명지 누나 얼굴이 참 예뻤다.

낮에는 사령부에서 잠을 자고 밤에는 지서를 깨 먹으러 가는 3일째에 접어들자 대원들이 조금씩 지쳐 갔다.

위원장이 대원들을 독려하며,

"지금 우리가 힘들지만 중국군이 밀고 내려오면……."

중국군이 인민군과 내려왔을 때 우리가 아무것도 안 하고 놀고만 있었다면 면목이 없어서 얼굴을 못 들 것이라고 했다. 해방구 건설하는 투쟁을 쉬지 말고 벌이자고 독려했다.

"중국 인민 해방군이 비록 우리를 도와주러 온 은혜로운 군대지만 군대는 땅을 뺏는 전쟁을 하는 것뿐입니다."

해방된 나라를 우리 손으로 든든하게 세워야 한단다. 아무리 피를 나눈 형제라도 내 집 살림을 함부로 맡길 수 없듯이 우리나라 운명을 다른 나라에 맡겨서는 안 된단다. 중국군이 오기 전에 우리가 해방구를 넓혀 두면 넓혀 둘수록 중국군이 우리를 함부로 하지 못할 것이니 중국군이 시키는 대로 하지 않아도 된단다. 얼마 전에 장군이 남조선 스스로 해방시키지 못했다며 무시했던 말 같은 것도 안 들을 수 있을 것 같았다.

형이 썩 나서며 총을 머리 위로 치켜들고는,

"우리 운명은 우리 손으로!"

외쳤다. 대원들도 모두 주먹을 불끈 쥐고는 "우리 운명은 우리 손으로!"라고 힘차게 외쳤다. 모두가 새 기운을 얻어서 전투 길에 나섰다.

겁먹은 토벌대는 유격대가 온다는 말만 듣고도 지서를 비워 둔 채 도망을 쳐 버렸다. 날짜를 미리 알려 주고 가는데도 막기는 고사하고 지레 겁을 먹고 도망쳐 버렸다. 날마다 지서를 깨 먹고 건설하는 해방구는 점점 넓어졌다. 골짜기가 깊숙한 곳에 자리 잡은 지서를 깨 먹었을 때는 아예 마을에 며칠씩 눌러앉기도 했다. 마을에 인민공화국 터를 잡는 것이었다.

산으로 돌아가는 길을 막고 매복하던 토벌대는 유격대가 빙 돌아서 산으로 돌아가니 그때마다 헛일이 되고 말았다. 토벌대가 싸우려고 기다리면 유격대는 다른 길로 돌아서 가 버리고, 토벌대가 안심하고 쉬고 있거나 지키려고 하면 유격대가 어둠을 타고 다가가서 깨 먹고 사라져 버렸다. 토벌대는 귀신에 홀린 듯이 유격대 꽁무니만 따라다녔다. 유격대 흔적만 발견하고는 허탈해져서 귀신같은 놈들이라고 욕만 해 댄단다.

"이빨 빠진 늙은 호랑이마냥 우릴 잡아먹지도 못하고 입맛만 다신다니까."

누군가가 한 말에 와르르 웃음들이 터졌다.

전라도 구례에서는 기차를 습격하여 무기를 빼앗았다는 소문이 들려오고, 경상도 김천에서는 철길을 가로막아 서울과 부산으로 기차가 못 다녀서 난리가 났다는 소문도 전해져 왔다.

해방구 넓어지는 소식도 힘이 나고 중국군 참전하여 미군이 밀린다는 전쟁 소식에도 힘이 났다. 추위는 점점 심해져서 잠자기는 힘들어도 조금만 견뎌 내면 산 아래로 내려가서 따뜻한 방에 앉아 더운 물로 세수도 하고 따뜻이 지낼 날이 눈앞에 다가왔다며 손꼽아 기다렸다.

하지만 시간이 지날수록 날이 새면 토벌대가 어김없이 반격을 해 왔다. 기관총을 쏘며 달려드는 토벌대 반격도 점점 거세어졌다. 전선에서 군인들이 많이 몰려왔다는 소문도 들렸다. 밤에는 용감한 유격대였어도 날이 새면 토벌대에 쫓겨서 산으로 도망쳐야 했다. 유격대가 멀리 돌아도 어떻게 알았는지 길목에 매복을 하고 있다가 공격하기도 했다. 토벌대 수가 많아져서 매복을 여러 군데에 할 수 있기 때문이란다. 토벌대를 우습게 보았다가 유격대가 몰살당할 뻔한 적도 있었다.

매복에 걸려도 일망타진 안 당하려고 앞뒤 사람이 세 걸음 간격으로 늘어서서 걷는 대오를 더 철저히 지켰다. 매복에 걸렸을 때 앞뒤에서 도우기도 쉽고 빠져나가기도 쉬우니 피해를 줄일 수 있는 좋은 방법이었다. 오던 길이 아닌 길로 그 전보다 산을 몇 개 더 넘고 계곡도 몇 개 더 지나 한참을 걸어서 사령부로 돌아왔다.

이렇게 힘차게 나서고 용감하게 싸우다 보니 다치고 죽는 사람도 적지 않게 생겨났다. 부상자들이 벽송사나 환자트로 후송을 가고 나면 가는 만큼 싸우는 대원 수가 줄어들었다. 그동안 밥하고 환자

치료하던 여성 대원들도 전투대에 점점 많이 들어왔다. 명지 누나도 3소대에 들어왔다.

  지리산에 처음으로 눈발이 날리는 날, 함양군 마천면에 지서를 깨부수러 나갔다. 점점 토벌대가 만만찮아지기는 해도 야간 공격은 늘 식은 죽 먹기로 했으니 이번에도 쉽게 무너뜨릴 거라고 자신만만하게 쳐들어갔다. 그런데 토벌대가 토치카 안에서 기관총을 쏘아 대며 끝까지 버텼다. 지서 앞으로 긴 도랑이 가로질러 흐르고 있어서 돌격도 불가능했다. 계곡 건너기가 너무 위험하기 때문이었다. 헛총질만 하다가 사령부로 돌아와야 했다. 공격할 때는 우리 중대가 선봉이어서 맨 앞이었는데 돌아갈 때는 맨 뒤에 섰다. 그 가운데에서도 3소대가 맨 뒤꽁무니였다. 승리를 못하고 돌아가는 길이라 기운이 빠졌다. 늘 이기던 대로 되지 않으니까 불안해지기도 했다.

  형이 돌아가는 것도 중요한 투쟁이라며 긴장을 늦추지 말라고 또 당부를 했다. 어쨌든 세 걸음 앞에 가는 사람 등짝만 보고 걸어가면 되니까 조는 듯 꿈속인 듯 걷다가 멈추고, 또 걸으면서 산속을 행군했다. 그러다 계곡을 건너뛰는 차례를 기다리느라 한참을 멈췄는데 낌새가 이상했다. 앞으로 나가 보니 세 사람 바로 앞사람과 그다음 사람이 선 채로 잠이 들어서 앞사람이 갔는데도 뒤따라가지 못했다.

  용석이 형이,

  "선이 끊어졌구나. 뒤로 전달, 대열 이탈."

나직이 전달하자 뒤에서 따라오던 대원들 모두에게 상황이 알려졌다. 소대 맨 앞에 가던 형에서 바로 다음다음인 세 번째 사람부터 낙오된 것이었다. 유격대는 선이 바로 생명줄이라는 걸 모르는 사람이 없으니 모두들 어쩔 줄 몰라 했다. 남은 사람 가운데는 지휘관도 없고 간부도 없었다. 모두가 당황해서 우왕좌왕하는데,

"어떻게든 표시 길을 해 두었을 거야."

용석이 형이 겁먹지 말라며 안심시켰다.

나무에 멀쩡한 가지가 꺾인 채 화살처럼 걸려 있거나 땅바닥에 화살표가 그려져 있거나 나뭇가지로 방향을 표시한 것이 있으면 선 표시다. 잘 살펴보면서 가잔다. 용석이 형이 앞장을 섰다. 그 뒤에 내가 서고 명지 누나가 그다음에 섰다. 나머지 대원들이 대열을 지어서 선을 찾아 행군했다. 계곡물을 두 번이나 건너고 산을 넘어도 선 표시는 보이지 않았다. 모두 지쳐서 주저앉으려는데 용석이 형이,

"이 산만 넘으면 꼭 있을 거예요."

앉으면 잠들어 버린다고 힘을 내자며 길을 재촉했다. 몸이 천근만근으로 처지는 것 같아도 용석이 형 뒤를 따라 물레방아 돌듯이 쉬지 않고 다리를 놀려서 따라 걸었다.

역시 얼마 가지 않아 꺾어진 나뭇가지가 달빛에 선명하게 보였다. 가지가 뻗은 쪽을 꺾어서 화살 모양으로 만들어서는 나무와 나무 사이 눈높이에 걸쳐 놓았다. 바람이나 짐승에게 걸려서 꺾인 게 아니라는 걸 한눈에 알 수 있었다. 길을 잃은 건 아니라고 안도하며 조

금 더 가다 보니, 지리산을 손바닥 들여다보듯 한다는 선 요원이 기다리고 있었다. 아무리 어둡고 낯선 곳이라도 정확히 알아내서 목적지에 사람을 데려다 준다는 그 선 요원이었다. 뒤에는 더 없냐면서 바보같이 낙오가 뭐냐고 핀잔을 주는데도 대열을 찾았으니 뛸 듯이 기뻤다.

새벽녘이 되어서야 사령부에 도착했다. 보초 서던 사람들이 박수치며 맞아 주었다. 형도 달려나와서는 무사히 돌아와서 다행이란다. 찾으러 뒤돌아가려고 했지만 그렇게 못해서 미안하단다. 유격대에게 금지된 철칙이기 때문이다. 낙오된 사람은 스스로 찾아오게 해야지 찾아 나서려고 하면 원래 대열도 흐트러져서 안 된다고 늘 들어왔다. 찾으러 나갔다가 날이 새고 토벌대 매복에라도 걸리면 낙오한 대원도 찾으러 간 대원도 모두 잃기 때문이란다. 모든 게 뒤돌아살피지 않은 자기 잘못이라고 다시는 낙오시키지 않겠다고 연거푸다짐했다.

용석이 형이 침착하게 남은 사람 다독여서 이끌고 왔다면서 다른간부들도 칭찬이 자자했다. 간부 아닌데도 간부만큼 잘 해냈단다. 중대장도,

"글만 다 배우면 강동정치학원에 기꺼이 추천해 주겠소."

용석이 형 손을 꼭 잡았다. 글이라는 말에 용석이 형 얼굴이 잔뜩 찡그려졌다. 용석이 형은 글자라는 말만 들으면 누구 앞에서라도 얼굴을 찡그렸다.

설 잔치

양력설 지나고 처음 온 노동신문에 인민군과 중국군이 서울을 차지했다는 소식이 실려 있었다. 인민군과 중국군이 국군과 미군을 남쪽으로 밀물처럼 밀어붙인다는 소문으로도 곧 서울을 되찾을 거라는 예상을 하고는 있었는데 신문으로 보니 실감이 더 났다. 서울에서 시가전을 벌여 미군과 국군을 밀어냈단다. 서울을 찾았으니 승리는 시간문제란다. 손꼽아 기다리던 해방이 다시 온다며 모두들 설레고 흥분했다. 지난여름에 그랬듯이 인민군이랑 중국군이 쭉 밀고 내려오면 산을 내려가서 무엇을 하면서 살 것인지 이야기보따리가 펼쳐졌다.

"나는 어머니한테 장가부터 들여 달라고 할 거다."

"나는 우리 색시랑 아들 하나 더 낳을 거다."

"나는 하동읍에 가게 차릴 거다."

모두들 꿈에 부풀고 모두들 마음이 들떠서는 전쟁이 다 끝나기라도 한 것처럼 소리 높여 혁명가, 해방가를 불러 댔다.

설을 이틀 앞둔 날, 소 한 마리를 끌고 오라는 보투 명령이 내려왔다. 설인데 가족과는 못 지내더라도 소 잡아서 유격대끼리라도 잔치 벌이고 기분을 내 보산다. 해방이 얼마 안 남았으니 들뜬 기분 풀어 보잔다.

3중대가 그 임무를 맡았다. 다른 보급품을 가지고 오지 않아도 되고 소만 끌고 오면 되는 간단한 임무니까 전투대만 출동했다. 소는 값이 비싸니까 돈을 주고 사 오라고 했단다. 인민공화국 지폐 뭉치를 들고 중대장이 빙그레 웃었다. 소 몇 마리 값은 되고도 남을 액수란다.

1소대와 2소대는 마을 앞에서 경계 조가 되고 3소대가 마을로 들어가기로 했다. 중대장이 사령부에서 받은 돈뭉치를 형에게 주면서 당부했다.

"구름처럼 소리 없이 들어갔다가 바람처럼 흔적 없이 나오시오."

형이 무슨 소리가 났다 하면 토벌대들이 몰려올 테니 혼자서 가겠다며,

"살짝 내려가서 끌고 오는 것이 더 조용하고 편합니다."

우겼다. 형 말도 옳지만, 혼자서 들어가다 무슨 일 생기면 안 되니까

소대원 절반이라도 데리고 가란다.

"적들이 언제 공격할지 모르니 우리가 엄호하겠소."

중대장 명령이니 형도 더는 말을 못했다.

출발을 하려는데,

"이거."

중대장이 아무래도 안 되겠다며 형에게 두툼한 뭉치를 또 내밀었다.

"산에 올라오기 전 진주에 주둔했을 때 남조선 은행에서 챙겨 둔 것인데."

중대장은 이제 그 돈을 쓸 기회는 없을 거란다. 인민공화국 세상이 되기 전에는 산에서 안 내려갈 테니 쓸 수가 없을 테고 해방이 되면 그 돈을 쓸 필요가 없을 테니까.

어둠 속에서 얼핏 봐도 그만한 돈뭉치라면 집 한 채 사는 값이 충분히 될 것 같았다. 소 끌고 오는 집 마루에 놓고 오란다.

"인민공화국 세상 되기 전에라도 이 돈으로 소를 사라고 하시오."

다른 건 몰라도 소를 끌어와 버리면 주인은 굶어 죽는단다. 소가 없으면 논밭을 갈 수가 없어서 농사를 짓지 못하기 때문이다.

소 주인도 인민공화국 세상이 안 되면 사령부에서 준 돈은 쓸 수 없을 거다. 받아 주는 곳도 없을뿐더러 꺼내 놓기만 해도 빨갱이라고 잡혀 갈 것이고 해방이 된다면 남조선 돈을 쓸 수 없게 될 테고.

해방이 되기 전에는 중대장이 준 남조선 돈을 쓰고, 해방되고 나서는 사령부에서 준 돈을 쓰면 두 번을 쓸 수 있게 될 것 같았다. 소 한 마리로 이쪽 돈 저쪽 돈을 다 받게 되었으니 소 주인이 손해 볼 일은 없을 것 같아서 마음이 놓였다.

말없이 받아 든 형이 앞장서서 마을로 내려갔다. 깜깜한 돌담길을 따라 들어가는데 개들이 한 마리도 짖지 않았다. 개 짖는 소리가 안 들려서 이상하다 했더니 그 마을 열두 집 모두 댓돌에 신발이 하나도 없었다. 외양간은 물론이고, 돼지우리에도 짐승이 아무것도 없었다. 닭장에 닭 몇 마리가 있는 게 전부였다. 사람들이 집을 비우고 어디론가 떠난 게 분명했다.

돌아가서 보고를 하니 중대장이,

"토벌대가 사람들을 모두 한 곳에 모아 놨나 보오."

토벌대가 있는 큰 마을로 가자고 했다. 토벌대가 있는 곳으로 가야 소도 있을 것 같단다. 산길을 타고 넘어 몇 굽이를 돌아서 큰 마을로 다가가니 모닥불 피워 놓은 토벌대 진지 뒤로 달빛이 희뿌옇게 마을을 비추고 있었다.

토벌대가 있는 반대쪽으로 해서 마을로 들어가니 맨 앞집 외양간에 황소가 누워 있었다. 쇠고삐를 더듬어 풀려는데 어미 옆에 누워 있던 송아지가 벌떡 일어났다. 화들짝 놀라서는 송아지가 날뛰지 않도록 어르는데 형이 다른 집으로 가잔다. 뒷집도 그 뒷집도, 옆집도 그 옆집도 외양간이 비어 있었다. 세상이 불안하니 모두들 팔아 버렸는지 다섯 집을 헛걸음하고서야 마을에서 맨 뒤에 있는 기와집 외양간에 소가 있었다. 그런데 목에 워낭을 달고 있었다. 워낭이 흔

들리면 그 소리에 주인이 깨고 토벌대가 몰려올 테니 워낭을 풀어야
만 조용히 끌고 갈 수 있을 것 같았다. 철사로 매달아 놓은 워낭 줄
을 달빛도 안 들어오는 깜깜한 외양간에서 손으로만 더듬어서 풀어
내기는 쉬운 일이 아니었다. 아무리 풀려고 해도 시간만 자꾸 가고
마음만 바빠졌다. 맨 처음 들어갔던 집으로 다시 가자는 용석이 형
말을 들은 척도 하지 않고 워낭 줄을 풀어 보려는 형도 보통 고집이
아니었다.

소리만 안 나면 된다고 생각하니 퍼뜩 방법이 떠올랐다. 바닥에
깔린 지푸라기를 똘똘 뭉쳐서 워낭에 꽉꽉 다져 넣었다. 흔들어 보
니 소리가 안 났다. 짚 뭉치만 안 빠지면 소리가 안 날 테니 모두들
안도했다.

용석이 형이 쇠고삐를 사려서 한 손에 쥐고 한 손으로 코뚜레를 붙
잡고는 마당을 가로지르는데 방 안에서,

"누구요?"

잠이 덜 깬 남자 목소리가 들렸다.

"산사람들이오. 소 끌고 가니 나오지 마시오."

나직한 형 소리에,

"소 없으면 우리는 굶어 죽습니다."

탄식이 들려왔다. 역시 중대장이 했던 말 그대로였다.

"소 값 두고 갈 테니 봄 되면 다시 사시오."

돈뭉치를 마루에 던져 주었다. 이쪽 돈 저쪽 돈 두 가지라고 나누

어서 던졌다.

"고맙소."

방 안에서 들리는 말투가 부드러워졌다. 마루에 돈뭉치가 부딪히는 소리만 들어도 액수가 얼마나 될지 가늠이 되기 때문일 거다.

그때 총소리가 들려왔다. 마을 앞에 있던 대원들과 토벌대 사이에 전투가 벌어진 모양이었다.

"뒤로 돌아서 가자."

형 명령대로 왔던 길 반대쪽인 마을 뒤로 방향을 잡았다. 산굽이를 돌아가면 멀기는 하지만 총알은 피하니까 멀어도 안전한 길이다. 마을 뒷산 쪽으로 달리듯 걸었지만, 총소리가 겁나서 그러는지 죽으러 간다는 걸 알아채고 그러는지 소가 자꾸 버티며 안 가려고 했다. 앞에서 여럿이 잡아끌고 꼬리를 꺾으며 밀쳐 대도 이동이 더뎠다.

골짜기 논들을 지나 산으로 올라가서는 언덕 뒤에 소를 숨기고,

"중대원들은 우리가 갔던 길로 돌아올 줄 알고 후퇴 못 하는 거다."

형이 가서 데리고 온단다.

소대장이면서 명령은 하지 않고 모든 일을 직접 해서 늘 야단을 맞고 비판도 받곤 하면서도 또 형 혼자 가려고 했다.

"나도 가겠습니다."

내가 썩 앞으로 나섰다. 형이 잠시 망설이더니 고개를 끄덕였다.

"그래, 같이 가자."

나머지 대원들은 소를 지키고 있고 형이랑 나섰다. 세 걸음 뒤에 떨어져서 형을 따라 내려갔다. 큰 바위를 돌아가는데 부시럭 소리가 나며 두 사람이 튀어나왔다.

"꼼짝 마! 움직이면 쏜다. 두만강!"

노랑개다. 깜깜한 밤이니까 자기 편인지 아닌지 확인을 하려고 암구호를 댄 것이다.

"수고 많습니다. 우린……."

다가가며 방아쇠를 탕탕탕탕 당겼다. 두 명 모두 쓰러졌다. 몇 명이 이쪽으로 달려오는 소리가 들렸다. 발소리만 들어도 토벌대인지 유격대인지 알 수 있다. 토벌대 군화는 바닥이 딱딱해서 소리가 크게 난다.

길가에 엎드려서 형이 먼저,

"꼼짝 마, 움직이면 쏜다."

군인들이 멈춰 섰다.

"두만강!"

암구호를 먼저 대자,

"백두산!"

저쪽이 대답했다. 그러고는 자기 편인 줄 알고,

"무슨 일이야. 빨갱이야?"

안심하고는 총을 내리면서 다가왔다. 그대로 총을 쏘았다.

또 달려오는 발소리가 어지럽게 들렸다. 소리 나는 방향으로 총을 마구 쏘아 댔다. 저쪽에서도 자리를 잡고 총을 쏘아 댔다. 스무 걸음 정도밖에 안 떨어진 거리지만 밤에 총 쏘는 건 대부분 헛총질이다. 형이 주머니에서 수류탄을 꺼냈다. 한 발뿐인 수류탄이라 정확히 던지지 못하면 다시는 기회가 없다.

"형, 내가……."

형이 수류탄을 건네주었다. 더 말을 안 해도 내가 형보다 돌팔매질 솜씨가 좋다는 것을 알기 때문일 거다. 땅벌 집에 던지던 돌멩이랑 크기가 비슷했다. 형이 엄호를 하느라 어지럽게 총을 쏘는 순간에 토벌대 총에서 나오는 화염 자리를 가늠해서 수류탄을 던졌다. 꽝음과 함께 수류탄이 터지자 저쪽이 조용해졌다. 달려가며 다쳐서 꿈틀거리는 토벌대들에게 확인 사살을 했다. 돌아올 때 정신 차리고 덤비는 토벌대가 있다면 우리 편이 피해를 보기 때문이다. 지난번 총보투 생각이 났기 때문이다. 중대원들 뒤쪽을 치려고 오던 토벌대가 분명한데 여기서 막지 않았으면 모두 위험할 뻔했다.

중대원들과 함께 산 쪽으로 돌아오다 총 맞아 죽은 군인들 몸에서 총과 실탄을 하나도 남김없이 거두어서 나눠 가졌다. 신발도 벗기고 옷도 벗겼다. 누구든 먼저 쥐면 그 사람이 주인이다. 피 묻은 옷이지만 한 번만 빨면 새 옷이나 다름없었다. 두툼하고 질긴 군인 외투는 서로 가지려고 하였다.

소 있는 언덕 뒤로 중대원이 모두 모였다.

"이렇게 깜깜한 밤인데 제깟 놈들이 우리를 어떻게 맞힐 수가 있겠나."

중대장 말처럼 아무도 안 다치고 아무도 안 죽었다.

싸움이 벌어지면 누군가 다치기도 죽기도 하는 것이 당연한 일이고 그때마다,

"조국 해방 위해서 작은 희생은 감수해야 하오."

별일 아닌 듯이 언제나 말은 쉽게 해도, 아무런 희생을 치르지 않고 임무를 완수하면 그것보다 더 좋은 일은 없다.

중대장이 형을 보고,

"그런데 왜 이렇게 늦게 나왔소?"

묻자, 송아지 떼어 놓고 어미 소만 못 데려와서 늦었다고 했다.

"소대장이 어릴 때부터 부모 없이 자랐다더니 그 생각 나서 송아지 없는 소 찾으려고 늦었구만."

다음부터는 그런 낭만적 감성에 젖지 말라고 했다. 마음 약하게 먹고 판단을 늦게 하거나 재빠르지 않으면 몇 분 사이에 적에게 포위되어 부대가 전멸할 수도 있기 때문이란다.

"어쨌든 오늘 밤 두 형제가 영웅이 되었소."

혼나면 어떡하나 마음을 졸이다가 호탕한 중대장 웃음소리에 마음이 탁 놓였다. 용석이 형이,

"아마 중대장도 애지중지하던 돈일 거다."

소 값을 주고 오라던 중대장도 마음이 약한 거란다.

산길을 한참 올라가다가 형을 보고 용석이 형이,

"아무래도 나누어서 들고 가야 할 것 같은데요."

여기서 나누잔다. 소가 안 가려고 자꾸만 발버둥을 치는 게 어두운 산길이 무서워서 그러는 줄 알았는데 죽으러 가는 줄 알기 때문이기도 하단다. 옛날부터 어른들이 소는 자기가 죽을 때를 알아서 마지막 길을 갈 때는 눈물을 흘린다고 했다. 다리를 절뚝거리며 자꾸만 주저앉으려고 했다. 이대로 끌고 산길을 가면 소도 사람도 서로 힘만 든단다.

"어차피 죽을 목숨 고통이나 덜어 주자."

형도 그렇게 하잔다. 용석이 형이,

"죽기 전에 소가 너무 용을 쓰면 고기도 질겨진대요."

그 말을 듣고 중대장도 허락했다. 사령부에 연락할 사람을 먼저 보내고 모닥불을 피웠다. 명지 누나가,

"적과 싸우는 데 쓰는 칼을 소 죽이는 데도 쓰게 되었네."

입맛을 쩍 다셨다.

용석이 형이 총검을 바위에 쓱쓱 문질러 날을 세우며,

"칼이라는 놈은 좋은 데 쓰려고 태어난 놈이 아닌걸."

칼날을 엄지손가락 바닥으로 쓸어 보며 날카로워졌는지 살폈다.

"칼이라는 놈이 전쟁에 쓰이면 사람을 죽이는 물건이 되고 아낙에게 쥐어지면 온 식구를 먹여 살리는 물건이 되는 것이니까, 사람을 살리는 요리에 쓰이는 영광을 누려 보거라."

용석이 형이 머슴살이할 때 읍내 백정에게 들은 말이란다.

"아낙도 온갖 생물을 죽여서 먹을 걸 만드니까 칼이란 놈은 원래부터 생명을 죽이는 일을 맡으려고 태어난 놈인 것 같다."

용석이 형 그 말에,

"칼이란 물건이 타고난 운명인가 보다."

명지 누나가 속삭였다. 누군가를 죽여야만 누군가를 살리는 운명.

"돼지 잡을 때처럼 물 끓여서 털 뽑아야 되지 않니?"

형 말에 용석이 형이 고개를 가로저었다.

"돼지는 껍데기까지 같이 먹지만 소는 가죽을 안 먹잖아요."

소는 가죽을 벗긴 다음 팔다리를 잘라서 나누니까 물은 한 방울도 필요 없단다.

그런데 소를 죽이려면 뾰족한 망치로 정수리를 내리쳐야 한단다. 용석이 형이 코뚜레를 붙잡고는,

"소야, 잘 가라. 우리를 위해 죽어 줘서 고맙다."

뾰족한 돌로 소 정수리를 내리쳤다. 소는 온몸을 한번 움찔할 뿐 쓰러지지는 않았다. 세 번이나 내리쳐도 고개만 휘젓고 목숨 줄을 놓으려 하지 않았다.

"뾰족 망치가 있으면 한 번에 죽일 수 있는데."

용석이 형이 아쉬워하자 형이 소 앞으로 다가가서는 망치 없어도 죽일 수 있다면서 소 정수리에 총을 쏘았다. 그 한 방으로 소는 옆으로 풀썩 쓰러졌다.

용석이 형이 소 배를 앞뒤로 길게 가른 다음, 다리 쪽도 죽 갈라서 아래위로 쇠가죽을 벗겼다.

"머슴 살던 집 주인 환갑 때 소를 이렇게 잡던데 맞나 모르겠네."

가죽을 바닥에 멍석처럼 펼치고,

"함부로 살생을 하지 말라고 쌍계사 스님이 우리 집에 와서 그랬는데……."

중얼거리자 명지 누나가,

"이건 소 한 목숨을 죽여서 우리 유격대 모두를 살리는 일이니 살생이라고 하지 않아도 돼."

괜찮다고 달랬다.

용석이 형이 더운 김이 모락모락 오르는 간을 떼어 내서는 손바닥 반만 한 크기로 잘라서 내밀었다.

"식기 전에 잡숴 봐요."

중대장이 받아들고는,

"생간은 처음이네."

베어 물었다. 중대장 입가에 피가 묻어났다. 징그럽다며 물러나는 대원들은 빼고, 먹겠다는 대원들에게 간 조각을 나누어 주었다.

"짭짤하니 맛있네."

좋다는 대원도 있고,

"녹슨 쇠에서 나는 냄새다."

진저리를 치는 대원도 있었다. 용석이 형이 내 입에도 한 조각 넣어 주었다. 짭짤하기는 해도 별로 비리지 않았다. 쇳가루 냄새는 사람에게서도 나는 피 냄새다. 사람이나 짐승이나 피에서는 피 냄새 나는 게 당연한데도 사람 죽는 생각이 나서 기분이 가라앉아 버렸다.

"이것 한 덩어리만 우리 어머니 드리면 참 좋겠네. 우리 어머니도 쇠고기는 몇 번 안 잡숴 보셨을 텐데."

용석이 형은 소 뒷다리를 잘라 내고는 먼 산 한번 쳐다보고 앞다리를 잘라 내고는 하늘 한번 쳐다보았다.

"올 설에는 어머니 혼자 계시겠네."

전쟁이 막 시작되던 칠월에 여동생이 시집을 갔단다. 그 말에 대원들 모두 고향이 떠올라서 한숨을 쉬었다.

"왜 괜한 말을 해서 대원들 사기 떨어뜨리시오."

중대장이 호통을 쳤다. 모두들 번쩍하고 정신을 가다듬었다.

용석이 형도 다시 마음을 가다듬고,

"가죽도 쓸모가 많을 거야."

마지막 남은 가죽도 멍석을 말듯이 돌돌돌 말아서는 긴 장대 두 개를 끼워 묶어서 환자를 실은 들것처럼 만들었다. 넷이서 같이 들고 맨 뒤에 따라갔다. 모두들 무거운 고기를 들고도 힘든 줄 모르고 신이 나서 힘차게 올라갔다.

"얼른 해방 이루어서 다음 설에는 모두 고향에서 즐겁게 설 쇠도록 합시다."

용석이 형은 소 잡는 걸 한 번밖에 안 봤다면서 다리는 다리대로 잘라 내고 갈비는 갈비대로 뼈마디를 따라서 잘 도려 냈다. 힘줄도 결 따라서 잘 찾아서 끊어 내는 용석이 형 솜씨가 참 기막히다고 대원들도 간부들도 칭찬이 자자했다.

해방이 되고 나면 산에서 설 쉰 얘기 밤새워 하자면서 난생처음 먹어 보는 쇠고기가 맛있고 배불렀다. 그래도 간을 먹을 때 나던 피 냄새 기억이 나서 기분이 좋지만은 않았다. 소에서 나던 냄새랑 다쳐서 피 흘리던 대원들 생각이 겹쳐서 뒷머리가 아렸다.

산에 올라오기 전에 형은 농담도 잘하고 밝게 웃기도 잘했는데 산에 올라온 뒤로는 얼굴색이 언제나 어두웠다. 좀처럼 웃지도 않았다. 중국군이 밀고 내려온다고 해도,

"우리도 결국 남조선이 미국 끌어들인 것처럼 외국 군대 끌어들이고 말았네."

해방 전쟁이라고 해 놓고는 외국 군대를 우리 땅에 들어오라고 해서는 우리 동족을 향해 총질하게 만들었단다. 북조선이 밀리는 전쟁을 도우러 온 거라면 삼팔선 이남으로는 내려오지 말았어야 했단다. 남조선 해방을 외국 군대 손에 맡겼으니 이제는 북조선도 남조선 사람들한테 잘한 것 없는 처지가 되고 말았단다. 스스로 해결하지도 못하는 전쟁을 벌인 꼴이 되고 말았단다.

들숨도 날숨도 모두 깊은 한숨이다. 서울을 되찾았다고 신문에

나왔는데도,

"집들이 얼마나 부서지고 사람이 얼마나 많이 다치는 일인데 멍청하게 서울 시내에서 시가전을 벌였을까?"

걱정을 앞세웠다. 중국군이 서울을 지나 남쪽으로 밀고 온다고 사람들이 기쁘게 말을 해도,

"서울이 여기서 천 리인데 여기까지 올 수나 있을라고?"

미국이 가만히 당하고 있지는 않을 거란다. 인천으로 치고 들어온 것만 보아도 그렇게 호락호락 당할 미군이 아니란다. 기운 떨어지는 말들만 자꾸 했다.

둘이만 남겨져도 말없는 형을 보면 우리가 형제인지 남남인지 구별이 안 되었다. 형을 따라왔는데도 산에서 생활하며 형이랑 같이 한 일이라고는 전투에 나간 일뿐이었다. 남남이 따로 없었다. 얼른 산을 내려가서 쾌활한 형 모습을 되찾고, 한방에서 부대끼며 살갑게 살고 싶고, 웃으며 살고 싶었다.

설 잔치 지나가고 사흘이 안 됐는데 박격포탄이 사령부 앞으로 날아들었다. 쿵 하고 터지고 나면 쏴아 하는 울림이 골짜기를 훑어 내리듯 밀려들었다. 골짜기를 감아 도는 메아리 소리가 가슴을 할퀴는 것 같았다.

토벌대 모습은 안 보이고 포탄만 날아오니 모두들 겁을 먹고 우왕좌왕했다. 중대장이,

"그래 봤자 박격포일 뿐이오."

박격포는 멀리 못 날아가는 포라서, 포탄이 산 하나는 겨우 넘어와도 두 개까지는 못 넘으니 너무 걱정 말라고 했다. 사령부 뒤쪽 산으로 피했다. 사령부 앞쪽으로만 포탄이 떨어졌다.

"하긴 제깟 놈이 보이지도 않는 데서 날아오는데 우리를 어떻게 다 맞추겠니."

별일 아니라고들 했다.

한 시간을 넘게 쏘아 대던 포격이 멈췄다. 포격이 멈추면 보병이 밀려오는 법이니 곧 토벌대가 올 거란다. 머잖아 사령부 앞 방어선에서 대원들이 쫓겨 올라왔다. 참호 속으로 들어가서 몸을 숙이고 기다렸다.

한 시간도 안 돼서 토벌대가 몰려왔다. 숨어서 가까이 다가오기를 기다렸다. 박격포를 한참 쏘아 댔으니 모두 도망친 줄 아는지 허리를 제대로 숙이지도 않고 다가왔다. 명령대로 사격 개시 신호가 떨어지기 전까지 방아쇠에 손가락을 걸고는 무작정 기다렸다. 너무 가까이 올 때까지 기다리다가 토벌대가 돌격이라도 해 오면 어떡하나 심장이 콩당콩당 뛰었다. 만날 공격만 하다가 처음으로 방어를 해 보니 방어가 훨씬 더 힘들다는 말이 왜 나왔는지 알 것 같았다. 당장이라도 산속으로 도망쳐 버리고 싶었다.

지난번에 수류탄을 끼워서 설치했던 돌벽 바로 앞까지 토벌대가 다가왔다. 줄을 붙잡고 있던 대원이 힘차게 잡아당겼다. 그 소리에 맞추어서 사격 개시 명령이 떨어졌다.

"야, 이놈들아! 무덤을 제 발로 찾아 들어왔구나."

소리를 지르면서 일제히 사격을 퍼부었다. 겨냥하고 있던 토벌대원을 향해 방아쇠를 당겼다. 사격 연습할 때 돌멩이 튕기듯이 토벌대원이 뒤로 튕기며 나가떨어졌다. 돌 던지면 호수물이 튀어 오르듯, 돌 맞은 벌집에서 벌들이 날아오르듯 총 맞은 토벌대원 몸에서 피가 튀었다.

연달아서 총을 쏘니까 점점 숨이 찼지만, 사격 연습할 때처럼 표적 쪽으로 총구를 옮기는 속도에 맞춰서 방아쇠를 당겼다. 사격 연습하던 돌멩이보다 훨씬 큰 표적이라 맞히기가 식은 죽 먹기보다 쉬웠다. 총과 기계처럼 한 몸이 된 것 같았다. 토벌대원을 맞혀서 쓰러뜨릴 때마다 돌팔매로 벌집 맞혔을 때처럼 기분이 펄쩍펄쩍 좋았다.

방심한 채 다가오던 토벌대 대열이 사격 몇 번으로 순식간에 무너져 버렸다. 토벌대가 후퇴를 시작하자,

"돌격!"

소리와 함께 이번에는 유격대가 토벌대 뒤를 쫓았다. "와아!" 하며 달려 내려가자 토벌대도 꽁지가 빠져라 도망을 쳤다. 뒤처진 토벌대를 뒤쫓다가 거리가 가까워지면 '서서 쏴' 자세로 총을 쏘았다.

역시 서서 쏘니 숨도 차고 총도 무거워서 총구가 심하게 흔들렸다. 가늠자와 가늠쇠를 통해서 보이는 표적이 자꾸 총에서 벗어나 버렸다. 걸음을 잠깐 멈추고는 총을 표적 위로 들어 올린 다음에 천천히 내리면서 머리 쪽으로 총구가 접어들면 방아쇠를 당겼다. 총구

가 흔들려도 흔들림을 잘 다스리면 표적을 쉽게 맞힐 수 있다던 명사수 교관 말이 이제야 이해가 되었다.

산 아래 들판까지 토벌대를 추격해 나갔다. 단번에 토벌대를 밀어 내 버리고 사령부로 돌아와서는,

"전선에서 온 군인이라더니 별것도 아닌 자식들이 까불고 있어."

사기가 하늘을 찔렀다.

주간 전투가 처음이라 사람이 내 총에 맞는 것을 제대로 본 것도 처음이다. 지난번 소 끌고 올 때도 바로 앞에서 토벌대원을 쏘아 죽인 적이 있지만, 밤이라 제대로 보이지 않았다. 정신이 없어서 자세히 볼 수도 없었다. 지서를 깨 먹을 때는 적이 보이지도 않는 거리에서 화염만 보고 사격을 했다. 헛총질이었다. 명중시킨 것인지 아닌지 알 수도 없기 때문에 사람을 죽였다는 생각도 들지 않았다.

나중에 다른 대원들은 정신없이 쏘느라 토벌대가 자기 총에 맞았는지 어쨌는지 생각할 겨를도 없었다고들 했다. 하지만 나는 열한 명을 죽였다. 중대장이,

"조준 사격을 했기 때문에 몇 명 죽였는지 셈을 하는 거요."

용감하게 사격을 한다며 칭찬해 주었다. 하지만 나중에 형한테 호되게 야단을 맞았다. 적을 많이 죽이면 죽일수록 좋은 일이지만 머리를 들자마자 쏘고 다시 얼른 머리를 숙여야 적이 조준해서 쏘는 총에 맞지 않는단다. 적을 백 명 천 명 죽여도 내가 살아남지 못하면 무슨 소용이냐다. 다른 사람들에게는 칭찬을 받는 일을 하는데도

늘 형에게는 야단을 맞는 일이 되고 만다.

　전투에서 이겼는데도 다들 불안하단다. 사령부까지 토벌대가 밀려 들어온 것도 처음이었다. 토벌이 점점 심해질 거라며 걱정을 했다.

　서울을 지나서 남쪽으로 밀고 내려오던 인민군과 중국군도 더 이상 내려오지 못하고 멈추었단다. 미군이 가로막으니 형이 한 말대로 서울에서 천 리 길인 지리산까지 오기는 틀린 거란다. 인민 위원장이,

　"어차피 남조선 해방은 인민군 손으로가 아니라 우리 힘으로 해야 될 일입니다."

우리가 열심히 싸워서 이루잔다. 전선에서 국군 대부대가 왔다 해도 충분히 이겼으니 이번보다 더 큰 부대가 와도 주눅들 필요가 전혀 없단다. 과감하게 공격하잔다. 어떤 부대가 오더라도, 아무리 박격포를 쏘아 대더라도 밀리지 않고 싸워서 이겨 내잔다. 그러다 보면 인민군이 다시 밀고 내려올 것이고 우리도 산에서 당당하게 내려갈 수 있을 거란다.

　그 말을 듣고서도 사람들은 인민군 오기 전에 지리산에 숨어 있던 때처럼 몇 년 동안 있게 될지 모른다며 불안해했다. 석 달이면 다시 내려간다던 지리산 생활이 벌써 반년이 다 되어 가고 있으니 불안해하는 것도 당연했다.

불타는 벽송사

　수원까지 밀고 내려왔던 중국군과 인민군이 다시 서울 북쪽으로 밀려났단다. 삼팔선 근처로 후퇴를 했단다. 삼팔선에서 아주 북쪽으로는 밀리지 않았지만 더 내려오지도 못한단다. 노동신문에서는 날마다 인민군과 중국군이 이기는 소식뿐인데 남쪽으로 밀고 내려오지 못한다는 게 이해가 안 됐다.

　"신문이란 게 글자 잘 아는 놈들이 휘갈겨 대는 장난질이다."

　신문에 실렸다고 무조건 다 믿지 말라며 용석이 형이 시큰둥한 표정으로 핀잔을 주었다.

　"남조선 신문에는 날마다 국군이랑 미군이 이기고 있다고 할걸?"

　라디오나 신문이 거짓 소식을 전하는 건 어디나 마찬가지란다. 머슴살이할 때 주인도 라디오에서 국군이 이기고 있다는 말만 믿고 있다가 피난 못 가고 인민재판에서 죽었단다. 소식 전해 주는 신문이 거짓말을 하면 어떻게 하냐니까, 그래야 아랫사람들이 윗사람들 말을 잘 듣게 된단다. 용석이 형은 글자도 제대로 모르는데 세상 돌아가는 물정은 참 잘 알았다. 용석이 형 말을 들은 뒤부터는 신문에 난 기사를 그대로 다 믿지 않게 되었다. 앞뒤를 따져 보며 읽게 되었다.

어두워지자마자 거창군 신원면으로 공격해 들어갔다. 추위 때문인지 천막 안에 웅크린 채 싸워 볼 엄두조차 못 내던 토벌대는 유격대가 소리 높여 지르는 돌격 함성에 겁을 집어먹고 도망을 쳐 버렸다.

"추위에 팔다리가 꽁꽁 얼었을 텐데 도망은 잘도 친다."

껄껄껄 웃으면서 해방가 소리 높여 부르면서 산으로 돌아왔다. 이제부터는 사령부로 돌아오지 않고 지리산과 덕유산을 돌면서 토벌대와 지서를 공격한단다. 잠자리도 한곳에 정하지 않고 공격한 다음에 들어오는 산속에서 적당히 정한단다. 그러고는 다음 날 또 다른 데를 공격한단다.

천막은 광목으로 된 것이 있지만 불을 피우지 않으면 밖에서 자는 것과 다를 바가 없다. 광목천 한 겹으로는 바람이나 막을 뿐이었다. 그렇다고 광목 천막 안에다 불을 피울 수도 없었다. 바닥을 따뜻하게 할 다른 방법을 썼다.

먼저 눈이 없는 평평한 땅을 골라 도랑을 길게 팠다. 도랑에 마른 나무나 소나무 가지를 꺾어다가 모닥불을 죽 이어서 피웠다. 모닥

불을 사이에 두고 나란히 마주 앉아서 추위에 언 몸을 녹이고 발싸개도 벗어서 말렸다. 옷도 벗어서 불 위에 그슬렸다. 바느질한 틈새에 숨은 이와 서캐가 타닥거리며 탔다.

불길이 잦아들고 나무들이 벌건 불덩어리로 변하면 그 위에 돌들을 올렸다. 돌들이 따뜻하게 데워지면 그 위에 흙을 얇게 덮었다. 평평하게 흙이 채워지면 낙엽이나 풀을 바닥에 깔았다. 그 위에 광목 천막을 쳤다.

따뜻한 도랑 자리 양쪽에서 발을 올리고 그대로 누워 자면 발이 따뜻해서 추위도 견딜 만했다. 따뜻해진 바닥이 군불 땐 아랫목 같았다. 광목 천막이 차가운 겨울산 냉기를 다 막아 주진 못했지만, 풀이랑 낙엽만 깔고 자던 사령부 숙소만큼이나 따뜻하고 아늑했다.

남녀가 구분 없이 한 방에 잠들어도, 누군가 코를 골아 소리가 진동해도, 아무도 푸념하지 않고 머리만 땅에 대면 그대로 잠이 들었다. 씻지도 못하고 빨래도 못 하니까 몸에서 풍겨 나오는 역겨운 냄새도 이제는 익숙해져서 아무렇지 않았다. 서로를 꼭 껴안고는 온기를 나누면서 긴긴 겨울밤을 견뎌 냈다.

밤이 되면 어서 해가 나서 따뜻해지는 낮이 되기를 기다렸다. 그래도 또 낮이 되면 토벌대가 오지 않을까 불안해하며 어서 밤이 되기를 기다렸다. 밤에는 낮을, 낮에는 밤을 그리워하는 것이다.

다음 날 밤이 되어 또다시 산 밑으로 토벌대를 공격해 들어갔다. 첫날은 겁을 먹고 도망쳤던 토벌대가 하루가 지나고 나니 논둑을 성벽 삼아 진지를 구축하고는 박격포를 쏘아 대며 물러서지 않았다.

유격대도 무모하게 돌격을 하기보다는 사격만 가끔 하면서 머뭇거렸다. 토벌대도 돌격해 오지 않고 지키고만 있다 보니 시간만 지루하게 흘러갈 뿐이었다.

"한쪽이 몰아치면 한쪽이 밀려나야 전투할 맛이 나는데."

손에 침을 탁 뱉고는 총을 쏘던 용석이 형이 푸념을 늘어놓았다가,

"전투를 장난으로 하시오?"

명지 누나 핀잔에 말문이 막히는지 헛기침만 해 대었다.

"저놈들 기죽도록 혁명가를 힘차게 부릅시다."

멋쩍은 용석이 형이 싫다고 하던 혁명가를 주먹까지 휘두르며 앞장서서 불러 댔다. 혁명가에 이어서 해방가가 골짜기를 울리며 퍼져 나갔다. 한참을 기세 좋게 노래를 부르는데 누군가가 일어나서 논둑 너머를 살피더니 외쳤다.

"없다, 없어."

논둑 뒤에 진을 쳤던 토벌대가 노래 부르는 사이에 흔적도 없이 사라져 버렸다.

"오줌 마려운 강아지마냥 꽁지를 내리고 내뺐구먼."

모두들 껄껄 웃고는 마을로 찾아들어서 더운 방에 자리를 잡고 더운밥도 얻어먹고는 산으로 돌아왔다. 마을에서 하룻밤 보내자는 말도 나왔다는데 토벌대가 공격해 오면 막아 내기 어려운 동네라며 산으로 돌아왔다. 또 도랑을 파고 불을 피워 잠자리를 만들었다.

다음 날 또 공격을 하려는데 중단 명령이 떨어졌다. 오랜만에 공격 없는 밤을 보내고 아침이 되었는데 사령부로 돌아오라는 명령이 내려왔다. 산 능선 바로 아래를 타고 사령부를 향해 행군하는데 골짜기 길로 토벌대를 태운 트럭 수십 대가 산속 마을을 향해 올라가고 있었다. 한참 뒤에는 아련하게 사격 소리가 메아리를 타고 들려왔다.

"우리는 여기 있는데 어디에다 총질을 해 대는 거야?"

용석이 형 말을 되받아서 명지 누나가,

"저것들이 낮도깨비라도 봤나 보네요. 얼마나 겁을 먹었으면 헛것이 다 보이겠어요."

깔깔깔 웃어 댔다.

토벌대가 물러가는 길목을 지키고 있다가 몰살을 시키고 가자며 의견이 분분했다. 토벌대 수가 너무 많아서 안 된다며 눈 쌓인 산을 넘어 사령부로 돌아왔다.

"토벌대가 지난 설에 산청군 신원면에 들어와서 주민들을 수백 명 넘게 학살했다고 하오."

가슴이 무너지는 소식을 전해 주었다. 유격대를 도왔다고 누명을 씌워서는 노인이고 어린애고 가리지 않고 끌어내서 모조리 쏘아 죽였단다. 오다가 들은 총소리도 무고한 사람들이 토벌대 총에 맞아 죽는 소리가 분명했다. 토벌대가 죄 없는 민간인들을 죽이고는 유격대를 잡았다고 거짓 보고를 올린단다. 죽일 놈들이라고 다들 토벌대를 욕했다.

지난번에 토벌대가 사령부로 쳐들어온 날 전투에서 부상자가 너무 많았다. 그동안은 유격대가 사령부를 비웠으니 남은 막사에서 치료를 받았는데 유격대가 돌아오니 치료할 장소가 비좁았다.

"여기서는 치료를 못 하니 많이 다친 대원들은 따뜻하고 좋은 시설에 가서 잘 치료하고 오시오."

야전병원인 벽송사로 후송을 가란다. 한 소대에 한 명씩은 못 걷는 환자들을 들것으로 들고 가는 일에 지원을 가야 했다. 아무도 안 간다며 물러섰다. 할 수 없이 소대장인 형이 지목하는 사람이 후송을 맡아서 가기로 했다. 내가 뽑히지 않기를 간절히 바랐으나 형 손가락은 나를 가리켰다.

양다리와 허리에 총상을 입은 대원 후송을 맡았다. 산 아래쪽에는 눈이 적어서 걷기가 쉽다 해도 고개를 넘으려고 높은 곳으로 올라가면 무릎까지 빠질 만큼 눈 쌓인 좁은 산길이었다. 넷이서 들것 하나를 들고 가려 해도 자꾸만 미끄러져 걸음이 더뎌졌다.

좁은 길을 지나갈 때는 다친 대원을 힘센 대원이 혼자서 들쳐 업었다. 눈 쌓인 내리막길에서는 들것을 썰매처럼 끌고 내려갔다. 번듯하게 길이 난 게 아니어서 오르막이든 내리막이든 쉬운 길이 아니었다. 이러니 아무도 지원을 안 하려고 했나 보다.

그래도 벽송사는 번듯한 절이니까 추위에 안 떨어도 될 테니 걸음이 가벼워졌다. 힘들다는 말도 안 했다. 따뜻한 방에서 자고 따뜻한 밥을 먹을 수 있다면 이 정도 고생은 참을 만했다.

한참을 가다 보니 조릿대 숲 속에서 여자 대원 한 명이 나와서 어디로 가냐고 물었다. 왼팔에 붕대를 감고 얼굴을 다쳤는지 눈과 입 사이를 온통 붕대로 칭칭 감았다. 말할 때도 입을 크게 벌리지 못했다.

"조금 다친 사람들이라오."

사람 키보다 훨씬 더 큰 조릿대 숲 안에다 환자트를 만들어서 치료받는단다. 치료를 받는다고 하지만 의사도 없으니 상처 난 곳에 붕대나 대충 감고 죽기만 기다리는 생활이 치료란다. 그래도 죽지 않고 버티고 버텨 내면 시간이 지나가서 상처가 나으니까 어쨌든 치료는 치료란다.

환자 수송 책임자 대원이 환자트 대원들에게 벽송사로 따라갈 사람은 따라나서라고 해도 아무도 나서지 않았다. 지내던 곳이 편하다고 그냥 있겠단다. 벽송사로 가면 의사도 있고 치료받기 쉬울 거라고 했더니 죽을 목숨이면 이미 죽었을 텐데 아직 안 죽은 거 보면 여기에 있더라도 나을 거라고 했다. 무릎까지 빠지는 눈길을 뚫고 산을 넘어서 갈 엄두도 안 나지만, 벽송사에 따라가면 자기들을 위해서 약도 써야 하고 붕대도 써야 할 테니 급한 환자들에게 써야 할 의약품을 괜한 낭비만 한다며 싫단다.

환자트에서 멀찍이 내려오자 한 대원이,

"상처가 낫는다고 해도 성한 사람처럼 살 순 없을 거야."

혀를 끌끌 찼다.

고개를 넘어 한참을 내려가니 의중마을이 나왔다. 마을 앞 골짜기가 칠선골이란다. 칠선골을 건너가니 절벽을 깎은 듯이 가파른 길이 있고 그 길을 턱에 숨이 차도록 올라가니 절이 있었다. 대웅전 뒤에 밥 짓는 공양간과 스님들 지내는 방이 있었다. 대웅전 뒤에 돌탑 하나가 전쟁이 다 뭐냐는 듯이 우뚝 서 있었다. 쌍계사보다는 작고 칠불암보다는 큰 절이었다.

환자를 이송한 사람 가운데 몇 명만 남고 모두 돌아갔다. 이번에는 남겠다고 했다. 따뜻한 방에서 한나절을 지내 보니 따뜻한 밥 먹으며 지내고 싶은 욕심이 났다. 같이 왔던 대원들도 아직 어리니까 야전병원에 그냥 남으라고 했다.

벽송사가 유격대 야전병원이라 다른 곳보다는 아무리 사정 좋게 치료를 한다 해도 약품이 별로 없었다. 제대로 된 붕대도 거의 없었다. 토벌이 심해져서 약품 보급이 안 된단다. 찢어진 상처를 꿰매는 실도 있을 리 없었다. 옷 꿰매는 무명실로 수술용 실을 대신했다. 바르는 약도 모자라서 호박을 얇게 썰어 상처에 붙이고는 광목천을 길게 찢어 붕대 대신 칭칭 감았다. 다리나 팔이 부러진 환자들은 석고가 없으니 부러진 곳에 나뭇가지나 목판을 빙 둘러서 고정을 시킨 다음, 광목천을 칭칭 감고 뼈가 붙기만을 기다렸다. 아프면 그저 이를 악물며 견디고 열이 나면 얼음찜질을 하며 견뎠다. 그런 방법 말고서는 다른 길이 없단다. 환자를 모아 놓고 치료하는 곳이라기보다는 환자들이 모여서 낫기를 그저 기다리는 곳이라는 표현이 더 잘 맞을 것 같았다.

의사도 고작 군의관 한 명뿐이고 나머지는 대원들 가운데 뽑힌 사람들이었다. 의술을 배우지 않았으니 기껏 하는 일이라고는 군의관을 도와서 상처를 닦고 붕대를 감는 일이 전부였다. 상처를 꿰매거나 수술을 하는 것은 군의관이 혼자서 다 했다. 마취 약이 없으니 나무 막대기를 부상자 입에 물리고는 발버둥치지 못하게 몇 명이서 환자 팔다리를 꽉 붙들었다. 그래도 상처를 꿰매는 건 인내심만으로도 참아 낼 수 있는 고통이었다. 팔다리를 잘라야 하는 부상은 사람이 참을 수 있는 고통을 넘어서는 일이었다. 자르는 수술 도중에 기절하는 것은 예사였고, 목숨을 놓아 버리는 사람도 있었다. 아무리 환자들을 많이 보았어도 팔다리 자르는 일은 차마 못할 짓이었다. 살을 에는 아픔도 결코 작은 고통이 아니겠지만 뼈를 깎는 고통에는 비할 바가 아니었다. 팔다리를 자르면 자를 때 몸에서 느끼는 고통만이 아니라 상처가 아문다고 해도 더 이상은 정상인으로 살아갈 수 없다는 사실도 환자들에게 엄청난 마음 고통이었다.

"그래도 목숨 건진 것이 다행이오."

살아만 있다면 시간이 지나갈 것이고, 시간이 지나가기만 하면 상처는 나을 테니 찢기고 잘려 나갔어도 아픔을 참으며 견뎌 냈다. 목숨 붙은 채 견뎌 내면 견뎌 내는 그날까지는 산 사람이니까.

환자들이 한꺼번에 몰릴 때는 군의관 혼자서 다 치료하기가 벅찼다. 그러다 보니 꿰매야 하는 심한 부상도 그냥 붕대만 감아 놓기 일쑤였다. 꿰맨 다음에 붕대를 감으면 피부에 붕대가 닿으니까 고통도 덜하고 빨리 아물었다. 그런데 벌어진 속살에 바로 붕대를 감으면 붕대가 살에 달라붙어서 아프기도 더하고 회복도 더뎠다.

보다 못해 군의관에게,

"급할 때는 저라도 환자들 맡아서 상처 꿰매 줄까요?"

했다가,

"의술이 장난인 줄 아니?"

핀잔과 불호령을 들어야 했다. 의사는 오랫동안 대학에서 공부를 해야 한단다. 의술은 죽은 사람 목숨을 살리는 신성한 일이니까 오랫동안 배우고 익혀야 하는 거란다. 신이 준 목숨을 살리고 죽이는 게 의사 손에 달렸단다. 의사 아닌 사람은 환자를 치료하면 안 된단다. 의사가 살리지 못하는 환자는 하늘이 살리지 않으려는 목숨이라서 그렇단다.

그저 상처를 좀 더 빨리 낫게 해 주고 싶어서 말했다가 알아듣지도 못할 말을 장황하게 들어야 했다.

"나이도 어린 놈이 건방지게!"

모욕도 당해야 했다. 군의관이 하는 걸 보니 별로 어려워 보이지도 않았다. 칼에 베인 상처는 살점이 떨어져 나가지 않은 경우가 대부분이니까 피부를 상처 양쪽에서 잡아당겨 꿰매면 되었다. 살을 헤집고 지나가서 너덜너덜해지는 총상만 아니면 별 솜씨 없어도 꿰맬 수 있을 것 같았다. 하지만 군의관은 의료 기구들을 만지지도 못하게 했다.

치료를 받다가 목숨이 끊어지면 절 옆 골짜기에 묻혔다. 양지 바른 곳이라 땅이 얼지 않았어도 일할 사람은 부족하고 죽는 사람은 많아서 제대로 된 봉분을 만들 수 없었다. 시신을 겨우 덮을 만큼 묻었다. 짐승들이 파헤칠지도 모른다고 무거운 돌 몇 덩이를 올려놓는 게 그나마 시간이 지나도 무덤이라는 걸 알려 줄 뿐일 거다.

처음에는 묻을 때마다 슬프기도 하고 분노가 치밀기도 했지만,

"사람이 나고 죽는 것은 다 타고난 운명이다."

그 말에 점점 익숙해지면서 죽음에도 무덤덤해졌다.

지서를 깨 먹으러 산청군 어딘가로 갔을 때 다리에 총을 맞고 벽송사에 왔다는 대수 형은 아직 완전히 낫지도 않은 다리를 절룩거리면서도 환자들을 나서서 돌보았다. 샘에서 물도 길어 오고 익숙한 솜씨로 환자들 상처를 닦고 붕대도 갈아 주었다.

"겨울이라 상처가 덜 곪으니까 그래도 훨씬 나은 거예요."

늘 그렇게 환자들을 위로했다. 조금만 방심하면 상처가 곪고, 곪은 자리에서 구더기가 생겼다. 상처가 곪는 냄새에다 씻지 못해서 나는 몸 냄새까지 더해져서 방 안에는 늘 시큼하고 비릿하고 누린 냄새가 차 있었다. 처음에 왔을 때는 환자 방에 들어가기가 싫었는데 이제는 대수 형을 따라서 익숙하게 상처를 닦고 붕대를 갈아 주었다.

환자는 많아지고 의약품 보급은 안 되니 있는 재료를 최대한 아껴

쓰고 다시 쓰는 수밖에 없었다. 붕대도 되도록 다시 빨아서 써야 했다. 찬물에는 아무리 빨아도 피고름 자국이 깨끗하게 지워지지 않았다.

"애기 기저귀처럼 삶아야 해."

왼팔에 수류탄 파편을 맞고 두 달째 치료 중인 문주 누나였다. 국 끓이는 가마솥에 물을 붓고는 쓰던 붕대를 넣고 휘저으면서 삶았다. 찬물에 빤 것보다는 나았지만 아주 깨끗하게 되지는 않았다.

"그 정도면 됐다. 소독도 되었을 테고."

문주 누나는 팔이 아파서 직접 빨래를 할 수는 없어도 붕대 빠는 방법을 자세히 알려 주었다.

"남자가 돼 가지고선 빨래를 하고 있으니 창피하다. 그치?"

대수 형이 겸연쩍게 웃었다. 소년학교에서 배운 대로,

"인민 해방은 남녀평등에서부터 해야 된대요."

남자 일 여자 일 구분하지 말아야 남녀평등이라고, 하나도 안 창피하다고 했더니 대수 형도 그 말에 맞장구를 쳤다.

절 뒤꼍에 쌓아 둔 지푸라기 가운데 때깔 좋은 것으로 한 아름 들고 나와 절 마당 옆 바위에 대고 탈탈 털었다. 지저분한 겉껍데기를 모조리 털어 내고는 퉤퉤 침을 뱉어 왼새끼를 꼬았다.

"초상났니?"

대수 형이 왼쪽으로 새끼를 왜 꼬냔다. 오른쪽으로 꼬는 새끼줄은 물건 묶는 것이니까, 사람이 죽으면 상주들이 두건 뙈리나 허리에 묶는 줄로 쓸 때는 방향을 바꾼다.

"사람 살릴 붕대를 너는 빨랫줄이잖아."

미리 왼새끼에 널면 사람이 도로 살아날 거라고 하니 대수 형도 그 말이 맞단다. 오른새끼만 꼬아 보다가 처음 왼새끼를 꼬니까 줄이 굵었다 가늘었다 보기가 싫었다. 대수 형도 왼새끼를 처음 꼬아 본단다. 서로 자기가 너 잘 꼰다고 티격태격하며 손을 호호 불며 한나절 내내 새끼를 꼬았다. 다리 다친 대원 둘도 도와주었다. 대웅전 가운데 기둥에서 미인송을 돌아서 다시 대웅전 바깥 기둥을 돌아서 천년송까지 빨랫줄을 걸었다.

겨울바람이 차서 저녁 무렵이 되면 널어 놓은 붕대가 얼어 버렸다. 이틀을 말려야 까실해졌다. 밤에 파수를 나가다 보면 붕대들이 바람에 흔들리는 게 꼭 서낭당 당산나무 금줄에 매달린 조각 천들 같아서 섬뜩한 기분이 들었다.

붕대도 말리고, 빨지는 못해도 이가 득실거리는 옷도 널었다. 이를 얼려서라도 죽이자며 너도나도 겉옷들을 내다 널었다.

"저 이들처럼 악질 지주도 친일파도 다 죽어 버려라."

누군가가 바람에 흩날리는 옷을 보며 기원을 하자 왁자하게 웃음이 터졌다.

빨아서도 쓰면서 최대한 아꼈지만 붕대로 쓸 광목천마저 바닥이 나고 말았다. 이제는 죽은 사람 몸에 감긴 붕대도 풀어서 써야 했다. 죽은 사람이 입고 있는 옷도 벗겨 빨아서 붕대로 쓸 수 있게 잘 랐다.

한번은 치료받던 여자 대원이 죽었다. 아무리 죽은 사람이지만, 여자 대원인지라 대수 형도 나도 차마 옷을 벗길 수가 없다고 하자 문주 누나가 나서서,

"당신이 벗어 주는 옷과 풀어 주는 붕대로 다른 대원 몇 명을 살릴 것이오."

염하듯이 중얼거리며 옷을 벗기고 가슴에서 엉덩이까지 칭칭 감겨 있 던 붕대를 풀었다. 그 여자 대원 묻어 주고 온 다음부터 문주 누나 말수가 더 줄어들었다.

"나는 다시는 싸우기 싫다. 너무 무섭다."

마음 약한 소리만 했다. 그런 문주 누나보고 대수 형이,

"해방이 되어도 한 일이 없는 사람은 큰소리를 못 친다."

마음을 굳게 먹으라고 했다. 싸운 만큼 공이 생기고 공이 생긴 만큼 해방된 나라에서 떳떳하게 살 수 있다고 문주 누나한테 기운을 불어 넣어 주었다.

대수 형은 자유롭게 뛸 수만 있게 되면 완전히 안 나아도 싸우러 갈 거라고 언제쯤 갈 수 있냐며 군의관을 볼 때마다 상처를 봐 달라 고 했다. 아직은 아니라고, 치료를 중단하면 덧나서 다리를 자르게 될 위험이 있다고 하면 아쉬운 표정으로 포기를 하곤 했다. 참 용감

한 유격대원이라고 존경하는 마음이 절로 우러났다.

"저걸 뭐라고 하는 줄 아니?"

문주 누나가 절 앞에 서 있는 높다란 참나무 가지들을 가리켰다. 가지에 푸릇푸릇하게 까치집 같은 것이 달려 있었다. 모른다고 하자, 겨우살이라고 부른단다.

겨우 산다고 겨우살이라고 하냐고 되물었더니, 참나무 가지에 붙어사는 기생식물이란다. 늘 푸른 소나무 말고는 온 산에 나무들이 낙엽을 떨어뜨리고 겨울을 나는데, 참나무에 붙어서 겨우살이는 제 배만 불리고 푸른 이파리를 살찌우면서 겨울을 난단다. 겨울에도 산다고 겨우살이란다. 겨우살이가 많이 붙은 나무는 겨울을 날 양식을 다 뺏겨서 말라 죽고 만단다.

"참나무가 땅에서 애써 끌어 올린 물로 만든 양분을 빨아먹기만 하는 꼴이라니……."

스스로 땅에 뿌리를 내려서 먹고 살 생각을 않고 다른 식물 몸에 빌붙어서 다른 식물이 겨울 동안 먹을 양식을 축내는 겨우살이가 얄밉단다. 높지만 않으면 당장이라도 올라가서 잘라 버리고 싶단다. 하지만 사다리 두 개는 놓아야 닿을 높이에 붙어 있는 겨우살이는 다람쥐처럼 나무를 잘 타는 사람이 아니면 손도 댈 수조차 없을 것 같았다.

"저런 놈들은 꼭 힘없는 우리 손으로는 어떻게 할 수 없는 곳에 있다니까. 악질 자본가나 지주처럼."

문주 누나 말을 들으니 고개가 절로 끄덕여졌다.

코끝으로 전해지는 찬바람이 점점 약해져 갔다. 팔이 많이 나아서 붕대 빼는 것을 도와준다며 따라 나온 문주 누나가,

"얼른 진달래도 피었으면 좋겠다."

계곡 물가로 가지를 뻗고는 꽃망울 터트린 버들강아지를 가리켰다. 산 아래보다야 늦어도, 어느 날 푹하고 따뜻해지는 날이 되면 겨우내 움츠리고 있던 진달래 꽃망울도 순식간에 기지개를 켜고 분홍빛 꽃잎을 쑤욱 내밀 것이다. 찬바람을 견뎌 낸 나뭇잎들 다시 피어나는 지리산을 누비면서 토벌대를 무찌르자고 문주 누나에게 힘을 불어넣어 주었다. 쓸쓸하게 웃으며 말했지만 춥지만 않다면 토벌도 견뎌 낼 것 같은 자신감이 생겼다.

낮에는 밀려오고 밤에는 물러가고를 되풀이하는 토벌대와 벌이는 전투가 변함이 없는 것처럼 보여도, 토벌대 기세가 더욱 등등해져서 점점 더 산속 깊숙한 곳까지 쳐들어온단다.

그래도 칠선골 계곡이 워낙 깊어서 벽송사는 토벌대로부터 아직은 안전했다. 부상당한 환자들이 마음 편히 치료를 받을 수 있었다. 중환자들이 많으니 치료 중에 죽는 사람도 여전히 많았고.

시간은 사람이 가만히 있어도 흘러가고 겨울이 가면 봄이 왔다. 온 산에 진달래가 피어났다. 벽송사에서도 식량이 넉넉하지 않으니 늘 배가 고팠다. 산 아래 있을 때도 고픈 배 채우려고 따 먹었던 진

달래꽃을 손에 잡히는 대로 반갑게 따 먹었다. 떨떠름하고 텁텁한 진달래 꽃잎이지만, 안 먹는 것보다는 나았다.

골골이 피어난 진달래처럼 온 세상에 인민 해방이 이루어진다면 꽃 속에 파묻혀서 온종일 춤을 추어도 힘이 전혀 안 들 테고 지치지 않을 텐데……. 꿈같은 해방 날이 언제나 오려는지 오락가락 떠오르는 생각들을 하면서 붕대를 빠는데 선 요원이 턱까지 숨이 차서 기듯이 달려왔다.

"기주야, 큰일 났어."

군의관 어디 있냐고 시간이 없다고 허둥댔다. 토벌대 수백 명이 집들을 닥치는 대로 불태우며 칠선골 계곡 옆길을 따라 들어온단다.

"싸울 수 있는 사람은 스무 명도 채 안 되는데 어떡하죠?"

선 요원이 걱정하며 군의관 눈치를 살폈다.

"설마 환자들인데 죽이기야 하겠소?"

군의관은 팔짱을 끼고 여유를 부렸다. 겁먹은 선 요원 눈치에 불안한 예감이 왈칵 들어서 손끝이 떨려 왔다.

"기주는 역시 어린애구나. 그만한 일에 겁을 먹고 떨기는."

오른팔에는 총상을 입고 허리께에 네이팜탄 열상을 입어서 한 달 전쯤에 들어왔던 2중대 중대장이 어깨를 툭 치면서 핀잔을 주었다.

"나도 전투 경험 많아요. 환자 이송만 안 왔더라면 힘차게 싸우고 있었을 거라고요."

그렇게 말해 놓고는 거짓 핑계를 댄 것 같아 얼굴이 확 달아올랐다.

"쳐들어오면 싸우면 되죠. 총도 있고 수류탄도 있는데."

목소리를 더 높여서는 용감한 척을 했다.

2중대장이 모두 산으로 피하고 걸을 수 없는 사람은 들것에 실어서 옮기잔다. 유격대만 없으면 아무리 토벌대가 집들을 다 불태운다고 해도 명색이 절인데 벽송사를 불태우지는 않을 거란다.

군의관은 이 많은 환자들을 어디로 옮길 거냐고 반대했다. 아무리 피한다고 해도 치료했던 흔적까지 다 숨길 수는 없단다.

2중대장이 피할 수 없다면 환자들 가운데서 총 쏠 수 있는 사람은 모두 나가서 토벌대랑 싸우잔다.

"한 시간쯤만 버티고 막아 내면 해 지는 시간이 가까워지니 토벌대가 공격을 멈추고 돌아갈 것이오."

2중대장 말대로 칠선골 골짜기가 깊으니 좀 더 빨리 토벌대가 철수할지도 모른다. 오늘만 그냥 물러가면 내일은 다른 골짜기로 갈지도 모른다. 의중마을까지 들어왔으면 더 들어가 봤자 마을이 없기 때문이다. 벽송사 같은 절이야 있으나 마나라고 여길지도 모른다. 한 시간만 버텨 내면 앞으로도 오랫동안 토벌대가 안 올지도 모른다.

그러나 군의관은,

"토벌대에 끌려가면 환자들 더 치료 잘 받을 텐데, 뭐."

여기서 제대로 치료 못 받고 죽거나 고생하느니 차라리 잘됐다면서 그냥 토벌대를 기다리고 있는 게 낫겠단다.

"나도 의사니까 죽이지는 않을 테고."

산속에 처박혀서 이러고 있는 게 지긋지긋하단다. 도시로 나가서 당당하게 의사로 생활하며 돈도 많이 벌면서 떵떵거리며 살고 싶단다. 이까짓 혁명이 밥 먹여 주냔다.

2중대장이 토벌대가 얼마나 잔인한지 몰라서 하는 소리라고 설득을 해도,

"여기 책임자는 나니까 결정은 내가 합니다."

말을 싹둑 잘라 버렸다. 2중대장이 답답하다며 한숨을 길게 내쉬고는 군의관이 전투 경험을 안 해 봐서 그렇다며 전투는 2중대장이 알아서 한단다.

"문만 열고 나가면 아직도 바람 끝이 매운데 몸도 성치 않은 사람들을 데리고 어디로 간단 말입니까?"

군의관이 투항을 하자고 2중대장을 설득했다. 이번에는 2중대장이 전투는 벽송사 환자 가운데 가장 계급이 높은 자기가 책임자라면서 싸울 수 있는 사람은 모두 나오란다.

앞장서서 나오겠지 기대한 대수 형은 2중대장 눈길을 외면하고 천장만 바라보았다. 모두들 겁을 먹고 일어날 엄두를 못 냈다.

"설마 환자들인데 죽이기야 하려고?"

군의관 말에 안심을 하는 눈치였다. 2중대장이 화를 내며 더 높은 목소리로,

"걸을 수 있는 사람은 모두 산 위로 피하고 총 쏠 수 있는 사람은

나랑 싸웁시다."

대수 형보고 앞으로 나오라고 했다.

"지금은 걸음도 제대로 못 걷는데 괜히 전투에 나섰다가 다른 대
원들한테 방해만 될 것 같아서……."

고개도 들지 않고 말끝을 흐렸다.

"싸운다고 늘 큰소리치더니?"

2중대장이 따지듯 묻자,

"그거야 다리가 나아야 간다는 말이었죠."

당장이라도 달려갈 듯이 늘 말하던 당당함은 어디로 갔는지 비굴한
말투로,

"다리 나으면 꼭 복귀할게요."

말은 그렇게 해도 손을 달달달 떨었다. 겁에 질려서 하는 말이라는
걸 모르는 사람은 아무도 없을 거다. 토벌대에 잡혀가는 몸인데 어
떻게 돌아온단 말인가? 그냥 둘러대는 말일 뿐인 거다.

모두가 머뭇머뭇 눈치만 살피는데,

"환자는 내 책임이니 중대장은 성한 사람들이나 데리고 가시오."

군의관이 2중대장을 막아서며 고함을 질렀다. 2중대장이 물러서려
하지 않자,

"왜 내 환자들을 당신 마음대로 하려고 하시오?"

얼굴이 벌개져서 삿대질을 하며 또 소리를 질렀다.

2중대장과 군의관이 내 환자 네 환자가 어디 있냐며 따지고 우기

는 싸움이 끝날 것 같지가 않았다.

"저라도 나갈게요."

문주 누나가 슬그머니 사람들을 헤치고 앞으로 나왔다.

"다친 건 왼팔이니 오른손으로 총 쏠 수 있어요. 걸을 수도 있고
요."

문주 누나가 나오니까 몇 사람이 더 따라나오면서,

"토벌내에 잡혀가서 치료를 받는대도 죽은 목숨이나 다름없다."
싸우러 간단다. 싸움은 못 한대도 잡히지는 않을 테니 그나마 다행
이라며 총을 건네면서 빙그레 웃어 주었다.

다치지 않은 사람과 다쳐도 나온 사람, 모두를 모아 봐도 스무 명
이 채 안 됐다. 달리기를 하지 못할 정도로 다친 대원들은 절 뒤 능선
으로 올라가서 기다리라 하고는 성한 사람 열 명쯤이 절 앞 언덕에
몸을 숨기고 기다렸다. 토벌대가 바로 아래에 내려다보이는 의중마
을에 트럭을 나누어 타고 들어왔다. 사람들을 끌어내고는 집집마다
불을 질렀다. 순식간에 온 골짜기에 연기가 피어올랐다. 총소리도
간간이 들렸다.

2중대장이 정한 방어선에서 열댓 걸음 앞에 있는 나무에 수류탄
한 발을 실로 칭칭 감아 묶었다. 안전핀 고리에다 잡아당겨도 끊어
지지 않게 무명실 세 가닥을 합쳐서 달아맸다. 바위 뒤에 몸을 숨긴
채 줄을 잡고 기다렸다.

잠시 뒤에 군인들이 우르르 절을 향해 올라왔다. 길이 가파르고 좁아서 길게 대열이 늘어졌다.

"내가 쏘기 전에는 절대 쏘지 마시오."

2중대장이 가까이 왔을 때 일제 사격으로 물리치자고 했다. 총 몇 방 쏜다고 물러갈 토벌대가 아니겠지만, 2중대장은 조금이라도 토벌대에 타격을 주어서 올라오는 시간을 늦춰 보잔다.

2중대장 명령에 따라 바위 뒤나 나무 뒤에 숨어서 기다렸다. 수류탄 가까이 토벌대가 다가오자 2중대장이 줄을 잡아당기라고 신호를 했다. 수류탄이 터지자,

"사격 개시!"

명령을 내리며 총을 쏘았다. 숨어 있던 대원들도 일제히 사격을 퍼부었다. 방심하고 올라오던 토벌대가 혼비백산하여 구르듯이 마을 쪽으로 도망을 쳤다. 우왕좌왕하는 꼴이 우스워 웃음이 터져 나왔다.

그러나 웃음이 채 멈추기도 전에 박격포탄이 날아들었다. 기관총탄도 날아들었다. 토벌대가 옆으로 길게 늘어서서 다시 산을 올라오기 시작했다.

이렇게 되면 적에게는 타격을 못 주고 박격포탄에 대원들만 다치게 된다. 2중대장도 그것을 모르는 바가 아니라는 듯이 절 뒤편 능선으로 후퇴를 명령했다.

능선에 올라가서 몸을 숨기고 내려다보니 올라온 토벌대가 환자들을 끌어내서 탑 옆 마당에 꿇어앉혔다. 멀어서 소리는 들리지 않았

지만 군의관이 앞에 나서서 항의를 하는 것 같았다. 토벌대장이 권총을 뽑아 들더니 군의관 가슴에다 두 발을 발사했다. 메아리가 울리며 들려오는 총소리에 가슴이 콱 막히고 분노가 확 치밀어 뒷머리가 뻐근해졌다.

토벌대가 환자들을 빙 둘러서더니 무차별 사격을 했다. 아무 반항도 못하고 환자들이 땅에 쓰러졌다.

"저런 죽일 놈들, 전투 중이 아니면 성한 사람도 죽이련 안 되는데 하물며 환자들을 죽이다니!"

분노한 2중대장이 이를 갈았다.

절 마당까지 거리가 2백 미터쯤 될 것 같았다.

"저 정도는 맞출 수 있어요."

2중대장도 해 보란다. 한 방에 맞추지 못하면 토벌대가 반격을 해 오거나 몸을 숨겨 버려서 다시는 기회가 없을 것이다. 총을 쏘는 위치가 토벌대에 발각되면 이쪽으로 기관총알이나 박격포탄이 날아올 것이다.

'엎드려 쏴' 자세로 돌을 총열에 받치고 토벌대장을 겨냥했다. 워낙 거리가 멀다 보니 아무리 총구를 돌 위에 고정시켜도 흔들렸다. 가늠쇠를 표적에 고정시키기가 힘들었다. 움직이는 사람을 쏘려니까 정확하게 겨냥이 안 됐다. 심호흡을 길게 한 번 했다. 그래도 떨렸다. 다시 두 번 더 길게 숨을 들이쉬고 내쉬었다. 방아쇠를 1단까지 당기고 숨을 크게 들이쉬고 내쉬었다. 총구 떨림이 좀 덜해졌다.

그래도 거리가 머니까 사람이라도 새끼손톱보다 작은 것 같았다. 수박씨 정도밖에 안 되는 것 같았다. 자꾸만 표적에서 총구가 벗어났다. 심장이 뛰지 않으면 안 흔들릴 텐데. 쿵쾅거리며 뛰는 심장이 거추장스러웠다.

'저놈을 죽일 수만 있다면 심장이 안 뛰어도 좋겠다.'

부질없는 생각이 밀려왔지만 고개를 세차게 흔들고는 마음을 가다듬었다. 맞힌다는 자신감만 있으면 무엇인들 못 맞히겠냐며 스스로를 다독였다. 마침 토벌대장이 무슨 명령을 내리는지 뻣뻣하게 서 있었다.

가늠쇠가 토벌대장 오른쪽으로 벗어났다가 다시 돌아올 때 총구 움직임 속도에 맞춰서 방아쇠 2단을 당겼다.

탑 앞에 서 있던 토벌대장이 튕겨 나가며 쓰러졌다. 탑에 부딪히며 나뒹굴었다. 놀란 토벌대원들이 그 자리에 엎드려서는 미친 듯이 총을 쏘아 댔다. 어디서 날아온 총알인지 모르고 아무 데로나 총을 쏘아 대는 것이다. 어디서 쏜 것인지 알았다면 기관총이나 박격포를 이쪽으로 쏘았을 것이다.

2중대장이 어깨를 토닥이며 얼른 가잔다.

"한 놈만 더 죽이고요."

한 놈 죽인 것으로는 복수가 너무 약하다. 한 놈이라도 더 죽여야 그나마 속이 좀 더 후련해질 것 같았다.

조금만 지나면 미친 듯이 총을 쏘는 토벌대가 잠잠해질 거다.

"강아지도 겁이 나서 목이 터져라 짖는 거다."

보투 나갔을 때 강아지가 시끄럽게 짖는다고 투덜대자 명지 누나가 강아지한테 다가가서 턱밑을 쓰다듬어 주며 했던 말이다. 토벌대도 겁먹은 강아지들이 덮어놓고 짖어 대듯 아무 데로나 총을 쏘아 대는 것이다.

토벌대가 사격을 멈추고는 얼른 움직이지 못하고 천천히 움직이거나 머리만 빼꼼 내밀고는 유격대가 어디에 있는지 살필 거다. 한 번 더 기회가 생기는 거다. 이번에는 저들이 이쪽을 알아채겠지만, 기관총알이 날아오고 박격포탄이 날아오는 시간 동안 뒤로 빠져서 피하면 된다. 나머지 대원들은 능선 뒤로 멀찍이 넘어가 몸을 숨기라고 했다. 2중대장이 옆에서 마음으로라도 힘을 보탠단다. 무슨 일을 하더라도 혼자보다는 옆에 누가 있는 게 마음이 든든해서 일이 더 잘된단다.

드디어 사격을 멈춘 토벌대가 그 자리에서 쭈뼛거리며 머리를 내밀기도 하고 상반신을 내밀고는 이리저리 살폈다. 그 가운데 한 놈을 목표로 정했다. 상반신밖에 노출이 안 되어서 아까보다 표적 크기가 반밖에 안 되었다. 표적 크기가 참외씨 크기밖에 안 되는 것 같았다.

하지만 이번에도 표적이 뒤로 튕겨 나갔다.

'그럼 그렇지.'

지리산 들어오던 날 벌집을 돌팔매로 맞히던 때처럼 기분이 싸아 좋아지는데 2중대장이 어깨를 탁 쳤다. 꿈에서 깨듯 화들짝 정신을 차리고 개구리 뒷걸음치듯이 뒤로 기어서 언덕을 내려간 다음, 옆으로 냅다 달렸다. 머리 뒤로 슝슝슝슝 기관총알이 허공을 가르며 지나갔다.

"박격포탄 날아들 거야."

기다리던 대원들에게도 뛰라고 했다. 그 말이 떨어지기도 전에 엎드렸던 자리에 박격포탄이 떨어졌다. 점점 사격 범위를 넓히는지 옆으로도 날아들었다. 그래 봤자 이미 자리를 뜬 유격대에게는 아무런 피해가 없었다. 불구경이나 시켜 줄 뿐이었다. 토벌대도 사격을 해 댔지만, 저쪽에서는 이쪽이 보일 리가 없으니까 허공으로만 총알이 날아갔다. 소리만 요란한 헛총질이다.

2중대장이,

"삼백 미터도 넘을 것 같은데, 그걸 두 번이나 명중시키네."

믿기지 않는다는 듯 벽송사 쪽을 한참이나 바라보았다. 다른 대원들도 사격 솜씨 좋다고 칭찬을 해 주었다.

사령부를 향해 가다가 다시 능선 쪽 길로 올라오니 절에서 검은 연기가 화르륵 피어나는 게 보였다. 절 건물들에 불을 질러서 검은 연기가 하늘로 거침없이 치솟았다. 의중마을 불탄 연기에 더해져서 온 하늘이 연기로 덮였다.

"건물 안에 환자들이 더 있을 텐데."

끌려 나온 사람 수를 얼핏만 계산해 봐도 건물 안에 십여 명은 더 있는 게 분명했다. 산 사람을 방 안에 가둬 놓고 통째로 불을 질러 버린 것이다. 역시나 환자들이 불길을 피해 밖으로 기어 나왔다. 문 앞에 기다리던 토벌대가 환자들이 나오는 족족 총질을 해 댔다. 거리가 멀어서 이제는 사격을 할 수도 없다.

"기관총이 있으면 여기서도 반격할 수 있는데."

문주 누나 말에 모두들 한숨을 지었다. '비행기 있으면 멀리 날아 갈 수 있는데.'라는 말이랑 다를 바 없는 바람이기 때문이었다.

"세상사 참 모를 일이다."

2중대장이 하늘을 올려다보며 한숨을 길게 쉬었다. 죽음을 무릅 쓰고 싸우러 나온 사람은 도리어 살았고, 살겠다고 남은 사람은 목 숨을 잃었다고 안타까워했다.

문주 누나 팔에 감긴 붕대가 피로 홍건하게 젖었다.

"총 쏘았더니 팔이 울려서."

아물어 가던 상처가 다시 갈라진 모양이다. 칡넝쿨을 끊어 와서 목에 둘러 팔걸이를 만들었다. 팔이 흔들리지 않으니까 덜 아프단 다. 사령부에 돌아가서 붕대를 다시 매고 꾸준히 치료하면 머잖아 나을 거라고 위로해 주었다. 2중대장이 용감하게 싸웠다고 문주 누 나를 칭찬해 주자,

"나도 마음먹으면 용감하다고요."

언제 싸우는 거 겁나서 싫다고 말했냐는 듯이 당당하게 대꾸했다.

안 다친 사람들은 다쳐서 힘든 사람들 총을 대신 들고 앞에서 끌

어 주고 뒤에서 밀어 주며 사령부를 향해 갔다. 벽송사에 그 많던 사람들이 한순간 지나가니 스무 명도 채 안 남았다.

벽송사로 올 때 여자 대원을 만났던 환자트에 문주 누나를 맡기려고 찾아갔으나 불탄 자리만 남아 있었다.

"이제 이 산에서는 내일을 기약할 수 없게 되고 말았구나."

2중대장이 탄식을 했다.

세석평전을 넘어가다가 2중대장이 쉬어 가자며 모두들 앉으라고 했다. 토벌대가 더욱 세게 밀려올 거라며 걱정이 태산 같았다. 2중대장은 전쟁이 나기 전부터 팔공산에 올라가서 유격대가 되었다며,

"우리가 삼팔선 이남에서 첫 유격대였지."

미국 군사 정부가 일본 놈들보다 더 심하게 벌이는 폭정에 맞서서 대구에서 시민들이 일어났고, 그때 토벌을 피해 팔공산으로 들어간 사람들이 남조선에서 처음으로 생겨난 인민유격대란다.

전쟁이 나기 전에 북에서 내려오거나 여수와 순천에서 지리산으로 들어와 유격대 활동하던 사람들을 가리켜서 구빨치라고 했다. 구빨치들은 전투 경험이 많아서인지 언제나 앞장서서 용감하게 싸웠다.

2중대장은 토벌대가 칠선계곡에서 집들 불태운 것을,

"마을을 모두 불태우고 주민을 모두 없앤다는 견벽청야 작전이오."

우리가 보급 투쟁을 할 수 있는 장소를 아예 없애 버리는 거란다. 유격대는 물고기고 인민은 물이니까 인민이 없다면 물고기인 유격대도

말라 죽고 말 거란다.

"우리 숨통을 조여서 죽이려는 속셈이네요."

유격대가 주민에게 도움을 못 받으면 먹을 것을 못 구해서 자연히 죽을 테니 토벌대 포격보다 무서운 게 견벽청야다. 불안이 밀려오며 기운이 쭉 빠졌다.

"유격대 사기가 말이 아니겠구나."

2중대장이 말해 놓곤 아뿔싸 싶었던지 땅바닥 탁 치고는,

"하늘이 무너져도 솟아날 구멍이 있다는 말이 있지 않소."

기운을 내자면서 앞장을 섰다.

사령부에 돌아오니 통나무를 걸쳐 만든 집들은 폭격을 맞아 모두 무너져 버렸고, 원래 있던 사령부 자리보다 훨씬 산 위쪽으로 산죽을 엮어 만든 움막집 몇 개만이 사령부라는 것을 알려 줄 뿐이었다. 벽송사에서 사람들이 돌아왔다고 해도 싸울 수 있는 사람이 절반도 안 되니까 사령부 쪽에서도 난감한 모양이다. 목숨을 걸고 찾아온 사령부가 사람을 맞이하여 감당할 능력도 없는 껍데기 사령부가 되어 있었다.

같이 온 환자들 중에 치료할 사람들은 선 요원을 따라 환자트로 찾아갔다. 환자트에 간다 해도 제대로 된 치료가 안 되지만 상처가 덧나거나 죽지만 않는다면 어쨌든 나을 테니 그 방법밖에 없다.

문주 누나가,

"너 아니었으면 나도 벽송사에서 죽었을 거다."

덕분에 살았다면서 손을 꼭 잡아 주고 선 요원을 따라 다른 환자트로로 갔다. 싸울 수 있는 사람들은 중대별 비트로 찾아가라고 알려주었다.

사령부 반대편 골짜기로 3중대 비트를 찾아서 들어가니 살아 돌아온 게 얼마나 다행이냐 울면서 명지 누나가 반가이 맞아 주었다. 잡은 손에 힘을 꼭 주며 웃는 용석이 형 눈가에도 눈물이 맺혔다. 그러나 형은,

"왔니?"

할 뿐이었다. 달려가 안기고 싶었던 마음이 싹 가라앉아 버렸다. 손이라도 잡아 주길 기대했지만 딱 그 말뿐이었다. 그래도 모두들 반겨 주니 눈물이 찔끔 났다.

중대원 막사도 사령부처럼 산죽을 엮어 만든 움막집이었다. 산죽을 겹겹이 덧쌓아서 바람은 막아도 바닥이 차갑고 불을 피우지 못하니 춥기는 마찬가지였다.

중대원이 절반이나 죽거나 다쳤다고 용석이 형이 소식을 전해 주었다. 그래도 무사한 형 얼굴을 보고 나니 그나마 다행이라고 마음이 놓이면서 어쨌든 살아남아 해방을 맞이하자고 또 한 번 결심했다.

남부군

사령부에 돌아와서 하루를 자고 나니 새 대원이라면서 대영이 아저씨가 들어왔다. 거창군 신원면에서 살아서 나왔단다.

"그냥 있으면 죽었지요. 오백 명도 넘게 죽었는데."

신원면 사람들을 학교에 모이라고 했단다. 빨갱이 아니라면 모두들 모이라고 그러니 안 갈 수가 없어서 갔단다.

"교실 네 개랑 복도가 꽉 찼지요. 마침 우리 마누라가 아이들 데리고 설에 친정 가고 없어서 나만 나갔는데……."

하룻밤을 교실에서 덜덜 떨면서 잤더니 다음 날 아침 운동장에 모두 모아 놓고 부대장이 앞에 나와서는,

"지금 우리 군대는 다시 압록강을 향해서 진격을 하고 있습니다."

연설을 시작했단다.

그 부대장은 이제 빨갱이들은 씨가 마르고 이승만 대통령 영도 아래 모두가 행복하게 사는 나라가 될 거라고 했단다. 이렇게 좋은 시절이 오는데 이곳 지리산에서는 아직도 빨갱이들이 무고한 양민에게 총부리를 들이대고 목숨을 함부로 죽인다고 했단다.

연설을 들으면서 유격대가 양민을 죽인 적은 없다고 말하려니까 둘러선 군인들이 총부리를 들이대며 가만히 안 있느냐고 두 눈을 부라렸단다. 아무리 생각해도 분위기가 험악하여 무슨 일이 나리라고 짐작을 하였는데 공무원, 군인이나 경찰 가족은 나오래서 이 길이 살길이라는 생각이 들더란다. 앞으로 나가서는 동생이 군인이고,

"1사단이라고 편지가 한 번 왔는데 그다음에는 전쟁통이라 그런지 소식이 없네요."

거짓말을 했단다.

토벌대를 11사단이라고 하였으니 부대를 만들 때에 숫자로 정했다면 1부터 시작해서 11까지 왔을 것 같더란다. 무조건 거짓말로 둘러대 말했더니 집에 가서 그 편지를 가지고 오라더란다.

"없는 편지를 어떻게 가져간답니까? 그 길로 뒷산으로 내뺐지요. 내가 이래 봬도 눈치 하나는 빠르거든요."

왜놈들 세상일 때 만주로 중국으로 장사하러 다니며 세상 물정 깨우친 덕분에 눈치가 빨라서 목숨을 건진 거란다. 설 쇠려고 아이들 데리고 친정 갔던 마누라가 돌아오면 목숨이 위태로울 거라고 걱정이 한 짐이다. 형이,

"이제 소문이 퍼져서 안 돌아올 테니 걱정 마세요."

해방된 나라가 되면 몇 배로 갚아 주자고 대영이 아저씨를 위로했다.

"밤에는 좌익이고 낮에는 우익이고, 우리가 무슨 죄가 있어서 이렇게 당하며 살아야 하나."

대영이 아저씨 마을 사람들이 유격대를 원망도 많이 했단다. 그래도 산사람들은 무고한 주민에게 덮어놓고 총질은 안 하는데 군인이나 경찰들은 유격대도 주민도 모두 빨갱이라면서 죽였단다. 그걸 보니 우리 편은 토벌대가 아니라 유격대인 것 같더란다. 진주로 도망쳐서 부산으로 가려고 했는데 가는 길에 검문소가 한둘이 아니라서 붙잡히면 목숨을 못 건질 것 같더란다. 토벌대 편에서는 살 수가 없다면서 언제나 이 전쟁이 끝날까 한숨을 쉬었다.

"나도 빨갱이가 되고 말았네."

푸념을 하고는 얼른 입을 손으로 가렸다. 자기가 한 말에 자기가 놀라서 다른 사람들 눈치를 살폈다. 형이 무슨 말을 하려다가 한숨만 쉬고는 고개를 돌려 버렸다. 대영이 아저씨도 겸연쩍은지 밖으로 나가 버렸다.

용석이 형이 형을 보고 해방이 무엇인지 생각도 해 본 적 없으면서 무작정 산으로 오는 사람을 그냥 받아들여도 되냔다. 명지 누나가 대영이 아저씨도 이제는 해방도 배우고 혁명도 알게 될 거란다. 살아남는 법도 익히게 될 거란다.

그 말을 들어 보니 맞는 말 같긴 하다. 산을 타고 다니는 것, 토벌대 냄새 맡고 피해서 가는 요령도 누가 가르쳐 주어서 알게 된 것 하나도 없다. 산에서 지내다 보니 자연스럽게 몸에 밴 감각이 되었다. 그런 요령이 산 아래 세상에선 아무 필요가 없겠지만, 산에서는 죽지 않고 살아남는 소중한 기술이다.

낮에는 토벌대가 산으로 올라온다고 해도 이제는 익숙해져서 피해 숨을 수 있었다. 사월이 지나가고 오월이 되어 가니 토벌대도 산속 깊은 곳으로는 섣불리 들어오지 않았다. 수풀이 우거지니 겁나서 못 들어온단다. 산에다 불을 지르고 공격을 하려 해도 초록 풀과 초록 나무에는 불이 붙지 않으니까 산 아래에 진을 치고 보급 투쟁을 못 나가게 막는 게 고작이란다. 모질게 살을 에는 추위도 물러가고, 밤이 되어도 냉기를 견디기가 수월해졌다.

겨우내 못 빨았던 옷을 벗어서 빨래도 하고 목욕도 자주 하니 몸에서 풍기던 냄새도 훨씬 덜해졌다. 찔레나무 순도 꺾어 먹고 산나물들도 뜯어서 먹었다. 산 아래 생활에 비할 바는 아니더라도 살림살이가 조금은 나아졌다. 토벌대만 안 온다면 산속에서 평생 동안 이렇게 사는 것도 괜찮을 것만 같았다.

어느 날 노동신문에 휴전을 한다는 소식이 실려 있었다. 전쟁이 끝난다니 꿈 같은 소식이라 용석이 형한테,

"이 기사 혹시 거짓말 아닐까?"

했더니 아닐 거란다. 중대장도 휴전이 될 거란다. 좋아하는 사람도

많았지만 명지 누나는,

"이대로 끝나면 어떡해. 아무것도 한 게 없는데."

하나도 안 기쁘단다. 이대로 휴전이 되면 전쟁 나기 전으로 다시 돌아가는 거란다. 악질 지주와 자본가가 소작인과 노동자를 착취하는 세상이 도로 되고 만단다. 인민군에게는 휴전이라도 유격대에게는 패전이란다. 악질 지주와 자본가에 맞서 들고일어났던 유격대가 이대로 멈추고 산을 내려간다는 것은 항복한다고 손드는 거나 마찬가지란다. 형도 중대장도 명지 누나 말이 맞단다. 인민군들이야 휴전을 하거나 말거나 해방을 이루는 날까지 유격대는 싸워야 한단다.

때마침 소문만 무성하던 남부군이 오고 있다는 소식이 들려왔다. 낙동강 전선에서 후퇴하여 강원도까지 갔다가 길이 막혀 오도 가도 못하게 된 인민군들을 이현상 선생님이 하나로 모았단다. 우리를 도와주러 지리산으로 온단다.

"여수순천사건 나고 지리산 들어왔을 때 우리를 이끌어 주던 분이다. 영웅호걸이시지."

몇 번이나 형이 하는 말을 들었기 때문에 누구인지 알고는 있었다. 지난해 가을부터 남부군이 지리산에 오기만 하면 토벌대는 아무것도 아니라고 기대하던 남부군이었다. 이제나저제나 기다리던 남부군이 드디어 덕유산에 왔단다.

그 소식을 들은 뒤로 형 얼굴에 생기가 돌고 농담도 곧잘 했다. 웃기도 잘했다. 형이 기운을 내는 모습만 봐도 이현상 선생님이 대단

한 분이라는 걸 얼굴을 보기도 전인데 알 것 같았다.

형은,

"전쟁 나기 전에 남조선 유격대가 조금만 더 힘을 냈더라면……."

그랬다면 남조선이 해방되었을 것이고 김일성이 전쟁을 일으키지 않아도 되었을 것이라고 늘 아쉬워했다. 중대장도,

"선생님은 앞으로 우리가 어떻게 싸워야 할지 알고 계실 거야."

기대에 부풀어서 남부군을 기다렸다. 설 쇠기 전처럼 지서를 깨 먹으며 해방구 넓혀 가는 투쟁을 다시 한 번 힘차게 할 거라고 생각하니 기대로 가득 차서 설레고 힘이 났다. 남부군 소식 덕분에 형 얼굴도 펴졌으니 마음도 가벼워져서 혁명가도 목젖이 터지도록 외치며 불러 댔다. 목소리 크다면서 연대장이 칭찬하자 옆에서 용석이 형이,

"남부군 가장 반기는 대원이에요."

놀려도 기분이 좋아서 깔깔깔 웃기만 했다.

덕유산에 왔다고 하는 남부군들은 낮에도 토벌대와 전면전을 벌인단다. 인민군이 벌이는 전투처럼 대열을 갖추고 토벌대를 물리치는 용맹한 군대란다. 후퇴하는 인민군을 모아서 만들었고, 민간인이 섞여 있더라도 산을 타고 내려오며 전투력이 강해져서 웬만한 토벌대는 쉽게 물리친단다.

속리산에 자리 잡고 청주를 공격할 때는 대낮에 도시 한가운데까지 밀고 들어가니 인민군이 온 줄 알고 군인도 경찰도 놀라서 도망을 쳤단다. 인민군이 안 왔어도 이제는 온 거나 마찬가지란다. 남부

군이 자꾸자꾸 승리하여 모든 땅이 해방되면 우리가 바로 해방군이 되는 거란다.

"도당 위원장님 호위 부대로 우리 소대가 뽑혔소."

형 말이 떨어지자 선생님을 직접 뵈러 간다고 모두가 환호했다. 선생님을 지키는 호위대가 있지만 경남도당이 세다는 것을 보여 주기 위해서 도당 위원장을 호위해서 가는 거란다.

여섯 개 도당에서 위원장들이 덕유산에 다 모였다.

"아니, 이거 용주랑 기주 아닌가?"

지리산에 들어올 때 같이 왔던 소좌가 선생님 호위 부대장이란다. 두 손을 맞잡는데 왼뺨에 기다랗게 흉터가 나 있었다.

"이거 말이오?"

소좌가 껄껄껄 웃고 나서,

"다치고 죽을 고비 넘기면서 나도 강철같이 강해졌지."

초췌한 얼굴인데도 말에는 자신감이 넘쳐 났다. 남조선에 남은 사람은 인민군이든 유격대든 모두가 하나 되어 해방을 앞당기는 투쟁에 나서잔다.

사흘 동안 회의를 하고 나서 선생님이 총사령관으로 추대되고 여섯 개 도당이 모두 남부군에 편입되었다.

선생님이 데리고 온 부대가 수천 명이나 된다는 소문이 돌았는데 오다가 싸워서 죽고 전염병에 걸려서 많이 죽었단다. 수천 명이 출발한 것은 헛소문이 아닌데 지금은 몇백 명만 남았단다. 소문 듣고 가졌던 기대에는 못 미쳐도 남부군 총사령부가 지리산에 자리를 잡고 미군이 입는 군복을 다 같이 하나로 맞춰 입자 어엿한 군인이 되었다. 인민군 정식 부대가 되었다고 생각하니 사기도 더욱 높아졌다.

그동안은 유격대들이 도별로 흩어져서 각자 알아서 싸웠는데 남부군이 창설되자 덕유산, 조계산과 여러 산에 자리 잡은 도당들을 서로 묶어,

"이제 우리는 산에 갇힌 게릴라가 아니라 위대한 인민 군대인 남부군이오."

선생님 지시를 받아 토벌대 힘차게 무찌르고 해방구를 열어 갔다. 그동안 싸웠던 게릴라 전법으로는 해방까지 시간이 너무 많이 걸린단다.

"남조선 땅 모두 단번에 해방시켜 인민공화국을 세웁시다."

단번에 밀고 나가잔다.

토벌대에게서 빼앗은 박격포를 몇 발씩 쏘아 대며 벌건 대낮인데도 아랑곳 않고 용감하게 밀고 나갔다. 토벌대가 지난겨울에 마을들을 불태워 버려 산에서 가까운 곳에는 마을이 없어져 버렸어도 더 멀리 밀고 나가 해방구를 만들었다. 토벌대가 쏘는 총을 맞고 앞사람이 쓰러져도 돌격을 중단하면 죽는 것을 아는지라 총탄이 비 오듯 쏟아져도 절대로 멈추지 않았다.

토벌대도 점점 기세가 강해져서 남부군과 맞서서 끝까지 싸우려고 했다. 그러나 경남도당이 정면에서 공격해 들어가면 전남도당이

옆쪽에서 치고 들어오고, 전북도당이 뒤쪽에서 밀려왔다. 여러 도당들이 토벌대를 에워싸고 협공을 벌이니까 유격대 수천 명과 토벌대 수백 명이 맞서는 싸움이 되었다. 그동안에는 언제나 토벌대들 숫자가 많았는데 남부군이 창설되고 나니 판도가 달라졌다. 박격포 몇 발에다 총 한 자루 든 게 전부여도, 수가 많아서 위세로 누르니까 토벌대가 지레 겁을 먹었다.

비가 오는 날은 토벌대도 안 오고 유격대도 안 나갔는데, 남부군이 오고 나서는 날씨를 안 가리고 작전을 세운 날이면 언제든지 싸웠다.

"노랑개나 검정개나 비 맞을까 봐 움츠리고만 있으니 공격하기 좋은 때요."

궂은 날이 유격대에게는 더 유리하단다. 토벌대가 주둔한 곳으로 당당하게 다가가서 대열을 갖추었다. 억수로 쏟아지는 빗속에 흠뻑 젖어서,

"완전히 물에 빠진 생쥐 꼴이다."

투덜대는 사람이 있어도,

"날씨가 궂으니까 남부군이 더 유리하다."

모두가 힘을 내고 앞으로만 달려갔다.

"야, 이놈들아! 비 오는데 무슨 청승이냐?"

토벌대가 고함치며 맞서려 해도 비에 젖은 몸으로도 불어난 도랑을 훌쩍 뛰어 건너고 돌격을 안 멈추었다.

토벌대를 밀어내고 마을을 차지하면 따뜻하게 불을 지핀 방 안에 자리 잡곤 옷을 벗어 말렸다. 집주인 옷으로 대충 몸을 가리고는,

"비 오니까 옷도 잘 안 마른다."

말로는 투덜대도 기분은 다들 좋았다. 여름이라 비 많이 맞더라도 물기만 닦아 내면 춥지는 않다면서 겨울 아니라서 얼마나 다행이냐 한다.

남부군 기세가 강하니까 토벌대가 싸우는 시늉만 하고는 후퇴를 거듭했다. 그런데도 형은,

"이러면 우리가 점점 불리해지는데."

도리어 걱정을 했다.

처음에는 무조건 이기는 게 좋았는데 시간이 지날수록 형 말이 점점 눈앞에 현실로 나타났다. 아무리 남부군이 날마다 이긴다고 해도 죽거나 다치는 사람은 늘어만 갔다. 토벌대는 다치고 죽는 만큼 보충병이 와서 자꾸 채워졌다. 토벌대는 박격포도 있고 탱크도 있었다.

정규군이 벌이는 전투에서는 공격하기에 앞서서 포병이 포를 쏘거나 비행기가 폭격을 한단다. 지키는 적 진지가 포탄 공격을 받아서 전열이 무너지면 보병이 돌격해서 빼앗는 것이란다. 보병이 제대로 싸우기 위해서는 지원하는 포병이나 비행기가 있어야 하는데 남부군은 보병밖에 없었다. 정규군 보병이 아닌데도 정규군이 싸우듯 진지를 구축하고 고지를 빼앗듯이 돌격해 들어가니 토벌대도 대열을 갖추어서 기관총과 박격포를 쏘아 대며 거세게 저항했다.

"저놈들은 화수분이 있나 보다. 아무리 쏘아 대도 무기가 안 줄어드니."

아무리 퍼내도 다시 채워지는 쌀독을 화수분이라고 한단다. 그런 쌀독이 진짜로 있다면 가난하고 굶주리는 사람도 없을 테니 전쟁도 일어나지 않았을 거다.

시간이 지날수록 남부군이 이기는 전투보다 지는 날이 많아졌다.

"이러다 다 죽겠다."

남부군 사기도 덩달아 떨어졌다.

그래도 선생님은 인민군과 중국군이 밤낮을 안 가리고 전세를 뒤집으려 용감하게 싸우는데 우리가 비겁하게 싸움을 피한다면 명분이 없어지고 승리를 한다 해도 가치가 없단다. 우리 힘으로 우리들 자존심을 세우잔다.

"무작정 싸우는 건 자살이나 마찬가지예요."

답답한 용석이 형이 형을 보고 투덜댔다.

"사령부 간부들은 눈 콩알 귀 콩알이 없나 보다."

사령부는 산속에 있고 직접 싸우지 않으니까 싸움판 형편이 어떤지 모르는 모양이다.

"형은 소대장이나 되면서 왜 그냥 보고만 있는 건데?"

태어나 처음으로 형한테 대들었다.

말없이 한참이나 바라만 보던 형이,

"우리는 위에서 결정한 대로 하면 된다."

무조건 지시대로 해야만 된단다. 이 상황을 이현상 선생님이 몰라서 그러는지 말이나 해 보래도, 자기가 말을 한다고 해도 간부들 생각이랑 다르면 위에까지 보고가 안 된단다. 아무리 말해도 소용없으니 그냥 가만히 있는 거란다. 간부들이나 당원들과 생각이 다르다 해도 대놓고 대들다가는 비판받기 십상이란다. 형 역시도 답답한지 한숨만 내쉬었다. 그래도 이길 때가 없는 건 아니니까 힘내서 싸우잔다.

"게릴라전술로 싸워야 되는 거 아니냐고?"

대원들 입에서도 그 말이 자꾸 나왔다. 몇 명씩 몇십 명씩 소부대로 움직이며 갑자기 나타나서 재빨리 싸우고는 지원병이 오기 전에 흔적도 안 남기고 사라져 버리는 거다. 유격대는 안 다치고 토벌대에게만 피해를 주는 것이 유격대 전술이다. 토벌대에서 죽는 사람이랑 유격대에서 죽는 사람이 숫자가 같다 해도 무승부가 아니라는 것을 모르는 사람이 없었다. 토벌대는 보충병을 자꾸 채우지만 보충될 사람이 없는 유격대는 죽는 만큼 숫자가 줄어들고 다친 사람 숫자만큼 싸울 사람도 줄어들었다.

"겨우 열다섯 살인 기주도 아는데."

용석이 형이 가슴을 탁탁 치면서 형보고 들으라는 듯이 투덜대 보았지만, 아무도 대답이 없고 메아리조차도 없다.

남부군 수가 많아서 밤이 되어도 이동하기가 힘드니까 유격 전술을 쓸 수 없어서 그러는 거라고 짐작만 했다. 모두들 한숨만 쉬고는 사령부에서 올바른 결정이 나기를 기대만 하잔다.

산에서 맞이하는 두 번째 가을이다. 단풍이 물들어도 멋지다는 생각이 없고, 하늘이 눈부셔도 하나도 안 예뻤다. 낙엽이 떨어지면 토벌이 심해질 것이고 추위가 닥쳐오면 산 생활이 고달프다는 것을 겨울 한 번을 지내고 나서 뼈저리게 배웠기 때문이다.

토끼봉을 지나가며 악양 들판을 내려다보던 용석이 형이 기운 빠진 목소리로,

"우리 어머닌 추수를 어떻게 하시려는지."

악양 들판 건너편에 보이는 미서골에 자기 밭이 보인다며 고구마랑 콩이며 옥수수랑 좁쌀 농사를 어머니 혼자서 할 테니 무척이나 힘이 들 것이라고 걱정했다.

"눈에 보여도 갈 수가 없구나. 저기가 바로 우리 집인데."

용석이 형 그 말에 모두가 한숨을 쉬었다. 모두가 자기 집 농사 걱정 가족들 안부 걱정을 했다. 산에 들어온 가족이 있다고 남은 가족들이 붙들려 가서 고초나 당하지 않을까 더 걱정들을 하였다.

그래도 번듯하게 다시 세워진 나무 집이 추위를 막아 줄 것이고 남부군이 대열을 갖추어서 기세가 등등하니 이번 겨울에는 지난겨울처럼 호락호락 당하지만은 않을 것이라고 기대했다. 마음도 든든해졌다. 토벌이 심해지고 추위가 모질어도 어쨌든 견뎌 낼 것이라는 희망을 안 버렸다.

산에 들어와 생활한 지 일 년 만에 골짜기 봉우리들 이름도 거의 다 알게 되었고 골골이 자리 잡은 마을들 이름이랑 위치도 다 알게 되었다. 작전이 내려오면 머리에 지도가 자연스럽게 떠올랐다. 머릿속에 가는 곳 위치를 그림처럼 그리고 전투에 나가니까 선이 끊겨 길을 잃어도 쉽게 찾아올 수 있게 되었다. 선 요원만큼은 몰라도 지리산을 손바닥 들여다보듯 알게 되었다.

마을이나 골짜기 이름을 말하면 위치를 척척 설명하니까 전투 요원 안 하고 선 요원을 해도 되겠다며 명지 누나가 치켜세워 주었다.

"누나도 그러면서 뭘."

웃으며 되받았다.

"산 내려가면 넌 큰일 맡을 사람이다."

용석이 형 칭찬까지 들으니 더 힘이 났다.

백야전전투사령부

낙엽이 떨어지고 간밤에 유난히 바람이 차갑더니 서리가 하얗게 내렸다. 드디어 기다리지도 반기지도 않는 겨울이 시작되고 말았다.

아침부터 비행기가 낮게 날며 전단을 뿌려 댔다.

"하늘은 첫 흰 서리를 내리고 비행기는 흰 종이를 내리네."

용석이 형이 날아 내리는 종이 한 장을 펄쩍 뛰어서 잡았다. 온 산에다 흰 눈처럼 하얗게 뿌려 댄 것은 귀순증이었다.

공비 귀순자 취급의 특별 지시

• 하산 귀순자에게는 생명 보장, 일절 편의를 제공함.
• 자수 귀순자에게는 일절 고문이나 위협을 가하는 수단을 엄금함.

- 귀순 권고 삐라를 소지하고 귀순하는 자는 특별 대우하며 직장 알선, 여비 조달 편의를 제공함.
- 무기를 휴대하고 귀순하는 자에게는 후상을 주고 본관에게 즉각 보고하라.

전라북도 경비 사령관 ○○○
경무관 ○○○
사찰과장 ○○○

남부군이 산을 내려가 귀순하면 후하게 대접할 것처럼 거창하게 보여도 항복하라고 권하는 전단이라는 걸 모를 바보는 없었다.

"공비가 뭐예요?"

귀순증을 주워 든 용석이 형이 형을 보고 물어보자,

"공산 비적이라는 말을 줄여서 공비라고……."

형 말이 채 떨어지기도 전에,

"우리가 비적이라고? 저런 싸가지 없는 놈들이 있나."

대영이 아저씨가 불같이 화를 냈다.

"떼 지어 다니면서 물건과 사람 목숨 빼앗는 도적들을 비적이라고 하는데."

만주에서 장사하러 다닐 때 비적에게 습격당한 마을을 본 적이 있단다. 물건도 빼앗고 여자들도 납치해 갔단다. 형 말대로라면 토벌대는 남부군을 공비라고 부르면서 도적 떼 취급을 하는 거란다.

"산에 있으니 산적이지 왜 비적이냐?"

명지 누나가 전단을 모으더니 유용하게 쓸 데가 있다며 바랑에 넣어 두었다. 무엇에 쓰는지 모르긴 해도 주워 모아서 명지 누나 바랑에 넣어 주니 손을 저어 내치면서 명지 누나 얼굴이 빨개졌다. 다른 여자 대원이 여자들에게만 필요한 거란다. 뭔지는 모르지만 그 말이 부끄러워하는 명지 누나 표정이랑 겹쳐져서 민망해졌다. 며칠이 되지 않아 피 묻은 채 버려진 귀순증 뭉치를 보고서야 여자들이 달거리할 때 천 대신 쓴다는 것을 알게 되었다.

전단 한 장을 펼쳐 들고 소대원들 앞에 선 명지 누나가,

"공비 귀순자 죽음의 특별 지시.

하산 귀순자에게는 생명 보장을 하지 말며 일절 편의를 제공하지 말고 바로 죽일 것.

자수 귀순자에게는 일절 고문과 위협을 가하는 수단을 엄청나게 동원할 것.

귀순 권고 삐라를 소지하고 귀순하는 자는 특별 대우하며 감옥에 가두고 고문하는 편의를 제공함.

무기를 휴대하고 귀순하는 자에게는 부상을 입히고 본관에게 즉각 끌고 와라."

내용을 큰 소리로 비꼬아 읽어 주었다. 모두들 박수 치며 한바탕 웃

어 댔다.

"저렇게 친절한 놈들이 총질을 그리 해 대겠니?"

못 믿을 소리라고 전단을 찢고는 짓밟아 버렸다.

날마다 비행기가 낮게 날면서 귀순을 권유하는 방송을 해 대어도 하늘에 침을 뱉으며 욕이나 해 주었다.

전선에 있던 사단 두 개를 동원하여 지리산 둘레를 꽁꽁 포위했다는 소문이 들려왔다. 사령관 백선엽이 지휘를 맡았단다.

"일제강점기 때 만주군에 있던 놈이다."

일본이 세운 나라인 만주국에서 장교가 되어 일본이 중국으로 침략하는 길에 앞장서 싸운 사람이란다.

"내가 중국군에 소속된 조선군에 있을 때 만주군이랑도 싸웠었지."

독립군 출신이라 전투를 잘한다는 소좌가 백선엽이라는 이름을 듣고는 목소리가 떨리면서 얼굴이 벌게졌다. 이름만 들어도 분노가 치밀어서 그렇단다.

"남조선에는 친일파 놈들만 득실대는데, 어떻게 해방이 되겠나."

일본으로부터 해방이 되어도 진정한 해방이 아니란다. 우리가 싸워서 진짜 해방을 이루잔다. 토벌대 지휘관이 누구든지 토벌대 숫자가 얼마든지 기죽지 말잔다.

식량을 비축해야 겨울을 날 테니까 대대적 보급 투쟁에 전 대원이 나간단다. 토벌대 1개 대대가 진을 친 산청군 중산리로 돌격을 감행

했다. 칼바위부터 함성을 지르며 내처 달려 내려갔다. 토벌대 1개 대대가 4백 명이 넘는데도 빗자루로 쓸어 내듯 한 번에 밀어내 버렸다. 앞에서 대열이 무너지니까 뒤에 있는 토벌대도 싸울 엄두조차 못 내고 우르르 도망쳐 버렸다.

"전선에서 왔다는 놈들이 겨우 이 정도밖에 안 되는 거야?"

신이 난 용석이 형이 산 아래를 향해서,

"노랑개들아! 네놈들이 빠뜨리고 간 꽁지 여기 다 모아 놨다. 와서 찾아가거라."

고함을 질렀다. 그 소리에 모두들 박수 치며 웃어 댔다.

중산리에 있던 토벌대를 밀어내고 시루봉 옆을 넘어서 악양으로 갔다. 지리산 두 줄기가 동서를 감싸고 섬진강까지 뻗은 품속에 자리 잡은 악양 들판은 넓고도 넓었다. 북쪽에서 불어오는 찬바람을 지리산이 막아 주니 농사도 잘된단다. 가을에 거지들이 한쪽 끝으로 들어오면 봄까지 집집마다 동냥을 해 먹고서 다른 쪽 끝으로 나갈 만큼 풍요로운 곳이란다.

"그래도 가난한 사람은 가난하다."

그 말을 하는 용석이 형 표정이 씁쓸했다. 악양 들판이 바라다보이는 동네에 사는 용석이 형네도 밭뙈기 하나 부치며 겨우 입에 거미줄 안 칠 정도란다.

마을로 내려가서 방앗간을 찾아갔다. 둘레 마을에서 벼를 거둬들여 방아를 찧어서는 산으로 나른단다.

방아 찧는 기계를 돌리라고 하니 방앗간 주인 남자가,

"발동기 돌리는 손잡이가 없어져서……."

입맛을 쩍 다시며 시큰둥하게 대답했다. 거짓말이라는 걸 모를 사람이 없었다. 약양 들판을 둘러싼 동네가 여러 개니까 다른 동네 방앗간을 알아보니 이 둘레에는 물레방아로 돌리는 디딜방아뿐이란다. 그 디딜방아들을 다 돌려 봐야 여기 한 군데에서 하는 것에 절반도 못 찧는단다.

형이,

"발동기 손잡이 하나에 목숨을 걸려고 하시오?"

총부리를 들이댔다. 주인 남자가 울상이 되었다.

"국군이 들어오면 나를 죽이려고 할 텐데……."

말끝을 흐리면서 헛간에 숨겨 놓은 손잡이를 꺼내 왔다.

"조금만 참으시오. 해방되면 다 보상받을 테니."

유격대가 위협해서 어쩔 수 없이 한 일이라 말하라고 일러 주었다.

몇 번을 돌려도 발동기에 시동이 안 걸렸다. 날이 차서 쇠도 덩달아 차가워졌기 때문이란다. 뜨거운 물을 붓고 나서야 발동기가 태앵태앵태앵 몇 번을 헐떡거리더니 탱탱탱탱 하고 트럭보다 훨씬 더 큰 소리를 내며 돌아가기 시작했다. 발동기와 연결된 방아 기계도 덩달아 쌩쌩쌩쌩 힘차게 돌아갔다.

벼를 방아 기계 앞에 쏟아 놓기만 하면 자동으로 끌고 들어가 껍질이 벗겨지고 몇 단계를 거쳐서는 기계 끝으로 하얀 쌀이 쏟아져 나왔다. 배출구에 가마니를 대고 쌀을 받아 냈다. 비릿한 쌀 냄새가 기분을 들뜨게 했다. 쏟아지는 쌀알을 한 손으로 받아서 입에 털어 넣었다. 오도독 씹히는 쌀 맛이 무척이나 고소했다. 이 쌀로 겨울 내내 실컷 밥을 해 먹을 생각을 하니 겨울이 하나도 안 추울 것 같았다. 짊어지기 좋을 만큼 가마니마다 담았다.

가마니가 쌓이자 둘레 동네에서 젊은 장정들을 모았다. 오전에 일찍 출발해서 청학동 너머 도장골에 나녀오면 해 지기 전에 한 번 더 다녀올 수 있는 거리였다. 그래도 하루에 한 번만 가라고 했다. 맨손으로 걸어도 올라가려면 숨이 턱에 차는데 쌀가마까지 지고 가야 하니 보통 힘든 일이 아니다. 대원들도 동네에 다니며 지게를 빌려 왔다. 나도 지게를 빌려 왔다.

"총은 손가락 힘만 있어도 쏠 수 있지만, 짐 지는 건 좀 더 커야 해."

명지 누나한테 핀잔만 들었다. 그 정도는 할 수 있다고 우겨도 중대장이 여자 대원들이랑 어린 대원들은 방아 찧는 일을 맡으란다. 그렇게 엿새 동안 악양에서 해방구를 건설하고 겨울날 식량을 확보했다.

밤마다 집에 가서 자고 온 용석이 형은,

"더 이상은 안 좋아져도 된다. 이 정도면 충분하다."

따뜻한 방에서 따뜻한 밥을 먹고 살 수 있는 세상이 바로 해방된 세상이라며 이렇게 살 수 있게만 되어도 더 바랄 게 없단다.

168

이레째 되는 날에 아침을 먹고 나니, 하동 쪽 산머리에서부터 포탄이 날아들었다. 뒤이어 화개 쪽에서도 전투가 벌어졌다. 그동안 들었던 포격 소리보다 훨씬 더 큰 소리였다.

"박격포가 아닌가 보다."

형 말을 듣고는 중대장이,

"대포 같은데."

후퇴 준비를 하란다. 뒤이어 하동 쪽에서 탱크가 밀고 들어왔다. 탱크를 뒤따라서 토벌대 수백 명이 들어왔다. 마을 쪽을 향해 대포를 갈겨 대고 총을 쏘았다. 중대장 명령을 따라 산으로 물러났다.

"탱크가 아무리 대단해도 험한 지리산으로는 못 들어온다."

중대장이 여유를 부리며 앞장섰다. 올라가는 길 중간중간에 포탄이 떨어져도 별로 겁나지 않았다. 식량이 넉넉하니 올겨울 지내기는 큰 고통 없겠다며 모두들 기분 좋게 시루봉을 향해 갔다. 산 능선에 올라와 악양 들판을 내려다보니 탱크 십여 대를 따라 몰려드는 토벌대가 개미 떼 같았다. 방앗간은 포격을 맞아 연기가 숫구쳐 올랐다. 방앗간 주인 남자도 무사하지 못할 거라고 용석이 형이 걱정을 했다.

"큰일을 위해서는 작은 희생 정도는 기쁘게 감수해야지."

형 말에 끄응 하고 신음 소리를 내고는,

"죽고 나면 해방이 무슨 소용이라고. 기쁠 것까진 없지."

혼잣말로 중얼댔다.

시루봉에 올라서니 도장골 쪽에서 연기가 솟구치고 있었다. 불길한 예감이 들어서 걸음을 재촉했다. 도장골에 도착하자 모두들 그 자리에 털썩 주저앉아 버렸다. 창고는 포격을 받아서 무너지고 엿새를 져다 나른 쌀가마는 모두 타 버렸다. 그을린 쌀알들이 온 산에 흩어져 있었다. 창고를 지키던 남부군들 시체가 여기저기 널브러져 있었다.

중대장도 망연자실해서,

"여기를 먼저 공격하고 악양으로 왔나 보다."

얼굴을 두 손으로 쓸어 올리며 한숨을 쉬었다.

"천석꾼 부자에서 순식간에 빈털터리 거지가 돼 버렸네."

명지 누나가 하는 말을,

"헛고생만 했네."

되받는 용석이 형 눈도 젖어 있었다.

선을 따라 대성골에 대원들이 모여들자 위원장이 앞에 나서서는,

"오늘 우리를 공격한 부대는 '백야전전투사령부'라오."

이번에 온 부대는 그동안 겪어 본 토벌대가 아니란다. 지리산을 포위하고 그물망 좁히듯이 밀려올 기세란다. 박격포 몇 문 들고 온 그저 그런 부대가 아니란다. 탱크도 있고 비행기도 지원한단다. 그래도 우리는 그동안 싸워 왔던 것처럼 맞서서 싸워 내면 그만이란다. 그 생각 하고 나도 불길한 예감이 떠나질 않았다. 악양에 들어왔던

탱크를 본 순간 겁이 덜컥 솟았던 기억 때문인지,

"이번엔 좀……."

말끝을 흐리면서 옆에 선 용석이 형 눈치를 살폈더니,

"장작이나 좀 더 패 놓고 올걸."

어머니 혼자 두고 온 것이 못내 아쉬운 모양이다.

악양 아닌 곳은 많은 쌀을 구하기 어렵단다. 산에서 더 멀리 가야 하니 모두들 막막해서 간부들 입만 보며 명령을 기다렸다.

그다음 날 해 뜨기 직전인데 비행기가 낮게 날며 기관총을 쏘아 댔다. 나뭇가지 끝에 바짝 붙은 듯이 손을 들면 잡힐 듯이 낮게 날면서 총을 쏘아 댔다. 바위 뒤에 몸을 숨기고 비행기가 올 때마다,

"잠자리 잡듯이 한 손으로도 확 챌 수 있을 것 같구만. 참 안 맞네."

가까운 거리니까 쉽게 맞을 것 같아서 아무리 총을 쏘아 봐도 날아가는 비행기는 맞출 수가 없었다. 며칠이 지나가자 이번에는 덩치 큰 비행기가 폭탄을 떨어뜨렸다. 사천에 있는 비행장에서 날아오는 거란다.

기름 든 드럼통을 수십 개 떨어뜨리고는 기관총을 쏘아 댔다. 불덩이가 퍼지는 폭탄도 떨어뜨렸다. 네이팜탄이란다. 네이팜탄이 터지면서 불길에 닿거나 총 맞은 드럼통에 불이 붙어 폭발하고 그 불에 다른 통이 덩달아 폭발했다. 거대한 불기둥이 위로도 옆으로도 솟으며 퍼지면서 남부군 대원들 몸에 불이 붙었다. 파편이 폭발하는

폭탄은 몸을 숙이거나 엎드려서 안 맞으면 다치지 않았지만 불기둥 앞에서는 숙여도 소용이 없고 엎드려도 피할 수가 없었다. 드럼통을 피하려고 산 위로 올라가면 기관총을 쏘아 대는 비행기가 몰려왔다. 이리도 못 피하고 저리도 못 피하니 정신을 차릴 수가 없어서 모두가 얼이 빠져 버렸다. 간부들이 내리는 명령이 대원들에게 제대로 전달되지도 않았다.

대포가 날아들고 기관총을 쏘아 대며 토벌대가 밀려들사 총 한 방 제대로 못 쏘아 보고 순식간에 대열이 흩어져 버렸다. 개에게 쫓겨 가는 닭처럼 정신을 놓아 버리고 이리저리 도망을 쳐 버렸다. 그동안 보아 왔던 용맹한 남부군 모습은 간 곳이 없었다. 모두가 겁을 먹고 개미 떼 흩어지듯 갈피를 못 잡았다.

비행기가 날지 않는 저녁이 되어서야 겨우 대열을 수습하니 소대원 가운데 네 명이 죽고 여섯 명이 살아남았다. 한 명은 부상을 입어서 환자트로 가야 했다. 대영이 아저씨랑 형이랑 명지 누나 그리고 용석이 형, 이제는 소대원이 다섯 명밖에 안 남았다.

토벌대는 1개 소대가 40명쯤인데 남부군 1개 소대는 열 명 정도뿐이었다. 이제는 그것마저도 점점 줄어서 소대마다 겨우 대여섯 명 정도밖에 안 되었다. 중대가 다 모여도 서른 명이 채 안 되었다.

"나 중상 입으면 차라리 네가 쏘아서 죽여 줘라."

용석이 형이 유언하듯이 말하자 명지 누나가,

"애 앞에서 쓸데없는 소리 말아요. 개똥밭에 굴러도 이승이 좋은 거예요."

눈을 흘기며 핀잔을 주었다. 희망을 버리지 말라고 했다.

온 산에 불이 붙어서 나무들도 불타 버렸다. 낙엽이 지고 나니 안
그래도 휑한 산인데 그마저도 불타 버리니 토벌대가 보이지 않는 곳
에 몸을 숨기기조차 힘들었다. 토벌대를 피하려면 부대를 작게 나누
어서 불타지 않아서 몸 숨기기 좋은 쪽으로 쉬지 않고 이동하는 것
이 최선이다. 날이 채 새기 전에 명령이 떨어졌다. 토벌대가 올라오
는 능선을 피해 가며 중대별로 나뉘어서 온종일 걸었다. 오후 세 시
가 넘어가면 토벌대가 산 밑으로 철수를 하기 시작했다. 그때서야
유격대도 걸음을 멈추었다.

오늘도 하루를 견뎌 냈다고 안도하며 바람을 막아 줄 만한 바위
틈이나 굴을 찾아 들어갔다. 서로를 껴안고서 낙엽을 끌어모아 온
몸을 파묻었다. 그렇게 자는 듯 깨는 듯이 밤을 지새웠다. 밤이 되면
그래도 토벌대가 산을 내려가니 다행이라고 위로도 되지 않는 위로
를 서로에게 했다.

"보름 단위로 작전 벌인다니 이제 팔 일만 견딥시다."

중대장 하는 말도 위로가 되지 않았다. 그래도 참고 견디는 방법
말고는 선택을 할 수 있는 게 없었다. 무슨 일이 일어나더라도 무조
건 견뎌야 살 수 있다는 절박감만이 살을 에는 모진 추위와 목숨을
앗아 가는 토벌을 이겨 내는 힘줄이었다. 각자 가지고 있는 쌀을 두
숟갈씩 걷어서 멀건 죽을 쑤어서는 나누어 먹으면서 허기를 달랬다.

그렇게 사흘을 버텨 내자,

"스물도 빠르게 이동하려면 너무 많아."

중대장이 소대별로 흩어지자고 했다. 1소대 2소대는 합쳐 봐야 다섯 명밖에 안 되니 중대장을 따라가고 3소대와 4소대는 각각 다른 방향으로 흩어졌다. 꼭 살아남아서 토벌이 끝나면 사령부로 찾아오기로 했다.

토벌대가 골짜기에 있으면 능선을 따라 피하고 토벌대가 능선에 있으면 골짜기로 내려가며 통발을 빠져나가는 미꾸라지 모양으로 용케도 피해 가며 토벌을 견뎌 냈다. 토벌대가 옆으로 늘어서서 토끼를 몰아가듯 좁혀서 들어오면 조릿대 숲에 흩어져 숨어서는 지나가기를 기다렸다. 사람 키보다 두 배나 큰 조릿대 숲은 토벌대도 선불리 안으로 들어오지 못했다. 밖에 늘어서서는,

"이 자식 일어나!"

숨은 걸 알고나 있다는 듯이 위협을 했다. 바로 옆에서 소리가 나도 토벌대가 괜히 하는 소리라는 것을 알기 때문에 죽은 듯이 엎드려 있었다.

"이마에 총부리가 닿기 전에는 절대로 움직이면 안 된다."

귀에 딱지가 앉도록 들었던 소리다.

다가온 토벌대가 조릿대 숲에다 총 몇 발을 쏘아 댔다. 총알이 바람을 가르며 귀 옆을 스쳐 가는 소리에 진저리가 쳐져도 꾹 참고 있었다. 한참을 그러는데 후다닥 소리가 나며 누군가가 도망을 쳤다.

"저기 있다. 집중 사격!"

토벌대가 소리치며 뒤쫓아 가는지 총소리가 멀어졌다. 한참을 더 기다리다 형이 나오라고 해서 밖으로 나가 보니 대영이 아저씨가 도망을 쳤단다. 명지 누나가,

"살아만 있으면 좋으련만……."

걱정을 하며, 무서움을 못 견디면 토벌대가 위협하는 소리를 듣고 자기를 찾은 소리라고 미리 짐작을 해 버린단다. 그래서 견디지 못하고 손들고 나가 버리고 마는 거란다. 형도,

"조릿대 숲엔 토벌대도 겁나서 못 들어온다."

언제나 하던 말을 다시 한 번 강조하며 지레 겁부터 먹지 말란다.

그대로 해가 기울고 오늘은 토벌대가 다시 안 올 테니 밥을 해 먹자고 물 길러 나서는데 토벌대가 지나간 자리에 M1 소총 실탄이 두 뭉치나 떨어져 있었다. 총알이 얼마 안 남아서 모두들 걱정인데,

"누군가 두고 간 게 분명해."

한 뭉치라면 모르고 떨어뜨린 거라고 할 수도 있지만 두 뭉치가 한 곳에 있으니 일부러 놓고 간 것이 분명하단다.

"토벌대도 이젠 우리 편이다."

용석이 형이 껄껄껄 웃어 댔다. 따라서 웃는 사람은 아무도 없었다. 빙긋이 명지 누나만 입술을 움직였다. 멋쩍은 용석이 형이 헛기침을 헝헝 하며,

"카빈총 실탄도 좀 두고 가지."

두고 간 실탄 뭉치가 M1 소총용이니 자기는 소용없다고 아쉽단다. 용석이 형은 며칠 전에 M1 소총이 무겁다며 죽은 대원 옆에 버려져 있는 카빈 소총이랑 바꾸었다. 카빈 소총은 M1 소총보다 가벼워서 들고 다니기는 좋지만 실탄이 작아서 사거리가 짧다. 멀리 있는 적을 맞추기 어렵다는 걸 알면서도,

"골짜기 너머에 있는 적을 맞출 것도 아닌데 뭐."

아랑곳하시 않았다.

"내일 토벌대 오면 카빈총 실탄 있는지 물어보세요."

명지 누나가 놀리느라고 한 말에 모두 웃자 민망해진 용석이 형이,

"나만 갖고 그래."

푸념을 하면서도 표정은 웃고 있었다. 따라서 웃어 주는 명지 누나 웃음은 처음 쌍계사에서 보았던 때나 지금이나 그 모습 그대로다. 산 아래에서 친누나였다면 얼마나 좋았을까 상상만 해도 기분이 좋았다.

다음 날도 산 아래에서부터 토벌대 수백 명이 옆으로 죽 늘어서서 천천히 올라왔다. 올라오다가 조릿대 숲만 보면 대놓고 총을 난사했다. 이제는 조릿대 숲에도 숨을 수가 없게 되었단다. 능선을 타고 넘어 반대편을 살펴봐도 마찬가지로 토벌대가 까맣게 밀려 올라왔다. 수천 명도 넘겠다며 피할 길이 없겠단다. 도망을 치려 해도 갈 곳이 막막했다.

골짜기 아래쪽으로 내려간 용석이 형이 손짓을 크게 하며 내려들

오란다. 계곡에 집채만 한 바위들이 듬성듬성 서 있는 사이로 큰 바위 두 개가 나란히 붙어 있는 곳 밑에 사람 하나가 겨우 들어갈 틈이 있고 그 안에 공간이 제법 넓었다. 넉넉한 공간은 아니었지만 네 명이 들어가기에는 부족하지 않았다. 안쪽으로 계곡물이 스며들어서 모래가 젖어 있었다. 모래를 파내니 물이 배어들었다. 사발 두 개 정도 크기로 구덩이를 만들었다. 아쉬운 대로 마실 물은 될 것 같았다. 바랑을 벗어서 돌 틈으로 들어오는 바람을 막았다. 입구에도 돌 하나를 밀어내서 막았다. 번듯한 비트가 되었다.

토벌대 발소리가 지나고 또 지나갔다. 어서들 지나가라고 숨죽여 기다렸다. 그런데 시끌시끌 사람 소리가 나고 말뚝을 박는지 뚝딱이는 소리도 났다. 들키면 한꺼번에 죽는다 생각하니 숨소리조차 내기 힘들었다. 해 지고 깜깜해도 토벌대들 소리가 끊이지 않았다. 오늘은 산속에서 야영을 하나 보다. 밤 되면 남부군이 야습을 감행하니 한 번도 산속에서 지낸 적이 없었는데 이제는 도망치기 급급한 남부군 사정까지 토벌대가 다 아나 보다.

바위틈을 막아서 바람이 안 들어오니 바깥보다는 덜 추웠다. 시간이 지나가니 마음도 편해졌다. 쌀알을 입에 넣고 씹으면서 허기를 달랬다. 이제부터는 시간을 견뎌 내기만 하면 된다고 형이 속삭였다.

기온이 낮을수록 서로를 더 껴안아 체온을 나누어야 목숨을 부지한다는 걸 다 아는지라 최대한 몸을 서로 붙였다. 왼쪽에는 형이고 오른쪽에는 명지 누나, 그 옆에는 용석이 형이었다. 허리를 감싼 명지 누나 심장 뛰는 울림이 그대로 전해졌다. 남자랑은 다른 느낌에 가슴이 쿵쿵 뛰었다.

먹은 게 없어선지 긴장을 해서인지 3일 동안 아무도 대소변을 보는 이가 없었다. 산사람 되고 나면 신선이 된다고 누군가 우스갯소리를 했는데 대소변 냄새 풍기면 토벌대가 알아챌까 몸에서 아는 거라고도 했다. 토벌대가 물러가고 굴 밖에 나와서야 모두가 대소변 안 본 것에 놀라면서 각자 흩어져서 볼일을 보았다.

굴에서 하룻밤을 더 자고 나와서는 사령부가 자리 잡을 거라고 알려 준 칠선골 방향으로 선을 찾아 능선을 넘어갔다. 골짜기로 내려가다가 토벌대가 남기고 간 카빈총 실탄을 상자째 발견했다. 용석이 형이,

"이 정도면 일 년도 쓰겠다."

토벌대가 지난번에 자기가 한 말을 들은 거라고 신이 나서는 실탄 상자를 어깨에 둘러맸다. 명지 누나가 말리며 나누어서 들자고 해도 자기는 힘이 세서 문제없다면서 고집을 부렸다. 카빈총은 자기밖에 없으니 자기가 쓸 실탄이라며 혼자서 들겠단다. 보통 때 같으면 문제없이 메고 갔을 텐데 굴속에서 떨면서 제대로 먹지도 못했으니 기운을 제대로 낼 수가 없었다. 얼마 가지도 못하고 힘에 부치는지 땅에다 내려놓았다. 상자를 열고서는 탄띠를 나누어서 어깨에 걸쳐 멨다.

"진작 이렇게 할걸."

애당초 명지 누나 말대로 하지 않고 고집만 부린 것이 민망한 모양이다.

한참을 가다 보니 꺾어진 나뭇가지가 보였다. 분명한 선 표시다. 반대로 나 있으니 칠선골이 아니라며 방향을 바꾸란다. 능선을 넘어가니 선 표시가 더 많이 있었다. 걸으면 걸을수록 기운이 솟아났다.

선을 따라 대성골로 들어가니 먼저 온 사람들이 밥부터 먹으란다.

"조심해서들 드세요. 흙이랑 돌이 많아서."

쌀 창고가 폭격을 맞아 쌀이 불에 타서 흩어져 버린 것들을 쓸어 모아서 지었단다. 여러 번 씻었어도 돌이 많이 나온단다. 그래도 얼마 만에 먹어 보는 따뜻한 밥이냐며 돌을 씹어 서걱대도 마파람에게 눈 감추듯 맛있고 배부르게 먹었다. 그렇게 모은 쌀도 한 가마가 안 된단다. 먼저 와서 먹었으니 그나마 다행이라고 밥 퍼 주는 여성 대원 눈에 눈물이 그렁그렁했다.

불에 탄 오두막과 무너진 비트들만 보아도 얼마나 처참하게 토벌을 당했는지 알 것 같았다. 다시 집 지으려고 덜 탄 나무들을 한곳에 모으는데 위쪽에서 함성 소리가 들려왔다. 선생님이 오신단다. 다리에 붕대를 감고 부축을 받으면서 사령부로 내려왔다. 사람들이 모두 모여 함성을 지르며 맞이했다. 선생님이 망연자실한 표정으로 대성골을 눈으로 빙 둘러보았다.

"모두들 고생 많았소."

더 이상 말 못 잇고 계곡 쪽으로 내려갔다.

남부군들이 속속 대성골로 모여들었다. 집들은 무너지고 비트는 없어져서 잠자긴 고사하고 쉴 곳도 없는 데를 사령부라고 찾아와서는 실망하고 낙담하였다. 그래도 갈 곳이라고는 이곳이 전부라며 선을 따라 모여들었다.

3일을 기다려도 모인 건 겨우 3백 명 정도였다. 남부군이 오기 전 유격대원들보다 더 적어졌다. 다른 도당들은 얼마나 피해가 컸는지 모르지만 여기랑 별반 다를 바 없을 거란다.

그래도 남은 사람끼리 대열을 갖추었다. 1개 사단은 두 개 연대로, 1개 연대는 두 개 대대로, 1개 대대는 두 개 중대로, 1개 중대는 두 개 소대로 만들었다. 원래는 각각 네 개로 구성되는데 사람이 부족하니 반으로 축소했다. 그 반도 원래보다 반이나 줄어들어 소대라 하더라도 다섯 명밖에 없다. 중대라 해 보아도 20명이 겨우 되고, 대대라 해 보아도 50명이 채 안 되었다. 토벌대 1개 연대는 2천 명이나 된다니까 남부군 연대보다 40배나 더 많았다. 남부군 1개 대대랑 토벌대 1개 소대랑 숫자가 비슷했다.

용석이 형을 두고

　며칠을 잠잠하게 토벌대가 안 오니까 그동안 참고 견뎠던 아픔들이 더 크게 느껴졌다. 총이나 파편을 맞아 다치지 않았다 해도 정상이 아닌 사람이 많았다. 바로 동상 때문이었다. 동상으로 손가락 발가락이 시퍼렇게 썩어 들어가는 사람이 한둘이 아니었다. 늘 더운물로 깨끗하게 씻고 따뜻한 방 안에서 발에 박힌 찬 기운을 빼내고 약을 발라 치료한다 해도 낫기가 어려운 게 동상이다. 씻기는 고사하고 발싸개로 손발을 싼다 해도 눈밭을 몇 걸음만 걸어도 발이 젖어버렸다.

　손도 총을 들고 다니니 늘 추위에 노출되었다. 손발이 성한 게 도리어 이상할 지경이었다. 찬물에라도 깨끗이 씻고 나서 따뜻한 곳에서 말리는 게 유일한 치료였다. 그래도 금방 나을 리가 만무하니 고통을 참아 내는 방법 말고는 치료랄 게 없었다. 신발을 신고 있을 때도 틈만 나면 발가락을 자꾸 오므렸다 폈다 하며 꼼지락거려서 발끝까지 피가 잘 통하도록 하라고 간부들이 틈날 때마다 잔소리처럼 일러 주었다. 피가 돌면 얼지 않으니 동상에 걸리지 않는단다. 추울 때 발을 꽉 오므리면 주먹도 꽉 쥐어졌다. 다시 발등 쪽으로 발가락을 치켜들면 손가락도 따라서 치켜들렸다. 그렇게 몇 번을 하고 나면 발가락이 시원해졌다. 하지만 언제나 추위에 덜덜 떠는 형편들이다 보니 발가락 운동을 할 여유도 없었다.

동상도 문제지만 머리와 옷에 붙은 이들은 더 큰 문제였다. 옷을 벗어 불 위에다 쪼이거나 털면 타다타닥 타면서 노린내가 진동했다. 명태를 구워 먹던 생각이 난다면서 입맛을 다셨지만 자꾸 맡으면 구역질 나는 냄새에 배 속이 뒤틀렸다. 이가 기어다닐 때도 피를 빨아 먹을 때도 가려움을 참을 수가 없었다. 자꾸만 긁다 보니 피부가 벗겨지고 쓰라렸다. 벗겨진 곳은 더 가려웠다. 가려워서 긁고 긁으면 덧나서 더 가려운 악순환이었다. 아무리 옷을 벗어서 잡고 머리를 털어서 잡아 봐도 이 숫자는 안 줄어들었다.

용석이 형이 이를 보면 이가 갈린다면서,

"내가 죽어야 없어질 것들이다."

혀를 끌끌 찼다. 사람이 숨을 놓았는지 확인할 수 있는 가장 빠른 방법이었다. 숨이 멎으면 이들이 하얗게 몸에서 빠져나왔다. 피가 안 돌면 체온이 떨어지니까 이들이 금세 알아채고는 몸을 떠나는 것이란다. 살았을 땐 죽으라고 피를 빨아 먹다가 죽으면 곧바로 사람 몸에서 떠나 버리는 이를 보고 평생 인민을 노예로 부리는 악질 지주 나 자본가 같다고 침을 퉤 뱉기도 했다.

보투도 점점 어려워졌다. 가까운 곳은 모두 불태워져서 산에 붙은 마을은 하나도 남아 있지 않았다. 들판 하나는 꼭 지나서 가야 했 다. 길목마다 검문소를 세워 놓고 지키는 토벌대도 피해서 가야 했 다. 돌격이니 해방구니 하는 말은 이제 호사스런 말잔치에 불과했 다. 민심도 예전 같지 않았다. 드러내 놓고 싫은 내색을 했다. 없다 고 버티다가 총부리를 들이대면 그때서야 생색을 있는 대로 내고는 양식 몇 톨을 내놓기 일쑤였다. 더 이상 유격대가 인민에게 해방군이 아니었고, 인민도 유격대에게 물이 아니었다.

그렇게 겨우 식량을 구한다 해도 돌아오는 길조차 쉽지만은 않았 다. 토벌대가 포위망이 뚫린 걸 알게 되면 돌아가는 길목을 더 철저 하게 지켰다. 토벌대와 교전이라도 벌어져 식량 짊어진 대원이 죽기 라도 하면 애써 구한 식량마저 같이 잃고 말았다.

설날이 보름 남은 날, 아침부터 함박눈이 마구 쏟아졌다. 오늘도 눈이 오니 토벌은 없겠다고 안도하고 있는데 대성골 골짜기로 남 부군들이 밀려 들어왔다. 지난번 토벌 때 대원들이 많이 죽어서 사 기가 꺾인 것을 모르지 않았지만, 쫓겨 온 사람들 모두가 겁을 잔 뜩 먹고 우왕좌왕 어쩔 줄을 몰라 했다. 남부군이 언제 용감한 적이 있기나 했냐는 듯이 맞서 싸울 생각은 고사하고 대열도 제대로 못 갖추었다.

며칠 전 법화산 토벌할 때 온 산이 한 번에 불에 타고 법화산 남부군이 거의 전멸을 당했다고 했을 때도 그러려니 했다. 토벌로 죽는 사람 보는 게 일상이 되었기 때문이었다. 죽는 사람을 보고 울지 않게 된 것이 언제부터였는지 기억도 가물가물했다.

모두들 겁먹어서 잠깐 전의를 상실한 것이라 여겼는데 시간이 지나도 용감했던 남부군 모습은 어디에도 없었다. 아무리 간부들이 고함을 쳐 보아도 아무리 자기 부대 찾아서 모이래도 모두들 얼이 빠져서 정신을 못 차렸다.

대열을 갖추고 맞서도 이제는 토벌대에게 밀리는 상황으로 싸움 기세가 기울었는데 대성골 너른 골짜기가 남부군으로 가득히 메워졌어도 아무런 질서가 없고 군기도 잡히지 않았다. 적을 향해 돌격할 때는 이길 수 있다는 자신감이 있어서 두려워하지 않고 용맹하게 싸우다가도 전세가 불리해서 후퇴를 시작하면 모두가 자기만 살려고 허둥대는 것을 보아 왔으니 이상할 것도 없었다. 그러나 이렇게까지 허둥대는 것은 처음 보았다.

여름날 개천에서 발을 굴러 피라미들을 통발에 몰아넣듯 토벌대가 남부군을 대성골 쪽으로 밤새 몰면서 밀고 온 거란다. 만 명은 족히 넘는 남부군이 콩나물시루처럼 대성골에 가득 찼다.

원래 있던 사람들도 밀려온 사람들에게 휩쓸려서 오합지졸이 되고 말았다. 저렇게 한곳에서 모여들 있다가는 박격포 공격이라도 퍼붓는다면 아무도 피할 수 없게 될 것 같았다. 아무리 넋이 나가도 그것쯤은 다 알 텐데 공중에다 총을 쏘며 질서를 잡으려고 해도 소용이 없었다.

"아무래도 이상해."

형 말을 따라서 소대원들이 뒤로 빠져나와 사람이 없는 산 능선으로 올라갔다. 역시나 짐작대로 대성골 들머리로 토벌대가 밀려왔다.

뒤에서 쫓겨 오는 남부군 부대들도 토벌대에 제대로 맞서지 못하고 대열도 갖추지 못한 채 무작정 쫓겨 왔다. 산사태 쏟아지듯 밀려드는 인사태였다.

형이 일단은 피하잔다. 한 군데에 몰리면 우리가 무조건 불리하단다. 반대쪽 계곡으로 향하려는 순간에 비행기 수십 대가 떼를 지어 능선을 넘어왔다. 앞에서 날던 큰 비행기들이 드럼통 수백 개를 우르르 떨어뜨렸다. 사람들이 드럼통에 맞아서 쓰러지고 아래로 구르는 통 밑에 깔렸다. 그러고는 뒤따라오던 작은 비행기들이 기관총을 난사했다. 폭탄도 주르르 떨어뜨렸다. 천지를 진동하며 폭탄이 터지면서 드럼통도 같이 터졌다. 폭탄보다 더 높게 불기둥이 치솟았다. 능선보다도 더 높게 치솟는 불기둥에 불이 붙은 채로 대원들이 콩 튀듯이 하늘로 튕겨 올랐다. 폭탄 맞아서 흙 파편 튀듯이 찢긴 살덩어리들이 소 잡을 때 잘랐던 살점처럼 튀어 올랐다. 살덩어리에 붙은 옷들이 같이 타며 온 대성골 골짜기가 불로 뒤덮였다. 노릿하게 살

185

타는 냄새가 코를 찔렀다. 사람에 치이고 폭탄에 치여서 도망칠 길도 없고 피할 길도 없어서 한 솥에 담긴 콩처럼 볶이고 타면서 죽어 갔다. 눈 뜨고 차마 볼 수 없는 광경에 모두들 넋을 잃고 말았다.

"이건 토벌 아니야. 학살이야."

명지 누나가 울부짖었다. 항복할 기회도 주지 않고, 사격 개시 경고도 없고, 도망칠 길도 열어 주지 않은 채 한곳에 몰아넣어 불태워 죽이는 것은 지난번 벽송사에서 환자들 죽인 것과 하나도 안 달랐다.

살아서 능선으로 올라온 사람들도 성한 몸이 아니었다. 다리를 잘린 사람은 기어서 올라오고 화상을 입은 사람은 옷도 벗어 버리고 맨몸으로 올라왔다. 당장은 살았지만 산목숨이 아니었다. 몸 성한 사람들도 뿔뿔이 흩어져서 몇 명이 살았는지 알 수가 없게 됐다. 가루약 한 봉지를 한입에 톡 털어 넣듯이 만여 명을 죽음으로 밀어 넣는 것도 한순간에 벌어진 일이었다.

"사람이 아니라 파리다."

골짜기로 내려가 산 사람들을 구하고 싶었지만 살았다고 해도 도울 길이 전혀 없다는 것을 모두가 알았다. 다시 내려간다고 해도 대성골 입구에 저승사자처럼 버티고 있는 토벌대를 피할 수 없다는 것도 모르는 사람이 없었다.

그 혼란을 뚫고 성한 사람들은 선이 연결될 때까지 숨으라는 소리가 들렸다. 살아남은 간부들이 모일 곳을 정해서 선을 댈 때까지 굴이나 바위틈이나 비트를 파고 숨어 있으라는 말이었다. 다친 대원들을 보살피는 게 우선인 것을 모르는 바가 아니었지만 토벌대가 목전에 와 있는 지금은 성한 사람만이라도 살려서 피해를 조금이라도 줄이는 것이 최선이란다. 움직일 수 있는 환자는 환자트를 찾아갈 것이다. 스스로 살길을 찾으라는 각자도생이다. 못 움직이는 사람은 토벌대에 붙잡히고 말 것이다. 지난번 벽송사에서처럼 환자들 모두 죽임을 당하지나 않을까, 가면서도 돌아보고 또 돌아보았다.

토끼봉 아래에 바위 굴을 비트로 삼아서 숨어 지냈다. 용석이 형 푸념이 날로 늘어 갔다. 토벌이 없어도 숨어서만 지내는 것이 지겨워서 죽을 것 같다면서 토벌대 포위망을 깨부수고 인민군이 있는 북으로 가잔다. 못 가는 길인 줄을 모르지 않으면서 떼쓰는 아이처럼 눈만 뜨면 그 말이다.

산 아래를 바라보고는,

"저 들판 끝 저 마을에 우리 집이 있다."

지난번에도 했던 말을 어린애처럼 자꾸만 되뇌었다.

"얼른 어머니한테 며느리도 보여 드리고 손자도 보여 드려야 할 텐데."

있지도 않은 며느리, 손자 타령이다. 미서골에서 눈을 떼지 못하고는 말 한 번에 한숨 한 번, 말 두 번에 눈물 두 번으로 소금에 절여 놓은 배추가 된 것처럼 기운이 빠져 버렸다.

지난봄에도 토끼봉 지나면서,

"어머니 혼자서 보리타작은 어떻게 하시고 모내기는 어떻게 하셨을까?"

쫓기는 신세면서 어머니 걱정이고, 겨울엔 추위에 떨면서도,

"이렇게 오래 있을 줄 알았으면 장작을 더 많이 패 놓고 오는 건데. 우리 어머니 이 겨울 어찌 나시는지."

자기 추위는 모르는 척하고 어머니 생각만 했던 용석이 형이다.

'기주는 고아인데, 그리워할 어머니가 있는 것이 어디냐.'고 명지 누나가 핀잔을 주면 얼굴이 발그레해지며 미안하다고 사과를 했다.

비트 앞 바위 옆에서 보초를 서고 있는데 용석이 형이 다가왔다.

"오늘은 꼭 갔다 와야겠다."

무슨 큰 결심을 한 듯 비장한 목소리다.

"오늘이 삼월 열나흘 아버지 제삿날이다. 작년에는 못 갔지만 올해는 꼭 간다고 몇 달 전부터 다짐했다."

다음 보초가 용석이 형이니까 새벽 보초 깨울 때까지 돌아오면 아무도 모를 거란다. 갑자기 하는 소리라 못 간다고 막을 말이 얼른 떠오르지 않았다. 무조건 규칙을 어기면 안 된다고 해 보았자 들을 용석이 형이 아니라는 걸 잘 알기 때문에 마음만 답답했다.

"같이 가자. 나 혼자 가면 다시 안 돌아오고 싶어질까 봐 무섭다."

안 되는 일인 줄 알지만 용석이 형을 저대로 두었다가는 무슨 일 낼 것 같았다. 앞장선 용석이 형 뒤를 따라 산길을 내려갔다. 평사리

뒷산을 거쳐 미서골로 갔다.

산이랑 붙어 있는 외딴집에 들어가서 마을에 토벌대 들어와 있냐고 하니 해 질 녘에 철수해서 하동 쪽으로 다 갔단다. 그래도 긴장하며 돌담을 따라 돌고 돌아 등잔불 켜진 초가집에 들어섰다. 문을 열고 들어가니 제사상을 차려 놓고 어머니가 혼자 앉아 있다가,

"이것이 꿈이냐 생시냐. 생떼 같은 우리 아들, 금쪽같은 우리 아들, 돌아가신 아버지가 너를 지켜 주었구나."

용석이 형을 부둥켜안았다. 크게는 소리 내서 못 울어도 금세 눈물바다가 되었다.

용석이 형이 제삿상에 술을 올리고 절을 하는데 요란스레 동네 개들이 짖어 댔다. 달려오는 발소리가 어지러웠다. 가까워지는 발소리는 딱딱한 군화 소리였다. 분명히 토벌대다. 밖에서 망을 볼걸. 후회는 늘 되돌릴 수 없을 때 하는 거라던 종근이 형 말이 생각났다. 후회해도 이미 너무 늦었다. 토벌대보다 한 걸음이라도 더 먼저 달려야 목숨을 건질 수 있다.

"어머니, 산에서 며느리 봤어요. 손자도 곧 태어날 거예요. 해방되면 같이 올게요."

팅기듯이 방문을 밀고 나와 담장을 뛰어넘어 산 쪽으로 뛰었다. 저놈 잡으라는 소리와 귓전을 스치고 지나가는 총소리에 오싹오싹 오금이 저려 왔다. 그래도 걸음을 멈추면 죽은 목숨이다. 무조건 달려야 한다. 겨우 마을을 벗어나 추격을 따돌렸나 했는데,

"기주야! 잠깐만."

뒤따라오던 용석이 형이 땅바닥에 넘어져 있었다. 달빛에 비친 오른 다리 종아리가 흠뻑 젖어 있었다. 다리에 총을 맞은 것이다. 담장을 넘을 때 맞았단다. 안 다친 오른 다리에 힘을 주고 뛰다 보니 그 다리에 쥐가 났단다.

어깨에 팔을 걸치고 부축해 가다 보니 서낭당이 나왔다. 용석이 형이 숨을 헐떡이며 좀 쉬어 가자고 서낭나무 앞에 주저앉았다. 다리에서 피가 멈추지 않았다. 이대로 산으로 들어가는 것은 미친 짓이다. 산에서도 다치면 내려오려고 하는 판인데 다친 사람을 산으로 끌고 들어갈 수는 없다. 서낭나무를 더듬어 새끼줄을 풀어냈다.

"산으로 가 봤자 약도 없고 치료할 곳도 없어. 가 봐야 개죽음이야."

용석이 형 온몸을 칭칭 새끼줄로 감아 묶었다.

"산에 억지로 끌려간 거라고 해."

여기서 총살당할 뻔했다고, 유격대가 총을 쏘았는데 어두워서 다리에 맞은 거라고, 산 밑 집에 토벌대 있냐고 물으러 갔던 것도 토벌대에 연락하라는 눈치 주려고 그런 거라고 거짓말하라고 일렀다.

용석이 형 입에서 새어 나오던 신음이 울음으로 바뀌었다.

"다시 돌아가야 돼. 약속했단 말이야. 죽을 때까지 옆에 있는다고."

다급해져서 그게 누구냐고 묻지도 않고,

"살아만 있음 꼭 다시 만날 거야. 나도 절대로 안 죽을 테니 형도 죽지 마."

개 짖는 소리들이 가까워지는 만큼 토벌대가 다가온다는 신호인 줄 아는지라 자꾸만 부르는 용석이 형을 두고는 산 쪽으로 죽기 살기로 뛰었다.

"기주야 돌아가거든 꼭⋯⋯."

뭐라고 하는 소리가 등 뒤로 들렸지만 나뭇가지 스치는 소리에 묻혀 버렸다. 무작정 산속 깊은 곳을 향해서 달렸다. 열나흘 달빛을 따라 혼자서 눈물이 범벅 한숨 범벅이 되어 돌아왔다.

비트 밖에서 한참이나 숨을 고르고는 용석이 형이 자던 자리에 누웠다. 보초 교대하고 들어오면 나간 사람 자리에 눕는 것이니까.

아침이 되어서야 용석이 형이 없어진 것을 알고는 모두가 야단법석이 났다. 새벽 보초를 깨우지 않았으니 그 뒤 보초도 안 일어난 것이었다. 형이 누구 아는 사람 없냐고 물었지만 아무도 대답을 하지 않았다. 나는 정상적으로 보초 교대를 했다고 말했다. 용석이 형 다음 보초는 용석이 형이 깨우지 않았으니 아침까지 그냥 잤던 것이고. 어디 쓰러져 있을지도 모른다고 흩어져 찾았지만 흔적이 있을 리 없었다. 발을 헛디뎌서 떨어졌을지 모르니까 형이 좀 더 멀리까지 찾아보자고 해도 어차피 없는 사람이니 건성건성 찾는 척만 했다. 흔적도 없는 사람을 찾느라 고생하는 대원들에게 미안하기만 했다. 그래도 차마 말을 할 수는 없었다.

"어젯밤엔 총소리 난 적도 없고 우리 부대는 보급 투쟁도 안 나갔으니 그 반동 새끼 도망친 게 분명합니다."

누군가 하는 말에,

"도망칠 사람이 아니에요."

썩 나서는 명지 누나 얼굴이 붉어졌다. 숨소리도 거칠었다.

"그걸 어씨 그리 쉽게 장담하시오?"

그 사람 핀잔에 기가 죽어 얼굴을 푹 숙였다.

"반동 짓 할 사람은 아니에요."

모기만 한 소리로 용석이 형 편을 들었다.

오후에 보초를 서러 나갔는데 명지 누나가 교대를 하러 왔다. 다음 순번 보초랑 차례를 바꾸었단다. 교대를 해 주고 돌아오려는데,

"기주 목덜미에 어제 못 보던 상처가 있네. 어젯밤에 어디 멀리 갔다 왔나 봐? 다리도 좀 절룩거리던데."

명지 누나 목소리가 몹시 떨렸다. 명지 누나 눈에 눈물이 가득 고이고 빨갛게 충혈이 되어 있었다. 민망해서 차마 눈을 제대로 마주칠 수가 없었다.

"다시는 볼 수 없는 거야?"

묻고는 명지 누나가 고개를 숙였다. 발끝에 주르르 눈물이 떨어졌다. 죽었냐고 묻는 말이다.

"우리가 죽지만 않으면……."

말도 채 안 떨어졌는데 명지 누나가 고개를 번쩍 들었다. 웃는 것인지 우는 것인지 눈가를 찡그리고 표정이 일그러졌다. 더 민망하고 답답해져서 먼 하늘만 올려다보았다.

"살아 있기만 하면, 변절을 했다 해도 난 아무 상관 없단다."

살아만 있다면 어떻게라도 한 번만이라도 다시 볼 수 있을 테니 괜찮다고 했다. 용석이 형이 며느리라고 한 사람이, 손자가 배 속에 있다는 사람이 명지 누나라는 걸 그때서야 깨달았다.

"다리에 맞았는데."

일어나서 걸을 때 땅에 발을 디디는 걸 보면 뼈는 안 다친 것 같다고 했다.

울음을 못 그치는 명지 누나 옆에서 어쩔 줄 모르고 그냥 서 있을 수밖에 없었다. 몸에서 모든 물기가 빠져나가고서야 울음을 멈출 듯이 명지 누나는 울어도 용석이 형 안 데리고 온 것은 잘했다며 스스로를 위로했다. 절대로 버리고 온 것이 아니라고 스스로에게 묻지도 않은 대답을 자꾸만 했다.

한참을 울고 나서 멋쩍은지 계곡에 내려가서 계곡물을 두 손에 그러쥐고 한 모금 마신 명지 누나가 바위틈에 막 피어나는 진달래를 발견하곤,

"저리 곱고 저리 예쁜들 봐 줄 사람은 하나도 없었을 텐데."
손가락 끝으로 꽃잎을 쓰다듬었다.

"우리 안 들어왔으면 아무도 못 봤을 꽃이다."

코끝에 대어도 보고 냄새도 맡아 보았다.

또 하늘을 쳐다보곤 두 눈에 고인 눈물을 손가락 끝마디로 찍어 냈다. 다시 엎드려서 계곡물을 얼굴에다 끼얹어 세수를 했다.

"우리가 저 꽃이랑 다를 바 없는 신세다. 아무리 좋은 세상 만든다고 해 본들 지리산에 갇힌 신세니 이 산속에서 해방을 하면 무슨 소용이고 혁명을 한들 무슨 소용이겠니. 목숨 부지하는 것도 이렇게 힘든데."

자꾸만 약한 소리를 했다.

"바람이 보고 구름이 보고 새가 보고 하늘이 보는데 아무도 못 보다니, 그 무슨 섭섭한 말씀을."

팔짱 낀 오른손에 권총을 쥔 토벌대다. 뒤로는 토벌대 열 명쯤이 서서 총을 겨누었다. 이제는 꼼짝없이 붙들려 죽는구나. 노루가 튀어 가듯 튀는 길밖에 없다. 왼쪽은 절벽이고 오른쪽은 평평하니 도망칠 길이라곤 오른쪽뿐이다.

"둘이서 살림이라도 차렸어요? 이게 무슨 생고생들이오."

권총 쥔 군인이 히죽 웃는 순간, 총소리가 들리면서 뒤에 서 있던 토벌대가 쓰러졌다. 이때다 하고서는 토끼가 펄쩍 뛰듯 걸음아 나 살려라 앞뒤도 안 따지고 도망을 쳐 버렸다. 귓전을 스쳐 가는 총소리가 무서워도 걸음을 멈추는 건 목숨을 멈추는 길이다. 세 걸음만 튀어 나가면 아무리 가까워도 한 번에는 못 맞춘다며 토벌대가 가까이 있어도 몸을 숙이고는 무작정 달리라고 늘 들어 왔던 말대로 했다. 바위 뒤에 몸을 숨기고 온 쪽을 향해서 총을 겨누고 보니 명지 누나가 따라오지 않았다. 따라오는 줄만 알고 앞만 보고 뛰었는데 명지 누나는 보이지 않았다.

"두고 가는 건 용석이 형 하나로 족해."

허리를 숙이고는 뒤돌아 달려가려는데 총소리가 멈추었다.

총을 좌우로 겨누면서 그 자리로 돌아가니 소대원들이 모여 있고 반가운 얼굴이 있었다.

"종근이 형!"

안기듯이 다가갔다.

"마침 우리가 봤으니 얼마나 다행이니."

죽은 줄 알고 있던 사람들을 만나니 모두들 새로운 기운이 솟아났다. 하지만 명지 누나는 왼팔에 총을 맞았다. 다행히 총알이 스쳐 가기만 해서 뼈까지 다치진 않았다.

"그래도 내가 두 명이나 죽였다."

우리를 놀려 대던 권총 쥔 토벌대원은 가슴에 총을 맞았다. 토벌대 세 명은 도망을 쳤단다. 토벌대 시체에는 의무병도 섞여 있었다. 의무병 구급상자에는 약들이 가득했다. 명지 누나한테 모르핀 주사를 놓자고 종근이 형이 주사기를 찾아서 들이대니 안 아프다며 뒤로 물러났다. 붕대만 감았어도 아프지 않다면서 약도 안 먹겠다고 우겼다. 명지 누나를 버리고 도망친 게 너무도 미안했다.

총상 자리는 마치 톱으로 자른 것처럼 피부가 너덜너덜해진다. 그냥 두면 생살이 피부로 변하면서 아물기는 해도 몇 달이 걸릴지 모른다. 곪아 터지기라도 하면 고생은 몇 배가 될 거다. 마침 구급상자가 있고 벽송사에서 어깨너머로 본 적 있으니 명지 누나 팔을 꿰매자고 했다. 꿰맬 때 아플 테니 모르핀을 맞으라니까 역시 싫단다. 그냥 해도 된단다. 명지 누나 고집은 알아주어야 한다.

명지 누나 입에 나무 막대기를 물렸다. 꿰매는 동안 버둥거리지 못하도록 형은 명지 누나 몸을 붙들고 종근이 형은 팔을 붙들었다. 뼈는 안 다쳐도 총상은 생각보다 깊어서 살점이 떨어져 나간 곳도 있었다. 꿰매기가 쉽지 않을 것 같았다. 살이 찢어진 것은 옷이 찢어졌을 때처럼 한쪽에서 시작해서 반대편으로 실 한 가닥으로 죽 이어서 꿰매 나가는 게 아니다. 한 바늘 한 바늘 따로따로 꿰매야 한다. 먼저 상처 한가운데 피부를 양쪽에서 실로 걸어 잡아당겼다. 명지 누나 입에서 신음이 터져 나왔다. 콧등에 땀이 흥건히 배어났다.

"많이 아파요?"

안 그래도 처음이라 손놀림이 어설픈데 솜씨도 없으면서 꿰매자고 한 건 아닌지, 명지 누나한테 미안해졌다. 너무 아프면 꿰매지 말자니까 명지 누나는 괜찮다고 사정 보지 말고 꿰매란다. 손을 덜덜 떨며 한 바늘을 꿰맸다.

"미안해, 누나."

눈길을 외면하고 사과를 했다.

"그래도 금방 돌아왔잖니."

어쩔 수 없는 상황이었다며 도리어 잘했단다. 명지 누나 말을 듣고 나니 미안함이 더 커졌다. 다시는 명지 누나 버리고 안 가리라 결심에 또 결심을 다지고 또 다졌다.

꿰맨 실밥 사이에 살이 벌어지는 곳을 다 붙게 하느라 스무 바늘도 넘게 꿰맸다. 바늘이 살을 찌를 때마다 명지 누나는 고통을 참아내느라 끄응 하고 신음 소리를 내며 몸을 부르르 떨었다. 이를 악물고 견디느라 콧김을 힉힉 내뿜었다. 명지 누나 온 얼굴이 땀으로 범벅이 되었다. 어설픈 솜씨라서 명지 누나가 더 힘들었을 것 같았다.

"너도 그 사람처럼 솜씨가 좋구나. 어깨너머로 보고도 따라서 잘하는 걸 보니."

용석이 형이 소 잡던 일을 두고 하는 말이다. 의사 못지않게 잘했다고 다들 칭찬해 주었다. 명지 누나도 꿰맨 덕분에 상처가 훨씬 덜 아프다면서 고맙단다. 살점 떨어져 나간 곳은 억지로 잡아당겨 꿰맸으니 살이 더 당기면서 아플 텐데도 안 아프다며 웃었다.

배신과 체포

선을 찾아 지리산 동쪽으로 헤매 다녔다. 몇 달을 다녀 봐도 부러진 나뭇가지는 흔적도 안 보였다.

한번은 조릿대 숲 속에 있는 환자트를 발견하였지만, 멀겋게 끓인 죽을 대접받는 게 전부였다. 모두들 보급을 받지 못하는 형편이니 무작정 신세를 지고 앉아 있을 수 없었다. 토벌대 오면 막아 달라고 같이 지내자고 했다. 말은 그렇게 해도 떠나 주는 게 예의였다.

이제는 토벌대가 오면 안 들키는 게 최선이지 맞서서 싸우는 것은 어리석은 일이 되고 말았다. 사람 수가 많으면 들키기나 쉬울 뿐이지 아무 도움이 안 된다는 것도 누구나 아는 일이었다. 떠난다고 하자 환자트에 있던 여성 대원 한 명이 따라나섰다. 자기는 아프지 않으니 환자들에게 신세 지기 싫다고 하면서. 명지 누나도 여성 대원이 자기뿐이어서 외로웠다며 좋아했다.

산속을 헤매고 다니다가 사령부 자리였거나 큰 굴을 발견하면 식량이 있을까 봐 아무리 뒤져 봐도 불에 탄 흔적만이 남아 있을 뿐이었다. 토벌대는 식량 창고나 무기 창고를 발견할 때마다 화염방사기로 불을 지르고 수류탄을 던져서 못 쓰게 만들어 버렸다. 불에 타다 남은 흙투성이 쌀알들을 그래도 먹을거리라고 되는 대로 주워 담았다.

날이 새면 비행기가 산 위를 날아다니며 귀순자 우대한다고 헛방송을 해 댔다. 이제는 토벌대가 총도 없이 온다고 해도 맞서서 싸울 힘이 하나도 안 남았다. 유격댄지 산짐승인지 구별이 안 될 지경이었다.

토벌 작전이 시작되어 토벌대가 몰려오면 비트에 숨어 있고 비트를 못 팔 때는 산죽 숲 바위틈에 숨어서 견뎌 냈다. 그래도 종근이 형은 선이 어딘가에는 있을 거라며 찾아 나가는 일을 멈추지 말자고 했다. 열 명이나 되는 사람이 한꺼번에 움직이면 노출되기만 쉽다면서 한 명만 데리고는 나갔다 오곤 했다.

"무전이 수신은 되는데 아무리 불러도 평양에서 대답을 안 한대. 우리보고 어쩌라는 거야."

어느 날 종근이 형이 형답지 않게 푸념을 늘어놓았다. 평양에서 지령이 내려와야 어떻게 할지 방향을 정할 텐데 아무리 불러도 대답이 없단다.

"우리가 버림받은 거 아닐까?"

한 번도 비판적인 말을 해 본 적 없던 태도가 바뀌었다.

"산을 내려가서 지하조직으로 전환하라고 했다는데 그게 말이 돼?"

힘 빠진 소리들만 연거푸 해 댔다. 지금 와서 산 밑으로 내려간다고 해도 검문이 심하니 가기도 어렵고 설사 내려간다고 해도 이런 차림으로 갈 곳도 없었다. 어설프게 내려갔다가 붙들리면 총살당한다고 두려움에 떨었다.

종근이 형이 수색을 한다면서 나갔다 돌아온 어느 날,

"안 되겠어. 이대로 앉아서 죽을 순 없어."

비장하게 말을 했다.

"보투를 가야겠어. 토벌대가 산 밑에 쫙 깔렸으니 아주 멀리 나가야 할 거야."

산속이 살길이고 나가면 죽는다고 죽느니 굶는다며 자리를 지키자고 늘 말하던 종근이 형도 더 이상은 못 굶는다는 쪽으로 마음을 바꾼 모양이다.

지리산 들어와서 보투야 한두 번 나가 본 것이 아니니까 어떻게든 할 수 있을 것이라는 기대도 되고, 토벌대랑 맞닥뜨리면 누군가 또 죽거나 다치게 될 것 같아 한편으로는 불안하기도 했다.

"밤에는 토벌대 경비가 심하지만 새벽 되면 긴장 풀려서 경계도 풀릴 테니 번개처럼 들이치자."

늘 밤에 가던 보투를 이번에는 새벽에 가잔다. 토벌대도 경험이 쌓여서 우리가 지나가는 시간이나 길을 알고 지키고 있으니 허를 찌르잔다. 모두들 그 말이 맞다면서 열나흘이라 달도 이미 지고 없는 새벽녘에 길을 나섰다.

"여성 대원들은 여기서 기다리시오."

종근이 형이 두 명인 여자 대원들은 비트에 남으란다. 여자 대원은 행군이 느려서 토벌대가 알아채면 추격이 끈질겼다. 부상당한 대원들이 길목을 가로막고 끝까지 목숨 바쳐 싸워서 시간을 벌어 주면 힘겹게 따돌리고 오기가 일쑤였다.

다시는 명지 누나 두고는 안 가겠다는 다짐을 했더라도 이번엔 다쳤으니 안 가면 더 좋겠고, 배불리 먹을 생각에 불안한 마음도 맹세를 어긴 가책도 억지로 밀어냈다.

남겨진 명지 누나 귀에다 대고,

"오늘 밤 안으로 안 오면 여길 떠나요."

속삭였다. 만약에 붙잡히면 토벌대를 달고 와서 비트가 발각되는 일들이 많다는 걸 이제는 모르는 사람이 없다.

마을에 닿기 전에 뿌옇게 날이 밝아 왔다. 산 아래로 멀리 보니 토벌대가 주둔한 곳에서 아침을 짓는 모양인지 연기가 솟아오르고 있었다. 연기만 보아도 입안 가득 침이 고였다.

"저곳을 지나야 토벌대 없는 마을이다."

격려한 종근이 형이 걸음을 재촉했다.

"아무래도 너무 멀리 가는 거 아닙니까?"

걱정이 되는지 형이 나서서 종근이 형에게 물었지만,

"용주는 너무 진지하게 따지는 게 늘 문제야. 지금 돌아오는 게 문젠가, 마을에 닿는 게 문제지."

핀잔만 돌아왔다.

"모든 문제가 잘 해결될 거야."

안심하라고도 했다.

해 뜨기 직전에야 토벌대 포위에서 한참 떨어진 마을 외딴집에 들어갔다. 주인 식구들이 귀신을 본 것처럼 놀라서는 온몸을 덜덜 떨었다. 아침밥을 해 달라고는,

"모두 수고 많았다. 여긴 완전한 후방이니 안심해도 된다. 내가 파수를 볼 테니 잠깐이라도 눈들 좀 붙여."

어두워질 때까지 숨어 있자면서 종근이 형이 밖으로 나갔다. 머잖아 부엌에서 밥 냄새가 문지방 사이로 새어 들어오고 밥상이 들어왔다. 배부르고 따뜻한 방에서 신발까지 벗으니 온몸이 늘어졌다. 몸이 자꾸만 땅으로 꺼져 들어가는 것 같았다. 방바닥에 길게 뻗고 누워서 오랜만에 편한 잠에 빠져들었다.

한참을 달게 잤는데 종근이 형이 깨우더니 모두 나오란다. 잠이 덜 깬 채로 총을 찾으니 방 안에 총이 한 자루도 없었다. 웬일인가 하고 밖으로 나갔다가 혼비백산하여 마루에 털썩 주저앉았다. 마당에 소위 계급장을 달고 권총을 찬 군인이 서 있었다. 울타리 밖에

는 토벌대 여남은 명이 서 있었다.

팔짱을 낀 종근이 형이 소위 계급장을 단 군인 옆에 당당하게 서 있었다.

"대학까지 나온 부잣집 도련님이 저 천한 것들을 데리고 병정놀이가 다 뭔가? 그래도 이렇게 많은 공비들 체포하는 데 공을 세웠으니 자네는 무사할 거야."

소위가 종근이 형 어깨를 툭 치며 핀잔을 주었다.

"김 소위, 자네가 많이 도와주게. 난 이제 혁명이고 공비고 다 버렸네."

비굴하게 웃고는,

"이봐요, 공비님들! 모두 투항해요."

종근이 형이 하는 말을 얼른 못 알아듣고 영문을 몰라 하며 모두들 주저했다.

"거참 답답하네. 내가 당신들 살길 찾아 주려고 내 대학 동창이 소대장인 토벌대 주둔지까지 찾아온 거 아니오."

종근이 형은 말투도 싹 달라졌다. 군인들을 믿고 순순히 투항하란다. 투항만 하면 아무도 안 죽이고 집으로 편히 돌려보내 준단다. 죽이지 않는다는 뜻으로 토벌대를 울타리 밖에 세워 둔 것이란다. 총도 겨누지 못하게 한 거란다.

그때서야 앞뒤 상황을 알아차린 대원들이 하나둘씩 손을 깍지 끼고 뒤통수에 올렸다. 뒤에서 형이,

"형님! 겨우 이러려고 우릴 산으로 끌고 들어온 거요?"

목소리가 몹시 떨렸다. 머슴 살던 기와집 주인한테 말할 때처럼 떨렸다. 그 말에 종근이 형이,

"이봐 용주 총각, 난 대학까지 나온 사람이야. 너처럼 무식하지 않다고. 세상 돌아가는 물정을 모르는 바보가 아니다 이 말이야."

이 전쟁이 실패한 혁명이란다. 공산당은 승산이 전혀 없단다. 산짐승 같은 사람들 몇 명이 총 몇 자루로 이룰 수 있는 혁명이 아니란다. 그만 포기하란다. 토벌대장이 자기 친구이니 우리 목숨도 살려 주고 편히 살 수 있게 도와줄 거란다. 아무 걱정 말란다. 친절한 척 말을 했지만 비아냥거리는 말투였다.

형이 앞으로 걸어 나가며,

"감히 당과 혁명을 모독하다니."

그 말을 신호 삼아,

"모두 튀어!"

소리를 지르고는 뒷담을 뛰어넘었다. 방심하던 토벌대장이,

"꼼짝 마, 움직이면 쏜다!"

고함을 질렀지만, 그런다고 멈출 내가 아니다. 돌담 윗단을 두 손으로 짚고 훌쩍 뛰어넘었다. 핑핑 스쳐 가는 총소리가 걸음보다 빠르긴 해도 골목이 구불구불해서 한 발도 안 맞았다. 튀어서 도망치면 아무리 토벌대가 총질을 해 대어도 안 맞은 경험이 있으니 허리를 숙이고는 산으로만 달려갔다. 총소리가 무섭지도 않았다. 뒤 한 번 안

돌아보고는 산기슭을 노루 뛰듯이 뛰어 올라갔다. 총알이 날아오지 않는 곳에 엎드려서 온 곳을 돌아보니 토벌대는 쫓아오지 않았다. 하지만 뒤따라온 대원도 없었다.

마을이 잘 보이는 곳으로 올라갔다. 잠시 후에 토벌대가 마을을 떠나는데 뒤통수에 손 올리고 차를 타는 대원이 다섯 명뿐이었다. 형이랑 또 한 명이 보이지 않았다. 형은 어디로 간 것일까? 도망친 것일까? 그랬다면 얼마나 좋을까 하고 애가 탔다.

토벌대가 없다는 것을 단단히 살피고는 마을로 내려갔다. 시체 둘을 길가에다 나란히 눕혀 놓았다. 하나는 종근이 형이고 하나는 형이었다. 형이 토벌대장 권총을 빼앗아 종근이 형을 쏘고 토벌대가 형을 쏘았단다. 가슴이 콱 막히고 목은 메어도 눈물이 나오지 않았다.

동네 사람들이 토벌대에 자수를 하라고 했지만 고개를 가로저었다. 밥해 주었던 집에서 보리쌀 한 됫박을 광목 자루에 담아 주었다. 길이랑 멀리 떨어진 산을 타고 지리산 쪽으로 걸었다. 지리산 큰 줄기에만 접어들면 산을 몇 개 넘더라도 비트를 찾아갈 자신이 있었다. 하지만 산을 가로지르는 길목마다 토벌대 냄새가 풍겼다. 토벌대가 있는 곳에는 어김없이 비누 냄새나 담배 냄새가 났다. 토벌대를 피해 빙 돌아서 가려다가 들키기도 했다. 총이라도 있으면 돌격으로 뚫고 지나가기라도 해 보겠는데 손에 쥔 거라고는 보리쌀 자루뿐이니 도망치는 길 말고는 달리 방법이 없었다.

사흘 동안이나 이리저리 돌고 돌아 겨우 돌아가니 비트가 텅 비었다. 뚜껑이 닫혀 있는 것으로 보아 토벌을 당한 것은 아닌 것 같은데 어디로 갔는지는 전혀 알 수가 없었다. 며칠을 헤매다가 선 하나를 발견하고 따라서 가 보니까 여섯 명이 모여 있었다. 거기도 명지 누나 소식을 모른단다. 할 수 없이 그 부대에 합류했다.

토벌대는 해 뜨면 밀려왔다가 밤 되면 물러갔다. 이제는 조릿대 숲만 보면 총을 난사하고 굴만 발견하면 화염방사기를 쏘아 댔다. 몰러오는 토벌대를 피하는 방법은 개인 비트를 파고 들어가 겨울잠 자는 곰처럼 웅크린 채 견뎌 내는 길뿐이다. 쥐구멍보다 작은 숨구멍이 먹빛으로 변하면 어둠이 온 것이니 오늘 하루도 살아 냈다며 한숨을 내쉬었다.

모두들 기운이 빠져서는 전선에서 휴전이 되면 지리산 유격대도 토벌대랑 휴전하고 산을 내려갈 테니 얼른 되면 좋겠단다. 다시 옛 날처럼 굶주리며 산다고 해도 뜨뜻하게 불 지핀 방에서 굶주리는 것이니 산속보단 낫겠단다. 해방이고 혁명이고 이젠 입에 올리는 사람이 아무도 없었다. 하루에 멀건 죽 몇 숟갈도 못 먹는 채로 하루하루 목숨 연명만 하고 있었다. 그렇게 또 세 번째 겨울이 가고 봄이 왔다.

보름씩 이어지는 토벌 작전이 오늘로 열흘하고도 사흘째다. 이틀만 더 견디면 토벌대가 물러갈 테니 며칠 동안 편하게 지낼 수 있을 거라고 서로를 격려하면서 각자 개인 비트로 들어갔다.

"거기 있는 거 다 알아. 나오면 살려 준다."

토벌대 소리가 나도 짐작만으로 외쳐 대는 소리라는 걸 모를 바보
가 아니다. 총도 없으니까 들키면 아무 반항도 못해 보고 잡히고야
만다. 제발 내 비트를 찾지 못하게 해 달라고 신령님, 부처님께 빌고
또 빌었다. 쿵쿵 발을 구르면서 쇠꼬챙이를 땅에다 꽂아 댔다. 비트
를 찾는 것이다. 쇠꼬챙이가 땅속으로 쑥 들어가면 빈 공간이 있다
는 뜻이니 거기에다 대고 몇 번 위협을 하다가 그래도 안 나오면 수
류탄을 던졌다. 끝까지 버티던 대원들은 결국 죽고 말았다.

눈 온 날 토끼몰이 하듯 토벌대가 지나갔다. 소나기가 지나가듯
이 토벌대가 산 위로 올라가면 오후나 되어서야 다시 아래로 내려오
니 한숨을 내쉬고는 조금은 안심했다. 배고픔과 답답함에 긴장도
풀려서는 자는 듯 깨는 듯이 흙벽에 기대 누워 몽롱한 정신으로 시
간만 죽이는데 덜커덩하고 순식간에 비트 뚜껑이 열렸다.

"움직이면 쏜다."

총부리를 들이댔다. 갑자기 밝아진 세상에 눈이 부셔서 손만 번쩍
들었다. 항복하려면 얼른 손을 들어 올려야지, 그렇지 않으면 토벌
대가 겁을 먹고 방아쇠를 당겨 버린다고 했다. 산 채로 잡으나 죽은
채로 잡으나 토벌대는 상관없으니 자기가 안 죽으려고 그런단다.
눈부신 햇살을 등에 지고 선 사람은 옷에 계급장이 없었다. 토벌대를
뒤따라 다니는 의용 토벌대가 분명했다. 배신자, 변절자들이다.

잡았다고 소리를 치며,

"손들고 나와."

총구를 입에다 쑤셔 넣기라도 할 듯이 더 바짝 들이댔다.

드디어 나도 잡혔구나. 이제 모든 게 끝났구나. 긴장이 탁 풀리며 한숨이 휴 나왔다. 비트 밖으로 나와 보니 의용 토벌대 여남은 명이 총을 겨누고 둘러쌌다.

그중에 한 사람은 총을 겨누지 않고 멀찍이 떨어져서 눈길을 피한 채 허공만 보고 있었다. 옆모습만 보아도 용석이 형이라는 걸 분명히 알 수 있었다.

"용……."

이름을 불러 보려고 입술을 움직이자,

"입 다물어, 이 자식아!"

누군가가 등짝을 개머리판으로 내리쳤다. 얼마나 세차던지 말문이 턱 막히며 땅바닥에 주저앉았다. 숨을 들이쉬니 등이랑 가슴이 찢어질 듯 아팠다. 그래도 용석이 형 옆얼굴에서 눈을 떼지 않았다.

'안 죽었구나. 형.'

얼굴에 뽀얗게 살이 오르고 윤기도 흐르는 게 산에서 지낼 때보다 신수가 더 훤해졌다.

"엎드려, 이 자식아. 몸 수색해 봐. 수류탄 같은 것 가지고 있나."

산 밑으로 내려가서 처형되나 여기서 총 맞으나 죽기는 마찬가지니 한 놈이라도 죽이고 죽어야지 그냥은 안 죽겠다고 마음을 먹었다. 옷 벗기려고 가까이 다가오면 턱을 올려 친 다음에 총을 뺏어서 쏘아 죽여야겠다고 주먹을 불끈 쥐고는 기회를 노렸다.

가까이 다가오던 의용 토벌대원이 치켜뜬 눈길과 마주치자 걸음을 멈칫하며,

"옷 벗어."

총만 겨누었다. 옆에 있던 토벌대원이,

"아직 아무것도 모르니까 무슨 짓을 할지 몰라."

몸에 칼이라도 숨겼다가 찌를지도 모른다고 주의를 주었다.

마지막 기회까지 없어져 버렸다고 포기하고서는 눈을 들어 용석이 형을 올려다보니 안 보는 척하면서 곁눈질을 했다.

"우리도 얼마 전까지 너처럼 공비였으니 다 알아."

이 근처에 다른 대원 비트가 또 어디 있냐고 물었다. 두 손을 모아서 뒤통수에 올리라고 한 다음에 비트를 찾아내라며 총을 겨누고 채근했다.

"다른 사람 비트는 모릅니다."

안다고 했더라도 말할 리 있겠는가마는 말 안 하면 죽인다고 총부리를 들이댔다. 당장 찾으라며 등짝을 떠밀어도 그 자리에 버티는데,

"괜한 짓이야. 그놈 내버려 둬. 공비 놈들이 얼마나 지독한 놈들인지 잘 알잖아."

한 사람이 다가왔다. 의용 토벌대원들이 모두 그 사람에게 거수경례를 했다. 대장님이라고도 했다. 눈을 돌려 바라보니 대영이 아저씨였다. 모르는 척 외면하면서 옷을 다시 입으란다. 옷을 입으면서 용

석이 형을 흘끔흘끔 아무리 바라보아도 눈길 한 번 안 주었다. 그래
도 한숨을 내쉬는 것은 보았다.

"한 놈 잡았으니 오늘 할 일은 다 했네. 내려가자고."

대영이 아저씨가 명령을 내리니까 등 뒤에 총 겨누고 있던 토벌대
원이 아래쪽으로 가자고 했다. 죽으러 간다는 것을 알고 가는 길이
니 다리에 힘이 풀려 버렸다. 설 잔치하려고 소 끌고 오던 날 안 가려
고 버티던 소 생각이 났다. 아무리 다리에 힘을 주고 걸으려고 해도
자꾸만 무릎이 꺾였다. 그때마다 얼른 안 일어서면 죽인다고 위협을
했다. 정신을 가다듬고 일어서서 가려는데,

"이봐, 용석이! 우리가 군인인가. 그만 내려……."

그 말을 채 끝맺기도 전에 펑 하는 소리가 나고 비명이 이어졌다. 비
트에 숨은 대원이 수류탄을 터트렸다. 총 겨눈 용석이 형이 피범벅
이 된 채 나뒹굴었다. 숨이 금방 끊어지지 않고 온몸을 꿈틀꿈틀거
렸다. 중상 입으면 쏘아 죽여 달라던 말이 떠올랐다. 하지만 지금은
용석이 형을 쏘아 줄 수가 없다.

가까이 다가간 토벌대원이 이쪽을 보면서 고개를 가로저었다. 경
련을 멈춘 용석이 형 옆으로 흥건하게 피가 고여 흘렀다. 용석이 형
을 외치며 달려가려는데 누군가 뒤에서 다리를 걸었다. 움직이면 쏘
아 버린다고 위협했다.

"명지인지 명물인지 색시 찾는다고 열심이더니."

말로는 안타까워하면서도 시신을 수습하지도 않고,

"빨갱이나 우리나 살아도 살아 있는 목숨이 아니다."

옆집에 개가 죽은 것처럼 아무 일도 아니라는 듯이 혀만 끌끌 차고 서는 산 아래로 그냥 내려갔다. 내가 있던 자리에 명지 누나가 있었더라면, 아니 용석이 형이 열었던 비트에서 수류탄을 터트린 여자 대원이 명지 누나였더라면, 그도 아니라면 내 비트를 연 사람이 용석이 형이었더라면 명지 누나 여기 없다고 말했을 테니 용석이 형이 그냥 내려갔을 것이고 죽지도 않았을 거다. 그 생각을 하니 헛웃음만 자꾸 나왔다.

산 아래로 내려오니 탱크가 서 있는 바로 옆 천막에서 나오는 의용 토벌대 옷 입은 사람과 눈이 딱 마주쳤다.

"너!"

하며 놀라는 그 사람은 지리산 들어올 때 붙잡았다가 풀어 준 건출이였다.

"이 자식 악질 중에 악질인데 왜 살려서 데리고 왔어? 전향서 쓰고도 다시 배신할 놈이야. 당장 죽여 버려."

허리에서 권총을 뽑아 들고는 관자놀이에 들이댔다. 서늘한 쇠 느낌이 섬뜩했다. 지리산 들어가던 날이랑 정반대 처지가 되었다. 이제는 죽나 보다, 형 따라 가나 보다 하고 눈을 질끈 감았다.

"왜 재판도 없이 사람을 죽여?"

누군가가 호통을 쳤다.

"지금이 전투 중이야? 당신은 전투 수칙도 몰라?"

어떤 군인이 건출이를 말리고는 내 나이를 물었다. 열일곱이라고
하니,

"어린애가 뭘 알아서 빨치산 됐겠어요? 끌려갔거나 누구 따라갔
겠죠."

그런 생각 정도는 하고 살라며 비웃었다. 하지만 건출이도,

"중대장님이 아직 전투 경험이 없으니까 잘 몰라서 그러는 건데
요."

그 군인을 은근히 무시하는 말투로 대들려고 했다. 중대장도 지지
않고,

"독립군 잡던 전투 경험 많은 분이라 전투를 잘 아나 보죠?"

건출이를 노려보았다.

"이놈은 악질 가운데에서도 악질인 빨갱이 놈 동생입니다."

한번 빨갱이는 영원히 빨갱이니까 살려 두면 안 된다면서 그대로
총을 겨누고는 중대장에게 맞섰다.

"당신처럼 한번 친일파는 영원한 친일파듯이?"

중대장도 나를 죽이면 자기도 가만히 안 있겠다면서 권총을 뽑아
들고 건출이 머리를 겨누었다. 겁먹은 건출이가 총을 내려놓았지만,

"그래도 방첩대에 데려가서 조사는 해야 합니다."

중대장 눈길은 피하면서 팔을 붙잡고는 끌고 가려 했다.

"열일곱 살밖에 안 된 애를 고문하고 때려서 뭐 하시려고? 이현상
이 자기라는 거짓 자백이라도 받아 내시려고? 독립투사한테 빨갱이

누명 씌워 감옥 보낸 것처럼 이 애를 고문해서 열일곱 살짜리 빨치산 간부라도 만들어 보시려고?"

반말인지 높임말인지 모를 편잔을 주고는 자기를 따라오란다. 서로가 자기만 따라오라고 하니 어디로 가야 할지 알 수가 없었다.

어정쩡하게 서 있으니까 중대장이 내 머리에 총을 겨누면서,

"너도 내 말 안 듣고 즉결 처분 당할래?"

눈을 부라리자 건출이가 뒤로 물러났다. 막사 앞으로 따라가니 썩은 생선 냄새가 난다며 옷을 모두 벗으란다.

"김 일병, 애한테 옷 한 벌 챙겨 줘."

산에서 입었던 옷은 하나도 안 남기고 완전히 벌거벗었다. 해가 지고 있어서 그런지 바람이 찼다. 오소소 떨고 있자 김 일병이 갈아입을 옷을 주려고 하다가 혀를 끌끌 찼다. 고개를 절레절레 흔들며 막사로 들어가더니 나무 상자 하나를 들고 나왔다. 그 나무 상자를 집어 들어 김 일병을 내려치고 막사로 들어가면 총이 있을 테니 몇 놈을 쏘아 죽이고는 산으로 튀어 갈까 궁리를 하였지만, 벌거숭이로 갈 수는 없었다. 옷부터 입고 나서 어떻게 해 보자고 기회를 엿보았다.

나무 상자에 앉았더니 김 일병이 머리를 깎아 주었다. 감지도 않고 빗질도 안 해서 얽히고설킨 머리라 기계가 잘 안 밀렸다. 김 일병이 안 되겠다며 가위를 가져왔다. 엉킨 머리를 가위로 뭉텅뭉텅 잘라 냈다.

"머리 안 감은 지가 얼마나 된 거야, 이가 왜 이렇게 많아?"

떨어진 머리카락에 이들이 기어 다녔다. 유격대는 굶더라도 이는 배 안 곯는다고 우스갯소리 하던 기억이 떠오르며 더 차가운 한기가 확 밀려들었다. 부르르 치가 떨렸다.

"우리도 이 많지만 넌 정말 심하구나."

김 일병 이발 솜씨가 어설퍼서 머리가 뜯겨 나가는지 따끔거리고 아팠다. 참다못해 신음을 내뱉었다. 기계가 낡아서 잘 안 밀린다면서 그래도 잘 참는단다.

빡빡 밀어 버리고 나니 머리는 서늘해도 이제는 이가 없어서 살 것 같았다. 안도인지 절망인지 모를 한숨이 나왔다. 군복을 입고 나니,

"이젠 네가 공비였다는 것 아무도 모르겠다. 넌 오늘부터 중대장님 당번병인 이 몸을 도와주는 보조다."

김 일병이 헤벌쭉 웃었다. 김 일병을 따라가서 중대장 군화도 닦고 중대장 옷도 빨았다. 막사 안을 둘러봐도 책상에 무전기와 서류들만 널려 있고 무기가 될 만한 것은 하나도 안 보였다.

저녁을 먹고 나니 의용 토벌대 막사로 가라고 했다. 아무도 안 보니까 도망을 치려 해도 부대를 빙 둘러 높다랗게 철조망이 쳐져 있고, 정문엔 보초가 있어서 나갈 수가 없었다.

의용대 막사에 가니 낮에 붙들었던 대원이 자리를 비켜 주며 앉으란다.

"개머리판에 맞은 자리 괜찮니?"

살갑게 말을 붙였다. 옷을 벗어 보라더니 등에 시퍼렇게 멍이 들었다면서 바셀린이라는 약을 발라 주었다. 바른 자리가 금세 후끈 달아오르더니 통증이 가셨다. 잡아먹을 듯이 대하던 다른 사람들도 낮과는 완전히 딴판으로 친절했다.

"너 그때 총 들고 있었으면 꼼짝없이 죽은 목숨이었다."

발을 끌어다 보며 동상 걸리거나 아픈 데는 없냐고 걱정도 해 주었다. 생사고락 같이했던 동지들 잡으러 다니는 자기들도 마음이 안 편하단다.

"또 괜한 소리 한다. 공비였을 때 생각은 꿈에서도 하지 말라고 내가 몇 번 말했어."

대영이 아저씨가 호통을 치고는,

"산에서야 빨갱이지 여기서는 충신이다."

마음 편하게 먹고 푹 자란다. 대영이 아저씨가 의용 토벌대 소대장이란다. 소대원이 서른 명도 넘으니 지리산에서라면 중대장이나 마찬가지다.

당장 쓸 개인 물품 없을 테니 용석이 형 물건을 쓰란다. 마음이 놓이면서 긴장이 풀리는데 천막 문을 확 밀치고 건출이가 들어왔다.

"이놈!"

하면서 죽일 듯 노려보았다. 술 냄새를 확 풍겼다. 고양이 앞에 쥐라도 된 듯이 목을 움츠리고 눈길을 피했다.

"내가 빨갱이라면 자다가도 이가 갈린다."

자기 다리 불구로 만들어서 경찰을 그만두게 만든 놈들이란다. 빨갱이였던 놈들이랑 섞여서 의용 토벌대 신세나 되게 만든 놈들이라고 한 놈도 남김없이 다 죽여 버려야 한다고 욕을 퍼부었다. 다른 대원들은 건출이 말을 들은 척도 않고 다들 자리에 드러누웠다.

다른 대원들이 건출이를 무시하는 것을 보니까 자신감이 생겼다. 아까 중대장이랑 일도 있고 해서 할 테면 해 보라는 배짱이 생겼다. 구석에 자리를 잡고 벌렁 누워 버렸다. 건출이도 술기운이 오르는지 반대편 침상에 쓰러지듯 엎어졌다.

대영이 아저씨가 옆자리로 다가와서는,

"빨갱이든 노랭이든 백성들 배부르고 등 따시게 해 주는 놈이 장땡이다."

마음을 바짝 다잡아 먹고 기운을 내란다.

건출이가 다시 벌떡 일어나며 발악하듯 소리쳤다.

"옛날에 빨갱이님들! 지금은 의용 토벌대님들! 백성 주제에 빨갱이든 노랭이든 자기 마음에 안 든다고 마음대로 선택하려 들면 안 된다 이 말입니다. 그냥 주어진 대로 사는 게 백성들 운명이다 이 말입니다."

백성은 무엇이고 선택은 무엇인지 단번에 알아듣기 어려운 말이었다.

"백성이 선택을 하려고 들면 저 산에 있는 공비들처럼 되는 겁니다.

아시겠어요들? 까불지들 마시라고요."

건출이가 하는 말이 협박을 하는 건지 훈계를 하는 건지 구분이
잘 안 되었다.

대영이 아저씨가 옆자리에 누우면서,

"아무리 옳다고 생각하는 길이라도 방법이 나쁘면 나쁜 길이다."
이 전쟁은 북쪽이 저지른 탐욕이란다. 사람을 너무 많이 죽게 했단다.

"선택을 포기하면 목숨은 사는 거다. 다시는 산으로 갈 생각 마
라. 산에서 죽는 것은 헛죽음이다."

아무리 그래도 헛되기만 한 죽음은 아니라고 말하고 싶었다. 언젠
가 종근이 형이 했던 말이 떠올랐다.

"싫어도 참기만 하면 목숨은 살겠지만 그렇게 사는 것은 목숨만
사는 거다."

들을 때는 뜻을 몰랐던 말이었는데 이제는 알 것 같았다. 그렇게
말하며 혁명 길에 나서자고 이끌었던 종근이 형이 배신자가 되고 말
았다는 사실에 온몸이 부르르 떨렸다. 유식한 놈치고 사람다운 놈
못 봤다는 용석이 형 말이 틀린 것 하나 없는 것 같았다.

치가 떨려서 잠이 안 오고 자꾸만 설움이 복받쳤다. 이틀만 견뎠
으면 잡히지 않았을 것을, 비트만 옮겼어도 잡히지 않았을 것을, 아
무리 생각을 해 보아도 소용없는 후회가 자꾸만 밀려왔다. 기회를
엿보아서 산으로 돌아갈 생각만 머리에 가득가득 차올랐다.

설핏 잠이 들었다가 알싸한 복통에 잠이 깼다. 화장실로 달려갔

다. 굶주린 창자에 기름진 음식들이 갑자기 들어가니 배탈이 난 것이다. 거적이 둘러쳐진 화장실에 앉아 있으니 틈새로 들어오는 별빛이 알싸했다. 달빛이 내려앉은 지리산 검은 그림자가 병풍처럼 눈앞에 펼쳐져 있었다. 말없는 저 산 골골이 유격대원들이 비트를 파고 숨어 있을 것이라 생각하니 지리산은 산이 아니라 유격대 집처럼 느껴졌다.

생각이 돌고 돌아서 수류탄 맞고 죽은 용석이 형 모습이 떠올라서 눈물이 왈칵 솟아났다. 찾는다는 명지 누나는 어디로 간 것일까? 죽지만 않는다면 만날 날 있을 테지만 용석이 형처럼 그렇게 만난다면 만나지 않는 것이 오히려 나을 것 같았다. 모르고 살았으면 어디에선가 잘 살고 있을 거라는 희망이라도 있었을 텐데…….

꽃마중

보름 토벌하고 열흘 쉬고 또 보름 토벌하고 열흘을 쉰 다음에 토벌대는 산청으로 이동했다. 또다시 토벌이 시작된단다. 지난번에 돌격했던 중산리 마을 앞에 진지를 구축했다.

건출이는 볼 때마다,

"내가 이번에 꼭 큰 공을 세워서 경찰로 복귀하면 네놈을 기어이 감옥에 처넣을 거다."

눈알을 부라리며 겁을 주었다. 그때마다 아랫배에 힘을 주고는 꿀리지 않으려고 마주쳐 노려보았다.

"눈 안 내리까니, 이 자식아!"

호통이라도 치면 슬그머니 옆으로 눈을 돌렸다. 아무리 건출이가 노려보아도 눈을 내리깔지는 않았다. 내리깔면 겁먹게 될 것 같았다. 점점 건출이 눈길에도 익숙해져서 무섭지 않게 되었다. 팽팽하던 긴장도 조금씩 풀리고 마음도 편해졌다.

토벌이 다시 시작되면 나에게도 총을 줄 것이다. 총만 준다면 한달음에 산으로 가겠다고 마음을 먹었다. 하지만 중대장이,

"너는 총 들지 마라."

아무리 전쟁이지만 소년병은 죄악이란다. 열일곱이나 되었다고 해도, 열여덟 되기 전에는 군인으로 나가게 하면 안 된단다. 겨우 몇 달만 있으면 열여덟인데 나이를 따질 필요가 뭐 있냐고, 이래 봬도 웬만한 군인들보다 총은 더 잘 쏜다고 따지고 싶었다.

"삼백 미터 넘게 떨어진 군인도 두 번이나 연달아 명중시켰는데."

혼잣말처럼 벽송사에서 있었던 일을 내뱉었는데,

"거짓말하지 마, 이 자식아!"

김 일병이 뒤통수를 후려갈겼다. 전투 중에는 2백 미터 떨어진 것도 명중시키기 어렵단다. 심장이 뛰니까 총구가 흔들려서 못 맞춘단다.

인민군 명사수 말대로 총을 잘 다스려서 그렇게 되었다고 하자,

"삼백 미터 떨어진 걸 전투 중에 맞추는 게 사람이냐, 살인 기계지."

어디서 어린놈이 엉터리 무용담을 늘어놓느냐다. 살인 기계라는 말에 등골이 서늘해졌다.

김 일병은 갑자기 흥분해서는,

"공산당 놈들이 전쟁 일으킨 주제에 사람들까지 꼬드긴 거다."

적을 한 놈이라도 더 쏘아 죽여야 해방이 조금이라도 빨리 온다는 말에 속아서 무고한 사람들이 지리산에 들어가 유격대가 된 거란다.

친일파나 악질 지주를 한 놈이라도 더 처단해야 인민 해방이 온다고 했더니,

"정신 차려, 이 자식아!"

측은하다는 듯이 코웃음을 쳤다.

친일파를 몰아낸다고 인민이 해방될 줄 아나. 사람들을 속여서 자기들 편으로 끌어들이려고 공산당이 말도 안 되는 무용담을 만든 거란다. 유격대가 스스로 영웅이라고 생각하게 만드는 거란다. 김 일병은 다른 사람이 사격한 얘기를 내가 했다고 거짓말을 하는 줄 아나 보다.

천왕봉을 포위하고 좁혀서 들어가는 토벌이 시작됐다. 날이 흐린 걸 보니 산 위에는 비도 내릴 것 같았다. 비행기가 지원 폭격을 못 하니까 토벌 작전이 무리라고 토벌대 쪽에서 보고를 했는데도 토벌 사령관이 밀어붙이라고 했단다. 토벌대나 유격대나 높은 사람들은 현장에 있는 아랫사람 말은 들으려 하지 않고 자기들 생각대로 하라고 지시만 하나 보다. 게으름 피우지 말고 공비를 한 명이라도 더 잡으라고 성화란다. 날마다 죽기 살기로 지리산을 누비는 토벌대들을 더 세게 몰아치려고 하는 소리란다.

토벌에 나선 중대장을 따라서 칼바위를 지나가며 비트가 분명한 곳들을 보았다. 토벌대에게는 안 보여도 나무가 삐딱하게 서 있거

나 바윗돌에 흙이 묻어 있는 것은 비트가 근처에 있다는 증거다. 유격대원들이 다니면서 생긴 흔적이다. 아무리 흔적을 없애려고 해도 완벽하게 숨길 수는 없기 때문이다. 비트를 잘 알아보는 의용 토벌대가 이쪽으로 오지 않기를 빌고 빌었다. 저 비트 속에 혹시나 명지 누나가 있지 않을까 외쳐 보고 싶었다. 하지만 지금 이 모습으로 명지 누나를 만나게 된다면 떳떳하게 얼굴을 못 볼 것 같았다. 혼자 생각만으로도 민망해서 힘이 쭉 빠졌다. 어떻게든 총을 구해서 다시 산으로 가리라 마음먹고 또 마음먹었다.

한참을 가다가 중대장이 돌아보며,

"이 근처에도 비트 많지?"

물어도 못 들은 척 땅만 보며 걸어갔다.

"중대장님 말씀에 왜 대답 안 해, 인마!"

김 일병이 등을 툭 치며 다그쳐도 대답을 끝내 하지 않았다. 유격대원들을 내 입으로 밀고할 수는 없었다.

"한 사람이 잡히면 다른 사람 비트 자리 고발할까 봐 혼자서만 비트 판다면서?"

가만히 있으니까 김 일병이 또 다그쳤다.

"네."

그 대답을 하고 나니 마치 유격대를 고발이라도 한 것 같아서 얼굴이 화끈 달아올랐다. 중대장이 더는 말을 안 하고 긴 숨을 몰아쉬었다.

"우리 중대는 중대장 빽이 좋아서 토벌 작전 나가도 후방에만 있을 거다."

며칠 전에 김 일병이 했던 예상이 이번에는 빗나갔다. 장군님 아들이라 후방에 있으래도 군인이 안 싸우면 어떻게 군인일 수 있냐고 중대장이 고집을 부려서 이번에는 기어이 토벌에 나가는 거란다.

앞서 가던 중대장이 걸음을 멈추더니,

"너 부대로 가서 내 옷 빨아 놓고 기다려라."

명령이라며 내려가란다.

무슨 생각으로 그 말을 하는지 뜻을 몰라 주저하고 있으니,

"전투 벌어지면 너도 싸워야 되니까 가라는 거잖아, 이 멍충아. 건빵 상자 옆에 중대장님 빨랫감 있어. 몇 개 안 되니까 깨끗하게 빨아 놔."

김 일병이 다시 한 번 일깨워 주며 산을 내려가라고 했다.

도로 내려오며 칼바위를 지나는데 바람결에 유격대 냄새가 느껴졌다. 소대장이 생선이 썩는 냄새라던 냄새. 김 일병이 코를 막고 얼굴을 찡그리며,

"시체도 이 냄새보단 덜하겠다."

했던 바로 그 냄새가 났다. 토벌대들은 못 맡는 냄새다. 하지만 산 생활 오래 하면 담배나 비누 냄새가 토벌대 냄새란 걸 자연스럽게 깨우치듯 유격대 냄새도 곧바로 알아챌 수 있게 된다. 걸음을 멈칫하니 철커덕 총을 장전하는 소리가 났다. 바위 뒤에서 돌아 나온 유격

대원들이 총을 겨누었다.

"쏘지 말아요. 소리 나면 노랑개들이 몰려올 거예요."

뒤따라 나오면서 말리는 사람은 바로 명지 누나였다. 가슴이 철렁하고 눈앞이 아릿해졌다. 숨도 콱 막혔다.

"기주야!"

명지 누나가 다가와서 양손을 맞잡았다.

"괜찮니?"

몸을 아래위로 훑어보았다.

"다친 덴 없고?"

대답도 못하고 세차게 도리질을 했다. 눈을 질끈 감고는 눈물을 털어 냈다. 명지 누나 눈에도 눈물이 가득했다.

"나도 같이 갈래요."

명지 누나가 빙그레 웃으며 같이 가잔다. 그러나 다른 대원이 앞으로 나서며,

"안 되오. 얘는 이미 토벌대요. 입은 옷을 보고도 모르시오?"

비트에 숨어 있다 붙잡힌 거라고 해도 배신자 바라보듯 두 눈을 내리깔고는,

"네 말을 믿는다고 해도 같이 갈 순 없어. 넌 총도 없잖아."

안 된단다. 그 대원 말이 끝나기도 전에 명지 누나가,

"그래 기주야, 넌 아직 어리니까 억울하지 않게 사는 길을 찾을 수 있을 거야. 절대 희망을 버리면 안 돼. 알았지?"

목소리를 떨었다. 그 말에는 차마 대답을 못하고,

"용석이 형이……."

또 말을 잇지 못했다.

"알아. 하룻밤 그 골짜기에 있었는데 묻어 주지도 못했구나. 불쌍한 사람이다."

눈물이 볼을 타고 턱으로 흘러내렸다. 형이 죽었을 때도 안 났던 눈물이다. 용석이 형이 명지 누나를 찾으려고 의용 토벌대 되었다는 말을 끝끝내 하지 못했다. 명지 누나가 다가와서 꼭 안아 주었다.

"형이 너한테 쌀쌀맞게 했던 거 정 떼려고 일부러 그랬다는 거 알지?"

형이 늘 나를 걱정했단다. 형이 먼저 죽으면 내가 너무 절망할 거라서 그랬단다. 자기 죽으면 나를 잘 보살펴 주라고 했단다. 형이 군이 벽송사에 나를 보냈던 까닭을 이제야 알 것 같았다.

능선을 넘어가 버려서 대원들이 안 보여도 그 자리에 주저앉아 한참이나 눈물을 쏟았다. 형이 죽었을 때도 주검 앞에서는 제대로 눈물이 나지 않았다. 시간이 지날수록 자꾸자꾸 슬퍼지고 그때마다 눈물이 났다. 대영이 아저씨가 등을 두드리며, 형이 죽었다는 사실을 받아들이지 못해서 당시에는 눈물이 나지 않았던 거란다. 명지 누나 말을 듣고 나니 더 목이 콱 메었다.

내려오는 길에 억새풀 사이로 마타리꽃이 우뚝 피어 있었다. 작년

이맘때도 칠월은 넘어가야 피는 가을꽃인 마타리꽃이 유월에 피었다며 명지 누나가,

"철 모르는 꽃이네."

혼자서 먼저 피니까 외롭겠다고 했다. 그래도 더 돋보인다고 했다.

"참 예쁘다."

코를 대고 냄새를 맡다가 빙그레 웃으며 바라보던 명지 누나 얼굴이 발그레했다. 그 꽃을 꺾어서 건네 주니,

"먼저 피어서 다른 꽃들 마중하는 꽃인데, 꺾으면 안 된다."

마중 꽃이 없으면 다른 꽃들이 무서워서 안 핀다고 했다. 그대로 두어야 이 꽃을 보고 다른 꽃들이 피어도 되겠다 여기고는 가을에 다들 따라 핀다고 했다. 죄라도 지은 것 같아 어쩔 줄 몰라 하니,

"하루라도 피었던 꽃이니 이미 본 꽃이 있을 거야."

마중 꽃을 본 꽃이 몇 안 되어서 꽃 마중이 충분히 안 되었더라도 시간이 지나면 소문이 퍼져서 다른 꽃들도 알게 될 거라고 했다. 한번 핀 꽃은 꺾여도 다른 꽃을 마중할 수 있다고도 했다. 그래도 다음엔 꺾지 말라고 했다. 어떤 꽃이라도 예쁘게 살다가 죽을 권리가 있다고 했다. 가을에 다른 꽃들이랑 다 같이 흐드러지게 피면 그때 마음껏 꺾어다 머리맡에 두고 예쁘게 봐 주라고 했다. 눈앞에서 사라진 지 한 시간도 안 됐는데 명지 누나가 너무도 그리웠다.

산을 다 내려오자 총소리와 대포 소리가 온 산을 뒤흔들었다. 쿵

하고 터진 다음에 쏴아 밀려오는 메아리에 진저리가 쳐졌다. 저렇게 큰 대포는 수십 킬로미터까지 포탄을 날린단다. 지리산 이쪽 너머 산청에서 저쪽 너머 구례까지 박격포탄보다도 훨씬 더 큰 포탄을, 열 살쯤 되는 아이만큼이나 무거운 포탄을 날려 보낼 수 있단다.

대포 소리에 정신이 아득하고 손이 떨려 빨래가 손에 안 잡혔다. 가까이에서 터질 때는 죽거나 다치는 사람이 있는데도 무섭다는 생각을 하지 않았는데 멀리서 들리는 소리인데도 등이 오싹거렸다.

들것에 실리기도 하고 팔다리에 붕대를 감기도 한 군인들이 산 아래로 자꾸만 내려왔다. 유격대가 격렬하게 저항을 한단다.

"덕유산과 백운산 쪽 공비들이 세석평전 쪽으로 다 모였대."

다리에 붕대를 감은 군인이 차를 타고 후송을 가면서 상황을 전해 주었다.

"공비들도 많이 죽었지만……."

유격대 죽음 소식에 치가 떨렸다.

토벌대에서 밥 먹는 것도 얻어먹는 것이니까 무슨 일이든지 해야 할 것 같아서 의무병을 따라다니며 치료를 도와주었다. 벽송사에서 해 본 일이라 손에 익어서 어렵지 않았다.

점심때까지 다섯 명뿐이던 부상자가 해거름이 되니 서른 명을 넘어 갔다. 시체도 열여섯 구나 들려 내려왔다. 유난히 소리치며 발버둥치는 부상자를 살펴보다 화들짝 놀라서는 한 발짝 물러났다. 어깨 밑 오른팔이 완전히 잘려 나간 그 사람은 바로 건출이였다. 얼굴에도 반이나 붕대를 감아서 처음엔 몰랐는데 목소리를 들으니 분명히 건출이라는 걸 알 수 있었다.

다친 사람보고 웃으면 안 된다고 아무리 마음을 다잡아도 입에서는 자꾸만 웃음이 터져 나왔다. 참으려고 입술을 악물었다. 천벌을 받았다 생각하니 한편으로는 통쾌하고, 저런 몸으로 앞으로는 어떻게 살아갈까 생각하니 동정심도 들었다. 지리산 들어가는 날 만났을 때 약속했던 대로 조용히 살았더라면 몸은 온전히 보존하고 살 수 있었을 텐데. 건출이도 몸만 살기는 싫었나 보다.

"토벌 때마다 높은 공을 세워서 다시 경찰이 될 거라며 늘 앞장을 서더니 결국 그렇게 되고 말았구나."

오후에 산을 내려온 대영이 아저씨가 건출이 소식을 듣고는 혀를 끌끌 찼다. 앞장선 사람은 가장 먼저 큰 공을 세울 수는 있어도 가장 먼저 죽을 수도 있다는 것을 건출이는 몰랐던 모양이다.

"하긴 그 사람도 불쌍한 사람이다."

인민군이 들어올 때 하동 전투에서 건출이는 다리를 다쳐서 집으로도 못 가고 산에 숨었단다. 가족들은 이제나저제나 건출이를 기다리고 있다가 부인이 인민위원회에 끌려갔단다. 두들겨 맞아서 생긴 장독이 온몸에 퍼져서 얼마 전에 죽었단다.

"일제강점기부터 내내 건출이한테 당한 사람들이 화풀이한 거예요."

일제강점기에는 일본 놈 편에 붙어서 독립운동하는 사람 잡던 일

본 순사이고 해방 조국에서는 독립운동가들을 빨갱이로 몰아서 잡아들인 경찰이라고, 아무리 멀쩡한 사람도 건출이 손에 걸리기만 하면 독립운동가로도 변하고 빨갱이로도 변한다고, 지리산에 들어온 사람들에게서 한두 번 들은 얘기가 아니라고 대영이 아저씨를 향해 목소리를 높였다.

"동족을 팔아서 떵떵거리며 산 사람이에요."

사람들이 건출이에게 당했던 생각을 하니 그나마 일어났던 동정심도 사그라들고 말았다. 당한 만큼 복수하는 건 당연한 거라고 하자,

"그렇담 네 형도 인민군 왔을 때 떵떵거리며 살았으니 너도 복수 대상이다."

대영이 아저씨 말에 간담이 서늘해졌다.

"건출이는 십몇 년이지만, 우린 겨우 두 달인데요, 뭐."

건출이와는 비교도 안 될뿐더러 형은 동족을 판 적도 없다고 했지만,

"오십 걸음 도망간 사람이 백 걸음 도망간 사람을 놀리는 격이다."

복수를 당한 사람은 복수한 사람에게 또 복수심을 갖게 된단다. 복수는 또 다른 복수를 부를 뿐이란다.

"건출이 아들이나 딸들은 빨갱이나 공산당이라면 평생 이를 갈 거다."

그렇다고 복수를 안 하면 평생 가슴에 한을 담고 살아야 할 테니

그것도 못할 짓일 거란다. 가족 가운데 살인을 당한 사람이 있었는데 그날부터 밤에 잠을 못 잤단다. 범인이 잡혀서 사형을 당하고 나니 그때서야 밤에 잠을 잘 수 있게 되었단다.

해 질 녘에 내려온 중대장 표정이 몹시 비통했다. 중대원 다섯 명이 죽었단다. 다친 사람도 열두 명이나 되었다. 자기가 무능해서 지휘를 제대로 하지 못한 탓에 부하들을 죽게 하고 다치게 했다고 자책했다. 저녁도 안 먹고는 땅이 꺼져라 한숨만 들이쉬고 내쉬었다.

"오늘 밤은 우리 중대도 외곽 지키는 경계 부대로 나간다."

중대장이 지원을 했단다. 처음으로 외곽으로 경계 근무를 나가게 된 중대원들이 모두 겁을 먹었다. 분명히 오늘 밤에 포위망을 뚫기 위해서 야습을 할 거라며 낮에 죽은 전우들 원수를 갚자고 했다. 중대장도 맨 앞줄 참호로 직접 나간단다. 야전 수칙대로 소대장들이 자기 소대를 이끌고 앞에 나가고 중대장은 뒤에서 지휘만 해야 한다고 간부들이 모두 말렸지만,

"나만 살려고 뒤에 숨어 있을 순 없다."

앞장서지 않는 지휘관을 어떤 부하들이 진심으로 따르겠냐. 보통 전투 때는 뒤에서 전체 판을 보고 적을 막는 전술을 세워야 하는 게 맞지만 야습은 덮어놓고 달려드는 것이니 자기 자리에서 막아 내기만 하면 된단다. 그러고는 중대원들을 모두 모아 놓고는,

"내가 후퇴하기 전에는 아무도 후퇴하지 마라."

비장한 목소리로 명령을 내렸다. 오늘 밤에 우리 중대가 얼마나 용

감한지 보여 주자고 하자 중대원들이 모두 총을 높이 치켜들고 큰 함성을 질렀다.

날이 어두워지면 칼바위 가는 길 양쪽으로 죽 이어서 파 놓은 참호마다 두 명씩 들어가서 보초를 선단다.

"덤벼들면 무조건 쏘아 버려라."

총소리가 나면 바로 조명탄이 터지니까 밤에도 대낮처럼 환하게 밝아질 거란다.

김 일병이 시키는 대로 취사반에 가서 중대장 야식을 챙겨 참호로 찾아갔다. 중대장은 참호에 몸을 숨긴 채 손전등을 비추고는 책을 읽고 있었다. 한문이 빽빽하게 적힌 책인데도 안 어려운지 책장을 잘도 넘겼다. 전쟁이 끝나면 변호사가 될 거란다. 변호사는 재판을 받을 때 죄지은 사람을 편들어 주는 사람이란다. 죄인인데 왜 편들어 주냐고 하자,

"어떤 사람이라도 억울하게 벌 받으면 안 된다."

죄지은 만큼만 벌 받아야 한단다. 힘없고 가난해서 어쩔 수 없이 죄를 짓는 사람은 큰 벌을 주어서는 안 된단다. 가난이 죄지 사람이 죄가 아니기 때문이란다. 중대장은 그런 사람들이 억울하지 않도록 대신 싸워 주는 일을 할 거란다.

유격대 가운데도 가난해서 어쩔 수 없이 지리산에 들어간 사람도 많을 텐데 그 사람들은 얼마만큼 벌을 받아야 하는 것일까? 죽어야 할 만큼 큰 죄는 아닌 것 같은데.

공부 많이 한 사람이나 부자인 사람들은 아무도 가난하고 힘없는 사람 편에 서지 않았다. 그런 사람은 모두 좌익이었다. 그 좌익 가운데도 종근이 형은 끝내 배신을 하고 말았다.

힘 있고 부자인 사람들이 모두 중대장만 같았다면, 가난하고 힘없는 사람을 착취하고 괴롭히지 않았다면, 인민유격대도 전쟁도 다 필요 없었을 텐데.

"기주도 한문 잘 아니?"

야식을 먹으면서 중대장이 물었다. 한글만 산에서 배웠다고 하자,

"저렇게 거지 떼처럼 도망만 다니는데?"

떠돌아다니면서 그런 걸 어떻게 했냐다. 학교도 있었다고 하니 놀라면서 아무 생각 없는 사람들이 아닐 거라고 짐작은 했단다.

"저 사람들 어떡하니? 휴전협정에서도 저 사람들 얘긴 없었는데."

유격대를 '저 사람들'이라고 하는 게 공산 비적이라고 무시하는 말보다는 한결 듣기 좋았다.

"포로 취급 안 하겠다는 얘긴데…… 평양 쪽도 나쁜 사람들이다."

북쪽에서 내세우는 혁명을 위해 싸웠는데 데려간다는 말이 없기 때문이란다.

"이쪽에서도 일반 범죄자 취급한다더구나. 원래 남쪽 사람이면 전향서 쓰면 풀려난다지만 북에서 온 인민군은 어떡하니. 고향에도 못 갈 텐데."

전쟁 끝나면 포로 교환할 거라며 큰소리치던 소좌가 생각났다. 그 소좌 같은 인민군들이 북으로 돌아갈 수 없게 될 거라며 걱정하는 중대장은 유식한데도 사람다워 보였다.

이 전쟁은 무조건 북쪽 잘못이란다. 토벌대에 붙들린 뒤로 몇 번이나 들었던 말이다.

"전쟁은 역사에 남고, 역사는 책임을 묻는다."

역사는 냉정한 것이란다. 사정을 봐주지 않는단다. 전쟁은 큰 사건이니까 역사에 기록으로 남을 수밖에 없단다. 그러면 나중에 사람들이 누가 잘했고 누가 잘못했는지 따진단다. 잘못한 쪽에는 책임을 묻는단다. 전쟁을 일으킨 북쪽은 역사 속에서 두고두고 욕먹을 거란다. 산에서 종근이 형에게 들었던 역사는 신 나기만 했는데 중대장이 말하는 역사는 몹시도 마음을 무겁게 하였다. 아무리 친일파 악질 지주를 몰아내고 좋은 세상을 만들기 위해서라고 해도 역사 속에서는 핑계일 뿐인 거란다. 전쟁이란 언제나 일으킨 쪽이 모든 책임을 뒤집어쓰게 되어 있단다. 인민유격대도 그 와중에 생긴 희생자들이란다.

중대장이 다시 책으로 눈을 돌리는데 산 쪽에서 총소리가 났다.

"사격 개시!"

외치면서 권총을 뽑아드는 중대장 머리 위로 총알이 와르르 날아들었다. 중대장이 뒤로 픽 쓰러졌다. 조명탄 불빛에 비친 중대장 머리에서 피가 콸콸 솟아났다. 이마에서 뒤통수까지 구멍이 뚫렸다.

그러고는 와아! 하는 함성이 바로 앞에서 들려왔다. 유격대가 돌격으로 참호를 넘어오면 총검을 휘두를 것이고, 어두워서 얼굴을 못 알아보니까 얼굴을 서로 아는 유격대원이더라도 사정없이 찌를 게 분명했다. 다급한 마음에 중대장 손에서 권총을 빼어 들었다. 얼굴도 못 들고 손만 참호 밖으로 넘겨서는 하늘을 향해 방아쇠를 당겨댔다.

총소리를 들으면 돌격하던 대원들이 다른 쪽으로 갈 것이다. 나도 안 죽고 저쪽도 안 죽이는 방법은 그것뿐이었다. 하지만 탄창에 들어 있는 마지막 한 발이 참호를 뛰어넘던 사람에게 명중됐다. 뛰어넘어서 오던 속도 그대로 참호 뒤편에 나뒹굴었다.

조명탄 불빛에 비친 사람은 바로 명지 누나였다. 달려가 안아 일으키려고 보니 왼쪽 가슴에 총을 맞았다. 심장이 뛸 때마다 피가 울컥울컥 분수처럼 솟아올랐다. 왼손으로 어깨를 감싸 안고 총 맞은 자리를 오른손으로 힘껏 눌렀지만 손바닥 사이로 사정없이 피가 새어 나왔다. 심장이 뛰지 않을 수 없으니 피도 멈추지 않는 것이다. 명지 누나를 마구 흔들었다. 명지 누나 뺨을 연거푸 때리면서 정신을 차리라고 다그쳤다. 겨우 눈을 뜬 명지 누나가,

"우리 아기 어떡해."

거친 숨을 몰아쉬며 피를 울컥 토했다.

"살려 줘, 기주야."

그 말도 토하는 피 때문에 제대로 나오지 않았다.

명지 누나를 가슴에 꼭 끌어안고 의무병을 불러 댔다. 하지만 의무병은 오지 않고 명지 누나가 축 늘어졌다. 가슴에서 피도 솟구치지 않았다. 명지 누나를 마구 흔들었다.

그때 눈앞에서 화염이 터지면서 총알이 귓전을 스치고 뒤로 지나갔다. 바로 등 뒤에서 꽈당탕 누군가가 어깨 위로 쓰러졌다.

"정신 차리고 후퇴해, 이 자식아!"

뒤에서 덮치던 유격대원을 김 일병이 쏜 것이었다. 쓰러진 유격대원과 내 목숨을 맞바꾼 셈이었다. 그 순간 우웅 하고 귀에서 이명이 울리며 정신을 차릴 수가 없었다. 얼어붙은 것처럼 손발을 움직일 수도 없었다.

김 일병이 뺨과 머리를 마구 후려갈겼다.

"죽고 싶어 환장했냐?"

소리를 지르며 목뒤 옷자락을 붙잡고는 후방 쪽으로 끌었다. 다리에 힘이 빠져 질질 끌리듯 주둔지 가까이로 밀려오니 박격포와 기관총이 지원 사격을 퍼부으며 예비대가 치고 나갔다. 유격대를 산 쪽으로 밀어냈다. 또다시 유격대가 밀고 올지도 모른다며 아무도 못 자게 했다. 유격대는 하룻밤에 두 번 공격하는 법은 없다고 말하려다가 지금은 이쪽도 저쪽도 모두가 제정신이 아닐 것 같아서 입을 다물어 버렸다.

새벽녘에 잠깐 눈을 붙이고는 시신을 수습하러 돌아가 보니 명지 누나 시신이 있던 자리에 핏자국만 남아 있었다. '살려 줘, 기주야!' 애원하던 목소리가 귀에 쟁쟁하게 남아 있는데 명지 누나는 흔적만 남기고 사라져 버렸다. 아무리 생각해도 한바탕 꿈을 꾼 듯이 아득하기만 했다.

"어제 중대장 참호 뒤에 죽어 있던 여자 공비 배가 불룩했어."

아침에 토벌대 사령관이 온다는 연락을 받고 날노 채 새기 전에 시신들을 학교 운동장으로 옮겼단다.

"하긴, 산속도 사람 사는 곳이니 사랑도 하고 결혼도 했겠지."

군인들이 두런거리는 소리를 들으면서 어젯밤 명지 누나 굵어진 허리가 떠올랐다. 명지 누나랑 용석이 형 아이를 내 손으로 죽인 거라 생각하니 목이 바짝바짝 타고 가슴이 조여들었다. 자꾸만 사람을 죽이게 되는 손을 잘라 버리고 싶었다.

약이 바짝 오른 토벌대 사령관이 비행기 지원을 받아서 골짜기마다 엄청나게 폭격도 하고 대포도 쏘아 댔다.

"이번에는 공비들 씨를 말릴 것이다."

모조리 지리산에 올라가 잡으란다. 어두워지더라도 산속에 있으란다. 유격대가 한 명도 안 남을 때까지 산에서 내려오지 말란다.

"너도 총 들어라. 그게 사는 길이다."

대영이 아저씨가 카빈총을 구해 주었다.

"산에 들어가도 덤벼들 공비, 아니 유격대, 아니 산사람. 아이코, 뭐라고 불러야 할지도 모르겠구나."

하늘을 올려다보며 '젠장!'이라는 말에 한숨을 길게 섞었다.

"이제 산에 들어가도 토벌대에 맞서는 사람은 없을 거다."

이렇게라도 목숨 부지해야 한단다. 목숨 붙어 있는 사람은 어떻게든 살아남아야 한단다. 말없이 카빈총을 건네받았다. 굶어 죽지 않으려고 형을 따라 지리산에 들어갔던 것처럼 살아남기 위해서 또 지리산으로 들어가야 했다.

의용 토벌대원들도 토벌 군인이나 경찰들을 따라 온종일 산에서 살았다. 천막을 치고 산에서 야영을 해도 밤을 틈타 달려드는 유격대는 없었다.

보름이 넘도록 아무리 포를 쏘아도 아무리 토벌을 해도 도망쳐 살아남는 사람이 언제든지 몇 명은 꼭 있었다. 이제 지리산에 아무도 안 남았다고 토벌대 장교들이 큰소리를 쳐 댔지만 유격대원들이 지나다닌 흔적들이 또렷이 남아 있었다. 군인이나 경찰들은 알아보지 못해도 의용 토벌대들은 모두들 눈치채고 있었다. 발각되지 않으면 유격대가 먼저 총을 쏘진 않는다는 것을 모두 알고 있으니 비트 앞을 지나가더라도 모른 척했다. 괜히 유격대 잡겠다고 덤비다가 총이라도 맞으면 인생 망친다는 것을 그동안 벌인 토벌 활동으로 깨달았기 때문이다. 사람이 있는 게 분명해 보이는 비트 앞을 지나갈 때면,

"귀순하면 안 죽여요. 걱정 말고 산 내려오세요."

허공에 대고 소리도 지르고 슬그머니 실탄 뭉치를 내려놓기도 했다.

도망치는 유격대를 만나서 전투를 벌이게 되더라도 도망쳐 가기 바쁜 유격대원들이 불쌍해서 겨냥도 하지 않고 허공에다 총을 쏘았다.

"안 죽인다니까요. 도망치지 말고 이쪽으로 와요."

아무리 소리쳐 불러도 도망을 가 버렸다. 바보들이라고, 괜한 짓 하는 거라고, 우리도 유격대였다고 아무리 설득을 해도 이쪽을 향해서 배신자라며 욕을 퍼붓기만 했다.

더위가 절정인 7월 27일이 되었다. 드디어 휴전이라고, 지긋지긋한 전쟁이 끝났다고 모두들 환호했다. 휴전이 되었으니 토벌은 중단되고 유격대도 내려올 수 있게 되느냐고 했더니, 대영이 아저씨가 고개를 가로저었다. 전쟁이 멈추어도 지리산에서 휴전이 안 되는 것은 지리산 유격대는 적군이 아니기 때문이란다. 공비란다. 공산 비적이란다. 비적은 도적 떼이니 전쟁과는 상관이 없단다. 모조리 잡아들여 감옥에 보낸단다. 역시 대영이 아저씨 말대로 토벌 작전은 멈추지 않았다. 반항하면 무조건 사살하란다.

전쟁 포로들을 북쪽으로 보내는 것처럼 산에 있던 인민군들은 북으로 보내는 게 맞지 않냐고 했더니, 대영이 아저씨는 또 고개를 가로저었다.

"저쪽에선 이 사람들 부담스러울 거야. 정식 군대도 아니고, 쫓겨서 지리산 들어간 사람들이니까."

그래도 북으로 데려가면 고생했으니 상도 주어야 할 거란다. 전쟁에서 세운 공도 별로 없는 사람들한테 상 주기 싫을 거란다. 남쪽에서 편히 살도록 해 주면 되지 않느냐고 했더니 그것도 아니란다.

"빨갱이들 그냥 풀어 주면 다시 나라를 혼란에 빠뜨린다고 생각하니까."

북에서는 자본주의에 물든 반동이라며 받아 주지 않을 것이고, 남쪽에서는 공산주의에 물든 빨갱이라며 감옥에 보낼 거란다. 북쪽으로도 갈 수 없고 남쪽에서도 살 수 없으니 길은 하나뿐이란다. 지리산에서 죽는 길뿐이란다.

"성공하면 혁명이라 부르고 일으킨 사람들은 충신이 되는 것이지만, 실패하면 반란이라고 부르고 일으킨 사람들은 역적이 되는 거다."

산사람들이 옳은 일을 한다고 유격대가 되어 산으로 들어가 싸웠지만 전쟁을 일으킨 사람들 편이었고, 실패했으니 영원히 죄인이 된 거란다. 목숨을 부지한다고 해도 적이었던 자본주의 나라에서 두고두고 손가락질 당하고 비웃음을 받으며 살아야 할 거란다.

대영이 아저씨는 학교에도 안 다녔다는데 모르는 게 없다. 어려운 문제들도 쉽게 잘 풀어서 말한다. 어떻게 세상 돌아가는 걸 그렇게 잘 아냐니깐 만주로 중국으로 장사 다니며 보고 듣고 깨우친 거란다.

8월 15일이 되어서 토벌대들이 학교 운동장에 모여 광복절 기념식을 하려는데 사람들이 수군거렸다. 민가에 숨어 있던 공비를 잡았단다. 기념식장으로 그 공비를 데려왔다.

"난 조선 인민 공화국 남부군이오. 제네바협정에 따라 정식 포로로 대우해 주시오."

당당하게 고개를 들었다.

"포로 송환 협정대로 북으로 보내 주시오."

지리산에 같이 들어갔던 바로 그 소좌, 이현상 선생님을 지키던 바로 그 소좌였다. 부끄러워서 가까이 가지도 못하고 눈이나 마주치면 알은체나 하려고 아무리 바라봐도 소좌는 머리를 꼿꼿하게 치켜들고는 허공만 쳐다보았다.

저녁에 숙소로 오니까 대영이 아저씨가,

"이현상이 아직 지리산에 살아 있대."

방첩대에서 전해 준 소식이란다.

"이현상은 역시 소문대로 불사신인가 보다."

대원들이 모두 흥분했다. 그래도 이제는 아무도 선생님이라고 부르지는 않았다.

'살아 계셨으면서 왜 한 번도 선을 연결하지 않았을까? 아무리 기다려도 선이 연결되지 않아서 죽은 줄로만 알았는데.'

섭섭함과 궁금함이 마음속에서 어지럽게 엇갈렸다.

이제는 토벌대가 온 힘을 하나로 모아서 선생님을 체포하는 작전에 나선단다. 체포하는 사람한테 엄청난 상금이 걸렸단다.

소좌가 체포되고 한 달여가 지난 어느 날, 전투경찰복을 말끔하게 차려입은 소좌가 지리산에 나타났다. 방첩대에서 조사를 마치고 선생님을 잡기 위해 토벌대 길잡이를 하러 온 거란다. 유격대원을 붙잡으면 붙잡힌 곳 길잡이로 앞세우는 일을 소좌에게도 시킨 것이다.

다음 날 아침부터 소좌가 앞장을 서서 지리산으로 들어갔다. 소좌가 왼쪽 뺨을 자꾸만 실룩거렸다. 산에서 지낼 때도, 지난번에 잡혔을 때도 뺨을 실룩거린 적은 없었다. 마음이 불안해서 그러는 모양이다. 경찰도 군인들도 소좌를 따라서 선생님이 숨어 있다는 빗점골로 들어갔다.

지리산에 들어와 첫날 밤을 보냈던 칠불사 옆을 지나서 토벌대 폭격으로 불기둥이 치솟았던 대성골 옆을 지나서 지리산 깊은 곳인 빗점골로 들어갔다. 빗점골 골짜기를 꽃향기로 가득 메우기라도 하려는 듯이 마타리꽃이랑 싸리꽃이 눈부신 햇살을 받아 노랗고 붉은 꽃 사태를 이루었다. 유월에 피었던 마타리꽃이 꽃 마중을 한 덕분에 가을인 지금 이렇게 꽃들이 만발한 것이라 생각하니 명지 누나가 더 간절하게 그리웠다.

경찰은 오른쪽을 맡고 군인은 왼쪽을 맡아서 조금씩 포위망을 좁혀 들어갔다. 의용 토벌대도 군인들 구역 일부를 맡아서 토끼몰이식으로 좁혀 들어갔다.

공비 수는 많지 않다며 총소리가 나더라도 그쪽으로 몰려가지 말고 제자리를 지키란다. 토벌대가 한쪽으로 몰리면 빈 곳이 생기고 빈 곳이 생기면 유격대가 귀신같이 빠져나간다는 걸 토벌대도 이제는 알게 된 모양이었다.

사살하는 것보다 생포하면 상금이 더 많다며 어떤 대원이 선생님을 생포하잔다.

"아무리 내가 토벌대지만 선생님께 총을 겨눌 순 없다. 저쪽이 실탄 떨어질 때까지 총만 자꾸 쏴라."

돈 욕심으로 모두 그렇게 하자는 줄 알았는데, 대영이 아저씨 그 말에 의용 토빌대 누구도 토를 달지 않았다. 다들 고개만 끄덕였다. 모두들 같은 생각이었다.

왼골과 산태골과 절골이 만나는 합수내를 지나는데 시큰한 유격대 냄새가 바람에 실려 오는 것이 느껴졌다.

모두들 긴장하며 포위망을 좁혀 갔다. 얼마 가지 않았는데 앞사람이 그 자리에 앉으면서 주먹 쥔 손을 어깨 높이로 들었다. 멈추라는 신호였다. 모두들 그 자리에 앉았다. 이어서 다급한 발소리들이 들려왔다. 몇 걸음 앞까지 다가왔다고 느껴지는 순간, 대영이 아저씨가 일어나며 소리쳤다.

"꼼짝 마, 움직이면 쏜다!"

그 말이 신호라도 되는 듯 저쪽에서 어지럽게 총알이 날아왔다. 처음으로 유격대랑 직접 벌이는 교전이다. 유격대가 쏘는 총은 토벌대가 쏘아 대던 헛총질이 아니었다. 소리도 더 매서운 것 같았다. 날아오는 총알이 무섭다고 느낀 적이 한 번도 없었는데 바람 가르는 쇳소리에 왈칵 겁이 났다.

유격대 총에 맞아 죽는다면 저승에 가서 형을 볼 낯이 없을 것 같았다. 목을 잔뜩 움츠리고는 고개를 들지도 못했다. 뒤에 있던 대원이 정신 차리라며 뒤통수를 때렸다. 모두들 저쪽으로 총격을 퍼부었다.

20미터도 채 안 떨어져 있는 유격대 무리 속에 선생님이 있었다. 선생님이 총 쏘는 자세를 바꾸자 바위와 바위 사이로 선생님 발목 하나가 눈에 들어왔다. 다른 의용 토벌대원들에게는 보이지 않는 각도다. 선생님이 발목에 총을 맞으면 쓰러질 테고 다른 유격대원들이 후퇴한다고 해도 선생님을 부축해서 갈 수 없을 거다. 부축해 간다고 해도 빨리 못 갈 거다. 그러면 생포할 수 있다. 가늠자와 가늠쇠를 일치시키고는 심호흡을 했다. 1단까지 당겼다. 그리고 또 한 번 깊게 심호흡을 했다. 하지만 2단을 끝내 당기지 못했다. 아무리 기계처럼 쏘자고 마음속으로 몇 번이나 되뇌어도 손가락이 마음대로 움직이지 않았다. 심장이 돌처럼 단단해지지 않았다. 기계처럼 방아쇠가 당겨지지 않았다.

"사격 중지! 사격 중지!"

대장도 아니면서 고함을 내질렀다. 모두들 사격을 멈추었다. 이쪽이 멈추니까 저쪽도 멈추었다. 바위들 틈 사이로 얼굴을 내밀고 소리쳤다.

"선생님! 이제 그만 귀순하세요. 이러다 돌아가시겠어요."

바위 뒤에서 얼굴을 드는 선생님과 눈이 마주쳤다. 말없이 바라보는 슬픈 듯 웃는 듯 그 표정은 여전히 그대로였다. 선생님이 무슨 말을 하려는데 유격대가 다시 사격을 했다. 되받아 사격하며 한참을 쏘다 보니 저쪽이 조용해졌다. 총을 겨누고 다가가니 두 사람 시신만 남았고 다른 사람들은 사라졌다. 시신이 된 두 명이 토벌대를 막는 사이에 뒤로 빠져나간 거다.

핏자국을 따라서 추격을 해 갔다. 절터골에 거의 다 와 가는데 한바탕 총소리가 메아리쳤다. 모두들 총소리 나는 쪽으로 달려갔다. 수류탄 터지는 폭발음이 들리고는 총소리가 뚝 멈추었다.

두 명이 생포되고 다섯 명이 죽어 있었다. 밭 가운데 바위가 있고, 그 바위 옆에 선생님이 하늘을 바라보고 누워 있었다.

잠시 뒤에 소좌가 달려와 선생님 시신 위로 쓰러지며,

"제가 선생님을 죽인 거예요."

오열을 쏟아 냈다.

하지만 소좌가 쏟아 내는 오열이 바위틈으로 보이던 선생님 발목을 왜 쏘지 못했냐고 나무라는 소리로만 들렸다. 그때 발목을 쏘았더라면 도망치지 못했을 것이고, 그 자리에서 우리에게 생포되었더라면 불구가 된다 하더라도 목숨만은 잃지 않았을 거다. 그때 쏘지 못하고 주저한 것이 선생님을 죽음으로 내몬 것이나 마찬가지다. 명지 누나한테는 쏘지 말아야 할 때 쏘았으면서 정작 쏘아야 할 선생님께는 쏘지 못했다.

'내가 죽인 거나 마찬가지다.'

머릿속이 텅 빈 것처럼 정신이 멍해지고 바윗덩어리를 올려놓은 것처럼 가슴이 꽉 막혔다. 소좌처럼 울고 싶었지만, 가슴만 미어질 뿐 마음처럼 울음이 터지지 않았다.

'누구'라고 붙이지
못하는 이름

선생님 시신에다 안 썩는 약품을 발라 서울로 싣고 갔단다. 바지만 입힌 채로 거리에 내놓고는 사람들에게 구경거리로 만들어 주었단다. 빨치산 최후 모습이 이렇다며 사람들은 손가락질을 하면서 구경했단다. 라디오 방송에선 드디어 지리산에 공비가 완전히 토벌됐다며 다시 해방이나 된 것처럼 떠들어 댔다.

간간이 지리산에 올라갔어도 모두들 설렁설렁 토벌 흉내만 내다가 내려왔다. 토벌 시늉만 했다. 한편에서는 의용 토벌대를 해산한다는 소문도 들리고, 또 한편에서는 그래도 비트를 잘 아는 의용 토벌대가 있어야 한다며 끝까지 활동을 한다는 소리도 들렸다. 대원들 가운데 농사를 짓는 사람들은 추수를 하러 간다고 자리를 비우기 일쑤였다.

"재워 주지, 먹여 주지, 여기서 나가 봐야 갈 곳도 없다."

갈 곳 없는 사람들은 토벌이 끝나지 않기를 바랐다. 전투다운 전투도 없으니 놀고먹는 한량이 따로 없었다.

밤낮으로 찬 기운이 스산해지는데 선생님 장례를 치른다는 소식이 들렸다. 가족들은 모두 북으로 갔고, 친척들은 나 몰라라 해서 시신을 거두어 장례 치를 사람이 없단다. 보다 못한 차일혁 대장이 나서서 장례를 치러 준단다. 차일혁 대장은 지리산에서 경찰을 이끌었던 사람이다.

의용 토벌대도 장례식에 가란다. 섬진강 모래밭에 제단이 마련되었다. 구경꾼들이 벌 떼같이 모였다.

"토벌대였으니 공비라면 이가 갈릴 텐데, 참 대인배시다."

사람들이 차 대장을 칭찬했다. 살았을 땐 적이었어도 죽은 사람에 대한 예의를 지켜 주는 것 같아서 고마웠다.

구경꾼들 사이에 서 있는데 누군가가 다가와 손을 덥석 잡았다. 매화골 이장이었다. 같이 좀 가잔다. 비굴하게 허리까지 굽실대는 모양새나,

"넌 형이 가자니까 어쩔 수 없이 지리산에 들어갔잖니?"

하는 말로 보아 좋은 데 가지는 않을 거란 예감이 들었지만 붙잡힌 손을 뿌리치지 못하고 따라갔다.

이장은 아는 사람을 만날 때마다,

"우리 동네 총각인데 토벌대에서 공을 많이 세웠다니까요."

자랑을 했다. 구경꾼들 사이를 이리저리 비집고 다니며,

"이현상 잡을 때 앞장섰던 아이예요."

자기 마음대로 허풍을 덧붙였다.

"너 아니었으면 내가 다른 동네 이장들한테 기가 죽을 뻔했다."

의용 토벌대로 나선 것이 이장을 위해서는 너무도 잘한 일이 되고
말았다. 공비였다는 말은 한 번도 하지 않았다. 이장에게는 그저 용
감한 토벌대일 뿐이었다.

제례가 끝나고 모래밭 사이를 휘돌아 흐르는 섬진강에 뼛가루를
흩뿌렸다. 새하얀 꽃잎처럼 물 위에 떠가는 뼛가루를 품으면서 흐르
던 강물이 건너편 언덕에 부딪쳐 휘돌았다. 휘도는 언덕 위에 새하얀
구절초가 바람에 흔들렸다.

"저 꽃이 지리산에도 피었겠지?"

혼잣말을 하는 사이에 새하얀 뼛가루가 섬진강 물에 녹아들어 점
점 더 옅어졌다. 피아골에 토벌이 있던 날, 유격대 피로 빨갛게 물들
어 흐르던 섬진강이 이제는 구절초 꽃잎처럼 새하얀 선생님 뼛가루
를 품고는 바다로 흘러갔다. 아직은 오지 않은 평등과 아직은 오지
않은 해방된 세상을 먼저 오게 하려던 사람들 영혼도 이 섬진강을
따라 흘러갔을 거다.

아무리 미워했던 사람이지만 잘 가라고 명복을 빌어 주는 군인들
과 경찰들과 사람들 사이에 서서 유격대 핏물이 녹아 바다로 흘러간
강물에 선생님 영혼도 어우러져 유격대원들 모두 만나라고 빌었다.
가슴이 미어져도 눈물은 나지 않았다. 영이랑 혼이랑은 산에서 죽었

어도 몸만은 살아남아 구차한 목숨 줄을 이어서 가겠다고 섬진강 강물에다 결심을 흘리고 또 흘려보냈다.

"기주 왔구나."

며칠 전에 다녀올 곳이 있다면서 나갔던 대영이 아저씨였다.

"곧 토벌대 해단될 텐데."

아직은 어린 몸인데 혼자서 살 수 없지 않느냐고 걱정했다. 눈물이 핑 돌아 아무 말도 못했다. 부산에서 장사를 시작했단다.

"평화시장이니까 부두에서 안 멀다."

오후에 노량에서 배 타고 간다면서,

"너도 같이 가자."

대영이 아저씨 가게에서 같이 일하잔다. 아직은 어른 취급 못 받으니 여기에 있어 보았자 토벌 끝나면 부잣집에 꼴머슴이나 하는 수밖에 없을 텐데 그 머슴자리라고 흔할 리도 없다. 있다 해도 머슴살이는 죽기보다 싫었다.

대영이 아저씨를 따라 노량으로 가는 길이 지리산에 들어갈 때랑 다르지 않은 것 같았다. 그때나 지금이나 다른 선택은 어디에도 없는 외길이다. 굶어 죽지 않으려면 누구든 어른을 따라가야 하는 길.

그래도 지리산으로 갈 때는 인민 해방이라는 희망이 있었다. 하지만 지금 이 길은 그저 세상에 떠밀려 가는 길이다. 지리산에 들어갈 때 이런 길이 기다리고 있을 거라 상상도 못했던 것처럼 지금 이 길

앞에도 또 어떤 길이 기다리고 있을지 모른다. 지리산 굽이굽이 겹겹으로 이어진 산들처럼 한 고개를 넘으면 또 한 고개가 기다리고 있을 뿐일 거다. 같은 모습 같은 길은 하나도 없이 모두 다른 산이고 다른 길일 거다. 그래도 넘어야 할 산이고 가야 하는 길이다. 어떤 사람인지도 모르는 사람들을 또 수없이 만날 테고.

노량에서 부산 가는 배를 탔다. 부산은 큰 도시라고 하니 아무도 없는 곳에 섞여서 살다 보면 유격대를 했는지 공비를 했는지 의용 토벌대를 했는지 아무도 모를 거다. 대영이 아저씨는 부산 가서 사람들이 뭐 하던 사람이냐 물으면 시골에 살았다고만 하란다. 자기도 농사짓다가 왔다고만 했단다. 유격대였다고 말하지 않아도 되고, 공비였다고도 말하지 않아도 되고, 토벌대였다고도 말하지 않아도 되는 것이다. 강물에 녹아들던 유격대 핏물처럼 강물에 흘러가는 선생님 유골처럼 사람들 속에 섞여 세월로 흘러갈 뿐일 거다.

얼마 가지도 않았는데 속이 울렁거렸다. 구토가 나올 것 같아 얼굴을 찡그리니 대영이 아저씨가 밖에 나가서 바람을 쏘이면 좀 나을 거란다.

배 앞쪽으로 나가니 바람이 시원했다. 바람을 쏘이니 멀미도 훨씬 약해졌다.

왼쪽으로 산들이 보였다. 높은 산이 어디쯤 보이나 이리저리 살피는데,

"지리산 찾니?"

대영이 아저씨가 다가왔다.

"여기서는 안 보인다."

그래도 보이는 산들을 모두 지리산이라고 해도 된단다. 산들이 떨어져 있는 것처럼 보여도 모두 지리산으로 이어져 있단다.

배가 헤치고 나아가느라 바닷물이 뱃머리에 부딪혀 하얗게 부서졌다.

배가 물을 헤치고 나가느라 일으키는 포말을 보면서 대영이 아저씨가,

"물이 배를 보고 어서 오라 맞이하는 거다. 자기를 밀고 앞으로 열심히 나아가라고 격려하는 거다."

배를 마중하려고 물이 피우는 꽃이란다. 포말을 움켜쥐기라도 할 것처럼 손을 앞으로 내밀어서 휘휘 저었다. 배에 부딪혀 부서진 포말은 뒤로 밀려나 흔적 없이 사라져 갔다. 앞에서는 또 다른 물이 포말을 일으켰다. 피어났다가 시들어도, 계절이 다시 돌아오면 또 그 자리에 피어나던 지리산 꽃들처럼 아무리 사라져도 또다시 피어났다. 산에서 만났던 모든 사람들도 포말처럼, 마타리처럼 그저 피었다가 지고 마는 꽃일 뿐이다. 유격대라고, 공비라고, 토벌대라고, 정해서 부를 수 없는.

대영이 아저씨는 꿈이라고 여기란다. 아무리 생시처럼 선명하게 꾸었더라도 며칠이 지나면 잊어버리게 되는 꿈이라고 여기란다. 좋은 꿈은 깨지 않고 싶지만 꿈에서 깨고 나면 얼른 정신 차리고 다음에

251

또 잠들어서 꿈꿀 때까지 생시로 살아야 한단다. 살다가 또 밤이 오면 그때 또 꿈을 꾸면 된단다.

그날 명지 누나가,

"억울하게 살지 않는 길을 찾을 수 있을 거야."

했던 말에 이제야 대답을 했다.

"그래요, 누나, 절대로 절대로 그 희망을 안 버릴게요."

바다를 향해 고함을 내질렀다. 옆에 있던 사람들이 흘끔흘끔 곁눈질을 했다. 아랑곳 않고 또 한 번 소리쳤다.

"나도 마중 꽃 되어서 꽃 마중하러 갈게요."

파도처럼 넘실대는 지리산 골짜기에 깊이깊이 새겨지도록.